U0139731

历 代 名 词 鉴 赏

宋词

上

上海辞书出版社文学鉴赏辞典编纂中心 编

上海辞书出版社

编者的话

近代著名学者王国维在其《宋元戏曲考》自序中提出了"一代有一代之文学"的著名论断,他说:"楚之骚,汉之赋,六代之骈语,唐之诗,宋之词,元之曲,皆所谓一代之文学,而后世莫能继焉者也。"他认为宋人的词最能体现宋代文学的辉煌成就。的确,在中国古代文学的阆苑里,宋词是一方芬芳绚丽的花圃。直到今天,宋词的名篇佳作仍在陶冶着人们的情操,给读者带来美的享受。

词起源于隋唐之际,经过唐五代近四百年的发展,已初具规模。到了宋代,由于创作队伍的壮大,创作视野的开拓,创作技巧的新变,词的发展更加蓬勃繁荣。今存唐五代词仅八十家,不足二千首;而宋词却多达一千四百三十余家,近二万一千首。尽管唐五代词因时代较早,散佚的比例更大,但两宋词坛的繁荣大大超过唐五代,却是毋庸置疑的。单从数量对比上,我们也可约略窥见词在入宋后的鼎盛气象。

宋词的繁荣还体现在其流行和普及的盛况,上至帝王卿相,下至平民百姓都喜欢倚声填词。宋代统治者重文轻武,官僚阶层生活待遇优厚,士大夫诗酒雅集的风气,十分盛行。北宋前期社会政治安定,百业兴旺,都市经济繁荣,市民阶层壮大。出于人性共同的娱乐需要,便有民间乐工、歌妓"新声巧笑于柳陌花衢,按管调弦于茶坊酒肆"(宋孟元老《东京梦华录》)。宋初词坛首先迎来的是士大夫之词的艺术高峰,晏殊、欧阳修等为其代表,他们的词作侧重反映闲适自得的生活和流连光景、感伤时序的情怀;所用词调仍以唐五代流行的小令为主;辞笔清丽,气度闲雅。市民词则起步较晚,其代表作家是柳永。他的词作多描绘都市风光,传写坊曲欢爱，抒发羁旅情怀，内容更丰富，语言也俚俗家常。柳永精通音律，长期混迹秦楼楚馆，与民间乐工、歌妓合作创制了许多新声，大都是慢曲长调。宋词至于柳永，完成了第一次转变，词的篇幅拉长，容量加大，表现手法上层层铺叙、处处渲染，与崇尚含蓄、讲究韵味的传统文人词大异其趣。柳词在当时风靡四方，赢得了"凡有井水饮处，即能歌柳词"的盛誉。

　　风格多样，流派众多，是宋词繁荣的另一个表现。宋金时代已有"柳永体""东坡体""易安体""稼轩体""白石体"等说法。"词体大略有二，一体婉约，一体豪放"(明张綖《诗余图谱》)，宋词有"婉约"与"豪放"之分，则是后世文学史家普遍的认识。无论柳永，还是晏、欧，都未能从内容上突破词是"艳科"的藩篱，因而仍属"婉约派"。宋词的第二次转变，则是更具现实主义情怀的"豪放派"异军突起。"豪放派"可追溯到与晏、欧、柳同时的范仲淹。他是一位具有"先天下之忧而忧，后天下之乐而乐"博大胸怀的政治家，其词虽只传五首，却颇有新意。如《渔家傲》写边塞风光、军旅生活，以悲凉为慷慨，在当时词坛，不啻是振聋发聩的雷鸣。进入北宋后期，改革家王安石又从理论角度向词须合乐的观念发出了挑战。时代略晚于王安石的苏轼走得更远。他"非不能歌，但豪放，不喜剪裁以就声律"(陆游《老学庵笔记》)，只把词当成一种句读不葺的新体诗来作。他在词里怀古伤今，论史谈玄，抒爱国之志，叙师友之谊，写田园风物，"无意不可入，无事不可言"(清刘熙载《艺概》)；其词风或激昂慷慨，或开朗旷达，或沉郁悲凉，或随和平易，"如行云流水，初无定质，但常行于所当行，常止于所不可不止"（苏轼《答谢民师书》）。他是"豪放派"当之无愧的奠基者。但苏轼对词体的革新暂时还不能为词坛主流所接受，连他最钟爱的学生秦观也还是学柳永作词的。北宋晚期"婉约派"的另一位代表作家，是曾主管国家音乐机关大晟府的周邦彦，他在继承柳永的基础上，让慢词长调的字句更整饬，词调的格律更规范缜密，可谓集婉约派之大成，开格律派之先河。

北宋末年，女真铁骑大举南下，徽、钦二帝被掳，高宗仓皇南渡。南宋初年，金兵屡屡压境，战火连年，而朝堂上昏君奸臣屈膝投降，苟且偷安，战与和、战与降的斗争也始终不曾止息。面对国家的危亡、人民的苦难，具有正义感的词人，高歌抗战，高歌北伐。词风的主潮开始向"豪放"转向。民族英雄岳飞，是其中的杰出代表。张元幹和张孝祥，是南宋早期爱国词人中成就较高的两位。辛弃疾是南宋爱国词潮流的巅峰。他出生于北方沦陷区，青年时即参加义军，献身抗金大业。南归后却始终不得朝廷信任，被闲置乡里二十余年，北伐宏愿蹉跎成空。其才略既无处发挥，一腔忠愤遂尽托之于词。浩叹沉吟，无非磊块；嬉笑怒骂，皆成文章。在他的面前，苏轼的"以诗为词"还显得保守，他干脆进一步解放词体，"以文为词"，使词体呈现出新的面貌。与辛同时的爱国词人，著名的还有陆游、陈亮、刘过等。

南宋前期，最出色的"婉约派"词人是女作家李清照。她的一生和创作横跨两宋。青年时代李清照已经以那些纯挚缠绵、展现女性心声的词作，卓然名家。但《漱玉集》中的最高成就，却主要体现在她南渡以后、迭经丧乱的作品里。虽然她写的只是个人流落天涯、孤苦无告时的"寻寻觅觅,冷冷清清,凄凄惨惨戚戚"(《声声慢》),但却涵盖了当时众多北方难民在国破家亡后的悲惨境遇。南宋统治者偏安东南一隅,弦管歌舞又成为权贵纵情享乐的必需品,"暖风熏得游人醉,直把杭州作汴州"(宋林升《题临安邸》)。在这样的社会文化氛围下,南宋词坛终于出现了两位"格律派"大家——姜夔和吴文英。二人都是游徙于豪贵之门的清客词人,精通音乐,长于言情咏物,为词格律谨严,音韵响亮,措辞高雅,造句新奇,颇得周邦彦真传。二人因艺术上的成功与辛弃疾在南宋词坛鼎足三分。南宋晚期有不少文人雅士沿袭姜、吴的道路,周密和张炎是其代表。南宋后期的"豪放派"中没有产生艺术上的大家,可是,围绕抗金和抗击蒙古人南侵的斗争,爱国词人们仍一直在呐喊。其中较出色的作家是刘克庄。

在南迁一百五十年后,赵宋王朝终于为元朝所灭。元军的弓马刀剑可以洗劫城市、屠戮人民,却封不住词人的心声。文天祥、刘辰翁、蒋捷、周密、王沂孙、张炎等,或奋力抗争,英勇不屈,从容就义,所作词精忠耿耿,慷慨激壮;或隐居不仕,以遗民终老,所作哀伤亡国,语调苍凉;或虽苟全性命于新朝,但也无时无地不发故国之思、兴亡之戚。这些不同经历、不同气质、不同流派的词人们,共同演绎了宋词史上的最后一出悲剧。

宋词这座幽深绚丽的园林,魅力无穷,每一个徜徉其间的游人都会有自己的收获。我们的"历代名词鉴赏"系列理所当然也把宋词作为表现的重心。选取宋词名家名篇,延请研究名家撰写精美赏析文章,解释历史背景、评赏艺术特色、评论文学成就,见仁见智,相比古代选家的眉批朱圈,品评裁骘,更为周到详尽,可谓踵事增华。希望"历代名词鉴赏"系列的出版对读者学习和了解优秀传统文化,提升文学素养,能有所帮助。

上海辞书出版社

二〇一八年七月

目录

1	点绛唇(雨恨云愁)	王禹偁
3	酒泉子(长忆观潮)	潘 阆
6	长相思(吴山青)	林 逋
8	玉楼春(城上风光莺语乱)	钱惟演
11	苏幕遮(碧云天)	范仲淹
14	渔家傲(塞下秋来风景异)	范仲淹
18	御街行(纷纷坠叶飘香砌)	范仲淹
21	雨霖铃(寒蝉凄切)	柳 永
26	婆罗门令(昨宵里恁和衣睡)	柳 永
29	蝶恋花(伫倚危楼风细细)	柳 永
33	定风波(自春来)	柳 永
38	少年游(长安古道马迟迟)	柳 永
43	望海潮(东南形胜)	柳 永
48	玉蝴蝶(望处雨收云断)	柳 永
52	八声甘州(对潇潇暮雨洒江天)	柳 永
56	倾杯(鹜落霜洲)	柳 永
58	天仙子(《水调》数声持酒听)	张 先
64	木兰花(龙头舴艋吴儿竞)	张 先
67	青门引(乍暖还轻冷)	张 先
70	浣溪沙(一曲新词酒一杯)	晏 殊
73	浣溪沙(一向年光有限身)	晏 殊
76	蝶恋花(槛菊愁烟兰泣露)	晏 殊
79	木兰花(池塘水绿风微暖)	晏 殊

1

目录

82	踏莎行(碧海无波)	晏　殊
85	破阵子(燕子来时新社)	晏　殊
87	离亭燕(一带江山如画)	张　昇
90	木兰花(东城渐觉风光好)	宋　祁
93	采桑子(群芳过后西湖好)	欧阳修
96	诉衷情(清晨帘幕卷轻霜)	欧阳修
98	踏莎行(候馆梅残)	欧阳修
101	生查子(去年元夜时)	欧阳修
103	玉楼春(尊前拟把归期说)	欧阳修
107	玉楼春(别后不知君远近)	欧阳修
109	浪淘沙(把酒祝东风)	欧阳修
112	蝶恋花(庭院深深深几许)	欧阳修
116	桂枝香(登临送目)	王安石
119	千秋岁引(别馆寒砧)	王安石
123	临江仙(梦后楼台高锁)	晏幾道
127	蝶恋花(醉别西楼醒不记)	晏幾道
130	鹧鸪天(彩袖殷勤捧玉钟)	晏幾道
133	鹧鸪天(醉拍春衫惜旧香)	晏幾道
137	鹧鸪天(小令尊前见玉箫)	晏幾道
140	生查子(金鞭美少年)	晏幾道
142	木兰花(小莲未解论心素)	晏幾道
145	菩萨蛮(哀筝一弄湘江曲)	晏幾道
148	卖花声(木叶下君山)	张舜民

152   卜算子(水是眼波横)   王 观

155   菩萨蛮(溪山掩映斜阳里)   魏夫人

158   水龙吟(似花还似非花)   苏 轼

162   水调歌头(明月几时有)   苏 轼

167   念奴娇(大江东去)   苏 轼

172   西江月(世事一场大梦)   苏 轼

175   西江月(玉骨那愁瘴雾)   苏 轼

178   临江仙(一别都门三改火)   苏 轼

182   临江仙(夜饮东坡醒复醉)   苏 轼

186   定风波(莫听穿林打叶声)   苏 轼

190   定风波(常羡人间琢玉郎)   苏 轼

193   望江南(春未老)   苏 轼

196   卜算子(缺月挂疏桐)   苏 轼

199   贺新郎(乳燕飞华屋)   苏 轼

203   洞仙歌(冰肌玉骨)   苏 轼

207   八声甘州(有情风万里卷潮来)   苏 轼

212   江城子(老夫聊发少年狂)   苏 轼

215   江城子(天涯流落思无穷)   苏 轼

219   江城子(十年生死两茫茫)   苏 轼

222   蝶恋花(花褪残红青杏小)   苏 轼

226   行香子(清夜无尘)   苏 轼

230   阳关曲(暮云收尽溢清寒)   苏 轼

233   浣溪沙(山下兰芽短浸溪)   苏 轼

236	浣溪沙(簌簌衣巾落枣花)	苏　轼
238	减字木兰花(红旗高举)	黄　裳
240	念奴娇(断虹霁雨)	黄庭坚
244	定风波(万里黔中一漏天)	黄庭坚
247	清平乐(春归何处)	黄庭坚
250	虞美人(天涯也有江南信)	黄庭坚
253	望江东(江水西头隔烟树)	黄庭坚
256	卜算子(我住长江头)	李之仪
259	望海潮(梅英疏淡)	秦　观
264	满庭芳(山抹微云)	秦　观
270	江城子(西城杨柳弄春柔)	秦　观
272	鹊桥仙(纤云弄巧)	秦　观
276	千秋岁(水边沙外)	秦　观
280	踏莎行(雾失楼台)	秦　观
285	浣溪沙(漠漠轻寒上小楼)	秦　观
289	虞美人(碧桃天上栽和露)	秦　观
291	半死桐(重过阊门万事非)	贺　铸
296	踏莎行(杨柳回塘)	贺　铸
299	青玉案(凌波不过横塘路)	贺　铸
302	六州歌头(少年侠气)	贺　铸
309	摸鱼儿(买陂塘)	晁补之
312	满庭芳(风老莺雏)	周邦彦
315	苏幕遮(燎沉香)	周邦彦

317	少年游(并刀如水)	周邦彦
320	六丑(正单衣试酒)	周邦彦
325	兰陵王(柳阴直)	周邦彦
330	西河(佳丽地)	周邦彦
333	蝶恋花(月皎惊乌栖不定)	周邦彦
335	玉楼春(桃溪不作从容住)	周邦彦
339	临江仙(闻道长安灯夜好)	毛 滂
342	黄金缕(妾本钱塘江上住)	司马槱

点绛唇

雨恨云愁，江南依旧称佳丽。水村渔市，一缕孤烟细。　　天际征鸿，遥认行如缀。平生事，此时凝睇，谁会凭栏意！

　　王禹偁是继柳开之后起来反对宋初华靡文风的文学家，有《小畜集》传世，留下来的词仅此一首。这首词以清丽的笔触，描绘了江南的雨景，含蓄地表达了用世的抱负和不被人理解的孤独愁闷。

　　借景抒情、缘情写景是诗词惯用的手法。景是外部的客观存在，并不具备人的情感。但在词人眼里，客观景物往往染上强烈的感情色彩。此即王国维《人间词话》中所谓"以我观物"，使"物皆著我之色彩"。本词劈头一句"雨恨云愁"即是主观感觉的强烈外射。云、雨哪有什么喜怒哀乐，但词人觉得，那江南的雨，绵绵不尽，分明是恨意难消；那灰色的云块，层层堆积，分明是郁积着愁闷。即使是在这弥漫着恨和愁的云雨之中，江南的景色，依旧是美丽的。南齐诗人谢朓《入朝曲》写道："江南佳丽地，金陵帝王州。"王禹偁用"依旧"二字，表明自己是仅承旧说，透露出一种无可奈何的情绪。

　　请看，江南的雨景是何等的清丽动人：在蒙蒙的雨幕中，村落渔市点缀在湖边水畔；一缕淡淡的炊烟，从村落上空袅袅升起；水天相连的远处，一行大雁，首尾相连，款款而飞。但是，如此佳丽的景色，却不能使词人欢快愉悦，他恨什么、愁什么呢？在古人心目中，由飞鸿引起的感想有许多。"鸿飞冥冥，弋人何篡焉"（扬雄《法言》），这是指隐逸远祸，是一种。齐桓公见二鸿飞过，叹曰："今彼鸿鹄有时而南，有时而北，有时而往，有时而来，四方无远，所欲至而至焉。非惟有羽翼之故"（《管子》），这是求得贤臣，成大事，又是一种。真是"举手指飞鸿，此情难具论"（李白《送裴十八图南归嵩山》）。在这里，词人遥见冲天远去的大雁，触发的是"平生事"的联想。不是乡愁，不是恋情，更不是离愁别恨，而是想到了男儿一生的事业。曹植有诗云："闲居非吾志，甘心赴国忧。"这就是好男儿的功名事业。王禹偁中进士后，只当了长洲（今苏州）知县。这小小的芝麻官，怎能实现他胸中的大志呢？他恨无知音，愁无双翼，不能像"征鸿"一样展翅高飞。

凭栏远望，天际飞鸿，这样的境界后来辛弃疾也写过。《水龙吟·登建康赏心亭》道："落日楼头，断鸿声里，江南游子。把吴钩看了，栏干拍遍，无人会、登临意。"同样的景，同样的情，看来辛弃疾是受了王禹偁的影响。但是，二人的风格色彩又显然不同。辛词慷慨激烈，直抒胸臆，看刀拍栏，活画出一个铁马金戈的英雄形象。王词却将"平生事"凝聚在对"天际征鸿"的睇视之中，显得含蓄深沉，言而不尽。

《词林纪事》引《词苑》对该词的评语云："清丽可爱，岂止以诗擅名。"在恋情闺思充斥的宋初词坛，这首清淡雅丽的《点绛唇》，实在是别具一格的佳作。

（陈华昌）

酒泉子

长忆观潮，满郭人争江上望，来疑沧海尽成空，万面鼓声中。　　弄潮儿向涛头立，手把红旗旗不湿。别来几向梦中看，梦觉尚心寒。

钱塘观潮，现在在浙江海宁。但在北宋，观潮胜地却在杭州。夏历八月十八日是钱塘江潮汛的高潮期，那时，这一天是"潮神生日"，要举行观潮庆典，仪式非常隆重。每到这一天，官民各色人等，倾城出动，车水马龙，彩旗飞舞，盛极一时。还有数百健儿，披发文身，手举红旗，脚踩浪头，争先鼓勇，跳入江中，迎着潮头前进。潮水将至，远望一条白线，逐渐推进，声如雷鸣，越近高潮，声势越大，白浪滔天，山鸣谷应。水天一色，海阔天空。如沧海横流，一片汪洋。当地居民，就直接称呼钱塘江为"海"；称江堤为海堤。潘阆因言行"狂妄"被斥逐，漂泊江湖，卖药为生，曾流浪到杭州。涨潮的盛况留给他极其深刻的印象，以致后来经常梦见涨潮的壮观。这首《酒泉子》小词，就是他回忆观潮盛况之作。他用《酒泉子》这个词牌写过十首词，但以这一首写得最好，最为后人传诵。

上片一开始，"长忆观潮"，表明作者对于杭州观潮盛况，永志难忘，经常回想。他首先回忆观潮的人："满郭人争江上望。"杭州人倾城而出,拥挤钱塘江边,踮起脚尖,伸长脖子,争看江面潮水上涨。说"满郭"(即"全城"意),虽是夸张之词,但有现实生活作依据。吴自牧《梦粱录·观潮》载:"临安……西有湖光可爱,东有江潮堪观,皆绝景也。每岁八月内,潮怒胜于常时。都人自十一日起,便有观者。至十六、十八日倾城而出,车马纷纷。十八日最为繁盛。"可见,"倾城而出"是对这种传统的观潮盛况的真实写照。其次,作者回忆潮水汹涌澎湃的来势。南宋周密的《武林旧事·观潮》描写:潮水来时,"大声如雷霆……吞天沃日,势极雄豪。"虽然也写得很形象,却不如潘阆"来疑沧海尽成空,万面鼓声中"这么惊险生动,有声有色。作者见潮水像一道道的银白色长城,排山倒海而来,简直怀疑大海的水,都被倒得一干二净,集中到钱塘江,声音轰隆轰隆,像万面战鼓同时敲打,观潮的人都陶醉在鼓声之中。真是天下壮观,人间奇迹!不能不令人钦佩作者的想象力,既大胆,又确切。经他这么夸张地描绘,纵使从来没有观过潮的人,也觉得心动神摇,意气风发。

词的下片继续回忆。作者想起那些弄潮健儿创造的奇迹与奇观:"弄潮儿向涛头立,手把红旗旗不湿。"这是从上片末尾的浪漫主义的想象转入对亲眼目睹的弄潮奇观的实写。所谓"弄潮儿"就是敢于在风口浪尖上向潮头挑战,戏弄潮头、藐视潮头的健儿。他们向涛头挺立,出没于起伏动荡的惊涛骇浪中,手举红旗,不被潮水溅湿。这是不可思议的奇迹,也是不可多见的奇观!《武林旧事》曾对"弄潮儿"作过生动的描绘:"吴儿善泅者数百,皆披发文身,手持十幅大采旗,争先鼓勇,溯迎而上,出没于鲸波万仞中,腾身百变,而旗尾略不沾湿,以此夸能。"他们不仅"手把红旗旗不湿",还要互相竞赛,比个高低,真是了不起! 但是,那些"弄潮儿",并不是没有危险的,面向翻江倒海的怒潮,一不小心,立即有灭顶之灾。无怪作者说:"别来几向梦中看,梦觉尚心寒。"作者当然是见过不少被淹没的健儿,才感到场面惊险,心寒胆战的。

上片回忆观潮,表现宇宙间的壮观;下片回忆弄潮,表现弄潮儿创造的奇迹。作者写"观潮",人与潮分开写,先写人山人海,后写潮势潮声。写"弄潮",人与潮结合着写,写弄潮健儿迎向涛头,手举红旗,英姿飒爽,不可一世。如果只写"观潮",不写"弄潮",那就停留在自然风光的描写上,作为万物之灵的人只是消极的旁观者,意义不大;写了"弄潮",使人与自然融为一体,作品就显示出广度与深度,表现出健儿们敢于和大自然搏斗的大无畏的精神面貌。末尾的"梦觉尚心寒",作者用自己的感受——连做梦也被惊险的弄潮场面吓得胆战心寒,烘托"弄潮儿"的精彩的表演,实际是对"弄潮儿"的热情歌颂。

(吴奔星)

林　逋

长相思

吴山青，越山青。两岸青山相送迎，谁知离别情？
君泪盈，妾泪盈。罗带同心结未成，江头潮已平。

　　林逋是北宋初年著名的隐士。他独居杭州西湖边的孤山，二十年不入城市，种梅养鹤，终身未娶，人称"梅妻鹤子"。其咏梅诗中"疏影横斜水清浅，暗香浮动月黄昏"一联，写出他孤高自许的情怀，最为世所称道。因此，在人们心目中，这位清心寡欲、几乎不食人间烟火的"和靖先生"，该是与爱情无缘了吧？不然。一阕《长相思》，便道出了他关怀人间情爱的款款心曲，展示了他内心世界的另一面。

　　词以一女子的声口，抒写她因婚姻不幸，与情人诀别的悲怀。开头用民歌传统的起兴手法，"吴山青，越山青"，叠下两个"青"字，色彩鲜明地描画出一片江南特有的青山胜景。吴、越均为春秋时古国名，地在今江浙一带。钱塘江北岸多属吴国，以南则属越国。这里自古山明水秀，风光宜人，却也阅尽了人间的悲欢。"两岸青山相送迎"，吴山、越山，年年岁岁但对江上行舟迎来送往，于人间之聚散离合已是司空见惯。"谁知离别情？"歇拍处用拟人手法，向亘古如斯的青山发出嗔怨，借自然无情反衬人生有恨，使感情色彩由轻盈转向深沉，巧妙地托出了送别的主旨。

"君泪盈,妾泪盈",过片承前,由写景转入抒情。这无人能够理喻的离别的痛苦,却落到了你我身上。临别之际,泪眼相对,哽咽无语。为什么这人间常有的离别,却使他们如此感伤?"罗带同心结未成",含蓄道出了他们悲苦难言的底蕴。古代男女定情时,往往用丝绸带打成一个心形的结,叫做"同心结"。"结未成",喻示他们爱情生活横遭不幸。不知是什么强暴的力量,使他们心心相印而难成眷属,只能各自带着心头的累累创伤,来此洒泪而别。"江头潮已平",船儿就要起航了。"结未成,潮已平",益转益悲,一江恨水,延绵无尽。

　　这首词艺术上的显著特点是反复咏叹,情深韵美,具有浓郁的民歌风味。词采用了《诗经》以来民歌中常用的复沓形式,在节奏上产生一种回环往复、一唱三叹的艺术效果。词还句句押韵,连声切响,前后相应,显出女主人公柔情似水,略无间阻,一往情深。而这,乃得力于作者对词调的选择。唐代白居易以来,文人便多用《长相思》调写男女情爱,以声助情,得其双美。林逋沿袭传统,充分发挥了此调独特的艺术效应,又用清新流美的语言,唱出了吴越青山绿水间的地方风情,使这首小令成为唐宋爱情词苑中一朵溢香滴露的小花。

(蔡　毅)

玉楼春

城上风光莺语乱，城下烟波春拍岸。绿杨芳草几时休，泪眼愁肠先已断。　　情怀渐觉成衰晚，鸾镜朱颜惊暗换。昔时多病厌芳尊，今日芳尊惟恐浅。

据胡仔《苕溪渔隐丛话后集》卷三十九引《侍儿小名录》载："钱思公谪汉东(即随州，今湖北随县)日，撰《玉楼春》词云云，每酒阑歌之则泣下。后阁有白发姬，乃邓王(惟演父俶)歌鬟惊鸿也，遽言：'先王将薨，预戒挽铎中歌《木兰花》(即《玉楼春》)引绋为送，今相公亦将亡乎？'果薨于随州。邓王旧曲，亦尝有'帝乡烟雨锁春愁，故国山川空泪眼'之句。"宋仁宗明道二年(1033)三月，垂帘听政的刘太后崩，仁宗开始亲政，即着力在朝廷廓清刘氏党羽。与刘氏结为姻亲的钱惟演自然在劫难逃，同年九月，坐擅议宗庙罪罢平章节度务，贬崇信军节度使，谪居汉东。紧接着，其子钱暧也被罢官。不久，与钱氏有姻亲关系的郭皇后被废。这一切，都预示着他的政治生命行将结束。这首词正是作于此时，离他去世不到一年，因此写得"词极凄惋"，处处流露出一种垂暮之感。

词的上片前两句是写景，意思只是说，城头上莺语唧唧，风光无限；城脚下烟波浩淼，春水拍岸，是一派春景。作者在这里是借景抒情，而不是因景生情，因此用粗线条来勾勒春景，对于后面的遣怀抒情反而有好处，因为它避免了可能造成的喧宾夺主的毛病。另外，作者对景物描写作这样的处理，仍有一番匠心在。首先，这两句是从城上和城下两处着墨描绘春景，这就给人以动的感觉。其次，又斟酌字句，使两句中的听觉与视觉形成对比，看的是风光、烟波之类，显得抽象朦胧；听的是莺语、涛声，显得具体真切。这样的描写，正能体现出作者此时此刻的心情：并非着意赏春，而是一片春声在侵扰着他，使他无计避春，从而更触发了满怀愁绪。况周颐在《蕙风词话》中有一段颇有见地的话："词过经意，其蔽也斧琢；过不经意，其蔽也褴褛。不经意而经意，易；经意而不经意，难。"钱惟演的这两句正是进入了"经意而不经意"的境界。

下面两句开始抒情，绿杨芳草年年生发，而我则已是眼泪流尽，愁肠先断，愁惨之气溢于言表。"绿杨芳草几时休"与"春花秋月何时了"句法相同，可以互参。此处由景入情，并且突作"变徵之声"，把词推向高潮，中间的过渡是很自然的。

下片的前两句仍是抒情，不过比上片更为细腻，"情怀渐觉成衰晚"，并不是虚写，而是有着充实的内容。钱惟演宦海沉浮几十年，能够"官兼将相，阶、勋、品皆第一"（见欧阳修《归田录》），靠的就是刘太后，因此，刘太后的死，对钱惟演确实是致命一击。一贬汉东，永无出头之日，这对于一生"雅意柄用"的钱惟演来说，是一种无法忍受的痛苦，当时的情怀可想而知。"鸾镜朱颜惊暗换"，亦徐干《室思》诗"郁结令人老"之意，承上句而来。人不能自见其面，说是镜里见而始惊，亦颇入情。这两句从精神与形体两方面

9

来感叹老之已至,充满了无可奈何的伤感之情。

最后两句是全词的精粹,收得极有分量,使整首词境界全出。李攀龙说:"妙处俱在末结语传神。"(明吴从先《草堂诗余隽》引)沈际飞说:"芳尊恐浅,正断肠处,情尤真笃。"(《草堂诗余正集》)这些评论都是比较恰当的。用酒浇愁是一个用滥了的主题,但这里运用得却颇出新意,原因正在于作者捕捉到对"芳尊"态度的前后变化,形成强烈对照,写得真率。以全篇结构来看,这也是最精彩的一笔,使得整首词由景入情,由粗及细,层层推进,最后"点睛",形成所谓"警策句",使整首词表达了一个完整的意境。有人曾经把这两句同宋祁的"为君持酒劝斜阳,且向花间留晚照"加以比较,认为宋祁的两句更为委婉。(见杨慎《词品》)这固然有些道理,但同时也要看到,这两首词所表现的意境并不相同。宋祁是在着意赏春,尽管也流露出一点"人生易老"的感伤情绪。但整首词的基调是明快的。而钱惟演则是在因春伤情,整首词所抒发的是一个政治失意者的绝望心情。从这点上说,两者各得其妙。其实,词写得委婉也好,直露也好,关键在于一个"真"字,"真字是词骨。情真,景真,所作必佳"(《蕙风词话》卷一)。这是极有见地的议论。

这首遣怀之作,在遣词用语上却未脱尽脂粉气,芳草、泪眼、鸾镜、朱颜等等,颇有几分像"妇人之语",实际上它只是抒写作者的政治失意的感伤而已,反映出宋初纤丽词风的一般特征。

(陈允吉 胡中行)

苏幕遮

碧云天，黄叶地，秋色连波，波上寒烟翠。山映斜阳天接水，芳草无情，更在斜阳外。　　黯乡魂，追旅思，夜夜除非，好梦留人睡。明月楼高休独倚。酒入愁肠，化作相思泪。

这首词抒写羁旅相思之情，题材基本不脱传统的离愁别恨的范围，但意境的阔大却为这类词所少有。

上片写秋丽阔远的秋景，暗寓乡思。起手两句，即从大处落笔，浓墨重彩，展现出一派长空湛碧、大地澄黄的高远境界，而无写秋景经常出现的衰飒之气。王实甫《西厢记》"长亭送别"一折化用这两句，改为"碧云天，黄花地"，同样极富画画美与诗意美。

"秋色连波，波上寒烟翠"两句，从碧天广野写到遥接天地的秋水。秋色，承上指碧云天、黄叶地。这湛碧的高天和满是落叶的大地一直向远方伸展，连接着天地尽头的淼淼秋江。江波之上，笼罩着一层翠色的寒烟。烟霭本呈白色，但由于上连碧天，下接绿波，远望即与碧天同色而莫辨，如所谓"秋水共长天一色"，所以说"寒烟翠"。"寒"字突出了这翠色的烟霭给予人的秋意感受。这两句境界悠远，与前两句高广的境界互相配合，构成一幅极为寥廓而多彩的秋色图。

"山映斜阳天接水,芳草无情,更在斜阳外。"傍晚,夕阳映照着远处的山峦,碧色的遥天连接着秋水绿波,萋萋芳草,一直向远处延伸,隐没在斜阳照映不到的天边。这三句进一步将天、地、山、水通过斜阳、芳草组接在一起,景物自目之所接延伸到想象中的天涯。这里的芳草,虽未必有明确的象喻意义(如黄蓼园谓芳草喻小人,就不免穿凿),但这一意象确可引发有关的联想。自从《楚辞·招隐士》写出了"王孙游兮不归,春草生兮萋萋"以后,在诗词中,芳草就往往与乡思别情相联系。这里的芳草,同样是乡思离情的触媒。它遥接天涯,远连故园,更在斜阳之外,使瞩目望乡的客子难以为情,而它却不管人的情绪,所以说它"无情"。到这里,方由写景隐逗出乡思离情。

整个上片所写的阔远秋丽、毫无衰飒情味的秋景,在文人笔下是少见的,在以悲秋伤春为常调的词中,更属罕见。而悠悠乡思离情,也从芳草天涯的景物描写中暗暗透出,写来毫不着迹。这种由景及情的自然过渡,手法也很高妙。

过片紧承芳草天涯,直接点出"乡魂""旅思"。乡魂,即思乡的情思,与"旅思"义近。两句是说自己思乡的情怀黯然凄怆,羁旅的愁绪重叠相续。上下互文对举,带有强调的意味,而主人公羁泊异乡时间之久与乡思离情之深自见。

"夜夜除非,好梦留人睡",九字作一句读。说"除非",足见只有这个,别无他计,言外之意是说,好梦做得很少,长夜不能入眠。这就逗出下句:"明月楼高休独倚。"月明中正可倚楼凝想,但独倚明月照映下的高楼,不免愁怀更甚,不由得发出"休独倚"的慨叹。从"斜阳"到"明月",显示出时间的推移,而主人公所处的地方依然是那座高楼,足见乡思离愁之深重。"楼高""独倚"点醒上文,暗示前面所写的都是倚楼所见。这样写法,不仅避免了结构与行文的平直,而且使上片的写景与下片的抒情自然地融为一体。

"酒入愁肠,化作相思泪。"因为夜不能寐,故借酒浇愁,但酒一入愁肠,却都化作了相思之泪,这真是欲遣相思反而更增相思之苦了。结拍两句,抒情深刻,造语生新。作者另一首《御街行》则翻进一层,说:"愁肠已断无由醉,酒未到,先成泪。"写得似更奇警深至,但微有做作态,不及这两句自然。写到这里,郁积的乡思旅愁在外物触发下发展到最高潮,词也就在这难以为怀的情绪中黯然收束。

这首词上片写景,下片抒情,这本是词中常见的结构和情景结合方式。它的特殊性在于丽景与柔情的统一,更准确地说,是阔远之境、秾丽之景与深挚之情的统一。写乡思离愁的词,往往借萧瑟的秋景来表达,这首词所描绘的景色却阔远而秾丽。它一方面显示了词人胸襟的广阔和对生活对自然的热爱,反过来衬托了离情的可伤;另一方面又使下片所抒之情显得柔而有骨,深挚而不流于颓靡。整个来说,这首词的用语与手法虽与一般的词类似,意境情调却近于传统的诗。这说明,抒写离愁别恨的小词是可以写得境界阔远,不局限于闺阁庭院的。　　　　(刘学锴)

渔家傲

塞下秋来风景异,衡阳雁去无留意。四面边声连角起。千嶂里,长烟落日孤城闭。　　浊酒一杯家万里,燕然未勒归无计。羌管悠悠霜满地。人不寐,将军白发征夫泪!

　　北宋在仁宗即位之后,国家积弱积贫之势益加明显,表面上一片升平,实际上危机四伏,而文风、词风仍在沿袭着晚唐、五代的余习发展。有远见的政治家、文学家都已觉察到问题的严重性,"庆历新政"和古文运动先后发生在这个时期,不是偶然现象,而是当时政治现实、社会现实的客观要求。在词的方面,豪放词开始兴起,一变低沉婉转之调,而为慷慨雄放之声,把有关国家、社会的重大问题反映到词里。范仲淹的《渔家傲》可算是这方面的代表作。

　　范仲淹在仁宗康定元年(1040)八月,任陕西经略安抚副使兼知延州(治所在今陕西延安),抗击西夏。庆历元年(1041)四月调知耀州(治所在今陕西耀县)。他的《渔家傲》词即作于这个时期。据宋人魏泰《东轩笔录》说,范仲淹守边时,作《渔家傲》歌数阕,皆以"塞下秋来"为首句,颇述边镇之劳苦,欧阳修尝称为"穷塞主"之词云云。现在只剩下了这一首。

上阕着重写景。起句"塞下秋来风景异","塞下"点明了延州的所在区域。当时延州为西北边地，是防止西夏进攻的军事重镇，故称"塞下"。"秋来"，点明了季节。"风景异"，概括地写出了延州秋季和内地大不相同的风光。范仲淹是苏州人，他对这个地方的季节变换，远较北人敏感，故用一个"异"字概括，这中间含有惊异之意。怎样不同呢？"衡阳雁去无留意。"雁是候鸟，每逢秋季，北方的雁即飞向南方避寒。古代传说，雁南飞，到衡阳即止，衡山的回雁峰即因此而得名，所以王勃说："雁阵惊寒，声断衡阳之浦"(《滕王阁序》)。词里的"衡阳雁去"也从这个传说而来。"无留意"是说这里的雁到了秋季即向南展翅奋飞，毫无留恋之意，反映这个地区到了秋天，寒风萧瑟，满目荒凉。反过来说，这个地区秋天的荒凉景象，尽括在雁"无留意"三字之中，显得笔力遒劲。下边续写延州傍晚时分的战地景象："四面边声连角起。"所谓"边声"，如《文选》载李陵《答苏武书》所云"凉秋九月，塞外草衰，夜不能寐，侧耳远听，胡笳互动，牧马悲鸣，吟啸成群，边声四起"，是总指一切带有边地特色的声响。这种声音随着军中的号角声而起，形成了浓厚的悲凉气氛，为下片的抒情蓄势。"千嶂里，长烟落日孤城闭"，上句写延州周围环境，它处在层层山岭的环抱之中；下句牵挽到对西夏的军事斗争。"长烟落日"，很容易使人联想起唐代大诗人王维的名句"大漠孤烟直，长河落日圆"，写出了塞外的壮阔风光。而在"长烟落日"之后，紧缀以"孤城闭"三字，气象便不相同。千嶂、孤城、长烟、落日，这是所见；边声、号角声，这是所闻。把所见所闻诸现象连缀起来，展现在人们眼前的是一幅充满肃杀之气的战地风光画面，特别值得玩味的是"孤城闭"三字,它隐隐地透露出宋朝不利的军事形势。为什么会造成这种形势呢?

原来宋朝从建立之后,就采取重内轻外政策,对内加紧控制,把禁军分驻全国各地,而在边疆上长期放弃警戒,武备松弛。宝元元年(1038)西夏元昊称帝,宋廷调兵遣将,扬声讨伐,而事起仓促,将不知兵,兵不知战,以致每战辄败。范仲淹移知延州,可以说是"受任于败军之际,奉命于危难之间"。他到任后,一方面加强军队训练,一方面在延州周围构筑防御工事,始终居于守势,不敢轻易出击,延州局势才暂时稳定下来,就整个形势来说,延州仍处于孤立状态。所以"孤城闭"三字真实地反映了当时的军事态势,反映出宋朝守军力量是很薄弱的,作为指挥部所在地的城门,太阳一落就关闭起来,表现了形势的严重性。这一句就为下片的抒情作了铺垫。

下阕着重抒情。起句"浊酒一杯家万里",这是词人的自抒怀抱。他身负重任,防守危城,天长日久,难免起乡关之思。这"一杯"与"万里"之间形成了悬殊的对比,也就是说,一杯浊酒,销不了浓重的乡愁,造语雄浑有力。乡愁由何而来呢?"燕然未勒归无计",这句是用典。燕然,山名,即杭爱山,在今蒙古国境内。汉和帝永元元年(89),窦宪大破北匈奴,穷追北单于,曾登此山,"刻石勒功而还"(《后汉书·和帝纪》)。词意是说,战争没有取得胜利,还乡之计是无从谈起的,然而要取得胜利,又谈何容易!"羌管悠悠霜满地",写夜景,在时间上是"长烟落日"的延续。羌管,即羌笛,是出自古代西部羌族的一种乐器,它所发的是凄切之声,唐代边塞诗里经常提到它。如王之涣《凉州曲》"羌笛何须怨杨柳,春风不度玉门关",岑参《白雪歌送武判官归京》"中军置酒宴归客,胡琴琵琶与羌笛"等,皆为人所熟知。深夜里传来了抑扬的羌笛声,大地上铺满了秋霜。耳所闻的、目所睹的都给人以凄清、悲凉之感。如果深夜里安然熟睡,是听不到、也看不到的。这就逗出了下句:"人不寐",补叙上句,表明自己彻夜未眠,徘徊于庭。"将军白发征夫泪",由自己而及征夫,总收全词。将军(词人自己)为什么通宵不眠,发为之白? 很明显,是"燕然未勒归无计"造成的;征夫为什么会不眠和落泪? 是出于同样原因。他们和将军的思想感情是一致的:既希望取得伟大胜利,而战局长期没有进展,又难免思念家乡,妻子儿女魂牵梦绕。爱国激情,浓重乡思,兼而有之,构成了他们复杂而又矛盾的情绪。将军与征夫的矛盾情绪通过全词景物的描写,气氛的渲染,婉曲地传达出来,情调苍凉而悲壮,和婉约词的风格完全不同。

　　这首词,有人说是"表现了作者的英雄气概和战士们生活的艰苦性",这只是表面看法,其实它更是对宋王朝重内轻外、消极防御政策所造成的严重后果形象的概括与反映。　(李廷先)

御街行

纷纷坠叶飘香砌。夜寂静,寒声碎。真珠帘卷玉楼空,天淡银河垂地。年年今夜,月华如练,长是人千里。　　愁肠已断无由醉,酒未到,先成泪。残灯明灭枕头敧,谙尽孤眠滋味。都来此事,眉间心上,无计相回避。

　　这词一本有副题"秋日怀旧",是一首怀人之作,其间洋溢着一片柔情。即所谓"铁石心肠人亦作此消魂语"(许昂霄《词综偶评》)。上片描绘秋夜寒寂的景象,下片抒写孤眠愁思的情怀,由景入情,情景交融。

　　秋夜景象,作者只抓住秋声和秋色,便很自然地引出秋思。欧阳修《秋声赋》说:"星月皎洁,明河在天,四无人声,声在树间。"这首词上片写的正是这种境界。一叶落知天下秋,到了秋天树叶大都变黄飘落。树叶纷纷飘坠在香砌(香阶)之上,不言秋而知秋。夜,是秋夜。夜寂静,并非说一片阒寂,而是如《秋声赋》所说"四无人声";声还是有的,是寒声,即秋声。这声音不在树间,却来自树间。就是树上飘来的黄叶坠在阶上,沙沙作响。夜里,树叶飘落是看不见的,即便是月色如昼,也是看不清楚的。这里写"纷纷坠叶",不是诉诸视觉,而是诉诸听觉,是凭耳朵所听到的沙沙声响,感知到叶坠香阶的。"寒声碎",这三个字,不仅告诉我们这细碎的声响就是坠叶的声音,而且告诉我们这声响是带着寒意的秋声。由沙沙响而感知落叶声,由落叶而感知秋时之声,由秋声而感知寒意。这个"寒"字下得极妙,既是秋寒节候的感受,又是孤寒处境的感受,兼写物境与心境。由此引出空楼明月的一段描写。由听觉转入视觉。

"真珠帘卷玉楼空",在空寂的高楼之上,卷起珠帘,观看夜色。这夜色也如《秋声赋》所说的:"星月皎洁,明河在天。"玉楼观月的一段描写,感情细腻,色泽绮丽,有花间词人的遗风,然而在骨子里,却自有一股清刚之气。唐崔国辅《古意》说"下帘弹箜篌,不忍见秋月",这里却写在玉楼之上,将珠帘高高卷起,环视天宇。都是写相思之情,其气质却自不同。卷帘观看星月,显得奔放。"天淡银河垂地",评点家视为佳句,确实是好句,六个字勾画出秋夜空旷的天宇,实不减杜甫"星垂平野阔"之气势。以月写相思,自谢庄《月赋》"美人迈兮音尘阙,隔千里兮共明月"之后,代不乏人。因为千里共月,最易引起相思之情。"年年今夜,月华如练,长是人千里",写的也是这种意境,其声情顿挫,骨力遒劲,和温庭筠《菩萨蛮》"玉楼明月长相忆,柳丝袅娜春无力",刚柔有别。写珠帘、写银河、写月色,奔放雄壮,深沉激越。写到这里,感情已似激流洪波,以景寓情已不足以表达,很自然地转入下片的直接抒情,倾吐愁思。

下片写酌酒垂泪的愁意,挑灯倚枕的愁态,攒眉揪心的愁容,一个"愁"字,毫不掩饰地端了出来。曹操诗云:"何以解忧,惟有杜康。"古来借酒解忧解愁成了诗词中常咏的题材。有的反其意而用之,说"举杯销愁愁更愁","欲解愁肠还是酒,奈酒至愁还又"。范仲淹写酒化为泪,不仅反用其意,而且翻进一层,别出心裁,自出新意。他在《苏幕遮》中就说:"酒入愁肠,化作相思泪。"在这首词里说:"愁肠已断无由醉,酒未到,先成泪。"肠已愁断,酒无由入,虽未到愁肠,已先化泪。比起入肠化泪,又添一折,又进一层,愁更难堪,情更凄切。真可谓善写愁思者也。

自《诗经·关雎》"悠哉悠哉,辗转反侧"出,诗人便多以卧不安席来表现愁态。如曹丕《杂诗》:"展转不能寐兮,披衣起彷徨。"范仲淹在这里说"残灯明灭枕头欹",室外月明如昼,室内昏灯如灭,两相映照,自有一种凄然的气氛。枕头欹斜,写出了愁人倚枕对灯寂然凝思神态,这神态比起辗转反侧,更加形象,更加生动。然后补一句:"谙尽孤眠滋味。"由于有前句铺垫,这句独白也十分入情,很富于感人力量。"都来此事",算来这怀旧之事,是无法回避的,不是在心头萦绕,就是在眉头攒聚。愁,在内为愁肠愁心,在外为愁眉愁脸。古人写愁情,设想愁像人体中的"气",气能行于体内体外,故或写愁由心间转移到眉上,如毛滂《惜分飞》"愁到眉峰碧聚";或写由眉间转移到心上,如李清照《一剪梅》"此情无计可消除,才下眉头,却上心头"。范仲淹这首词则说"眉间心上,无计相回避",说得比较全面,但从词的语言看,生动性、形象性似稍逊易安一筹,虽然仍不失为入情入理的佳句。

纵观下片,由景入情,写情先写愁意,次写愁态,再写愁容,步步逼进,层层翻出,怀人之情直接吐露,淋漓尽致,沉着痛快。

(林东海)

柳　永

雨霖铃

寒蝉凄切。对长亭晚，骤雨初歇。都门帐饮无绪，留恋处、兰舟催发。执手相看泪眼，竟无语凝噎。念去去、千里烟波，暮霭沉沉楚天阔。　　多情自古伤离别，更那堪冷落清秋节！今宵酒醒何处？杨柳岸、晓风残月。此去经年，应是良辰好景虚设。便纵有千种风情，更与何人说？

　　此词当为词人从汴京南下时与一位恋人的惜别之作。据传柳永因作词忤仁宗，遂"失意无俚，流连坊曲"，为歌伶乐伎撰写曲子词。由于得到艺人们的密切合作，他能变旧声为新声，在唐五代小令的基础上，创制了大量的慢词，使宋词开始了一个新的发展阶段。这首词调名《雨霖铃》，盖取唐时旧曲翻制。据《明皇杂录》云，安史之乱时，唐玄宗避地蜀中，于栈道雨中闻铃音，起悼念杨贵妃之思，"采其声为《雨霖铃》曲，以寄恨焉"。王灼《碧鸡漫志》卷五云："今双调《雨霖铃慢》，颇极哀怨，真本曲遗声。"在词史上，双调慢词《雨霖铃》最早的作品，当推此首。柳永充分利用这一词调声情哀怨、篇幅较长的特点，写委婉凄恻的离情，可谓尽情尽致，读之令人於悒。

　　词的上片写一对恋人饯行时难分难舍的别情。起首三句写别时之景,点明了地点和节序。《礼记·月令》云:"孟秋之月,寒蝉鸣。"可见时间大约在农历七月。然而词人并没有纯客观地铺叙自然景物,而是通过景物的描写,氛围的渲染,融情入景,暗寓别意。时当秋季,景已萧瑟;且值天晚,暮色阴沉;而骤雨滂沱之后,继之以寒蝉凄切:词人所见所闻,无处不凄凉。加之当中"对长亭晚"一句,句法结构是一、二、一,极顿挫吞咽之致,更准确地传达了这种凄凉况味。

前三句通过景色的铺写,也为后两句的"无绪"和"催发"设下伏笔。"都门帐饮",语本江淹《别赋》:"帐饮东都,送客金谷。"他的恋人在都门外长亭摆下酒筵给他送别,然而面对美酒佳肴,词人毫无兴致。可见他的思绪正专注于恋人,所以词中接下去说:"留恋处、兰舟催发。"这七个字完全是写实,然却以精炼之笔刻画了典型环境与典型心理:一边是留恋情浓,一边是兰舟催发,这样的矛盾冲突何其尖锐!林逋《相思令》云:"君泪盈,妾泪盈,罗带同心结未成,江头潮欲平。"仅是暗示船将启碇,情人难舍。刘克庄《长相思》云:"烟迢迢,水迢迢,准拟江边驻画桡,舟人频报潮。"虽较明显,但仍未脱出林词窠臼。可是这里的"兰舟催发",却以直笔写离别之紧迫,虽没有他们含蕴缠绵,但直而能纡,更能促使感情的深化。于是后面便迸出"执手相看泪眼,竟无语凝噎"二句。语言通俗而感情深挚,形象逼真,如在目前。寥寥十一字,真是力敌千钧!后来传奇戏曲中常有"流泪眼看流泪眼,断肠人对断肠人"的唱词,然却不如柳词凝练有力。那么词人凝噎在喉的是什么话呢?"念去去"二句便是他的内心独白。词是一种依附于音乐的抒情诗体,必须讲究每一个字的平仄阴阳,而去声字尤居关键地位。这里的去声"念"字用得特别好。清人万树《词律发凡》云:"名词转折跌荡处,多用去声,何也? 三声之中,上、入二者可以作平,去则独异。……当用去者,非去则激不起。"此词以去声"念"字作为领格,上承"凝噎"而自然一转,下启"千里"以下而一气流贯。"念"字后"去去"二字连用,则愈益显示出激越的声情,读时一字一顿,遂觉去路茫茫,道里修远。"千里"以下,声调和谐,景色如绘。既曰"烟波",又曰"暮霭",更曰"沉沉",着色可谓浓矣;既曰"千里",又曰"阔",空间可谓广矣。在如此广阔辽远的空间里,充满了如此浓密深沉的烟霭,其离愁之深,令人可以想见。

上片正面话别,到此结束;下片则宕开一笔,先作泛论,从个别说到一般,得出一条人生哲理:"多情自古伤离别。"意谓伤离惜别,并不自我始,自古皆然。接以"更那堪冷落清秋节"一句,则为层层加码,极言时当冷落凄凉的秋季,离情更甚于常时。"清秋节"一辞,映射起首三句,前后照应,针线极为绵密;而冠以"更那堪"三个虚字,则加强了感情色彩,比起首三句的以景寓情更为明显、深刻。"今宵"三句蝉联上句而来,是全篇之警策,后来竟成为苏轼相与争胜的对象。据俞文豹《吹剑录》云:"东坡在玉堂日,有幕士善歌,因问:'我词何如柳七?'对曰:'柳郎中词,只合十七八女郎,执红牙板,歌"杨柳岸晓风残月"。学士词,须关西大汉,(执)铜琵琶,铁绰板,唱"大江东去"。'"这三句本是想象今宵旅途中的况味:一舟临岸,词人酒醒梦回,只见习习晓风吹拂萧萧疏柳,一弯残月高挂杨柳梢头。整个画面充满了凄清的气氛,客情之冷落,风景之清幽,离愁之绵邈,完全凝聚

23

在这画面之中。比之上片结尾二句,虽同样是写景,写离愁,但前者仿佛是泼墨山水,一片苍茫;这里却似工笔小帧,无比清丽。词人描绘这清丽小帧,主要采用了画家所常用的点染笔法。清人刘熙载在《艺概》中说:"词有点,有染。柳耆卿《雨霖铃》云:'多情自古伤离别,更那堪冷落清秋节。今宵酒醒何处? 杨柳岸、晓风残月。'上二句点出离别冷落,'今宵'二句乃就上二句意染之。点染之间,不得有他语相隔,隔则警句亦成死灰矣。"也就是说,这四句密不可分,相互烘托,相互陪衬,中间若插上另外一句,就破坏了意境的完整性,形象的统一性,而后面这两个警句,就将失去光彩。

"此去经年"四句,构成另一种情境。因为上面是用景语,此处则改用情语。他们相聚之日,每逢良辰好景,总感到欢娱;可是别后非止一日,年复一年,纵有良辰好景,也引不起欣赏的兴致,只能徒增怅触而已。"此去"二字,遥应上片"念去去";"经年"二字,近应"今宵",在时间与思绪上均是环环相扣,步步推进,可见结构之严密。"便纵有千种风情,更与何人说",益见钟情之殷,离愁之深。而归纳全词,犹如奔马收缰,有住而不住之势;又如众流归海,有尽而未尽之致。其以问句作结,更留有无穷意味,耐人寻绎。

耆卿词长于铺叙,有些作品失之于平直浅俗,然而此词却能做到"曲处能直,密处能疏,鼻处能平,状难状之景,达难达之情,而出之以自然"(冯煦《六十一家词选例言》论柳永词)。像"兰舟催发"一语,可谓兀傲排鼻,但其前后两句,却于沉郁之中自饶和婉。"今宵"三句,寄情于景,可称曲笔,然其前后诸句,却似直抒胸臆。前片自第四句起,写情至为缜密,换头却用提空之笔,从远处写来,便显得疏朗清远。词人在章法上不拘一格,变化多端,因而全词起伏跌宕,声情双绘,付之歌喉,亦能奕奕动人。

(徐培均)

柳　永

婆罗门令

昨宵里恁和衣睡,今宵里又恁和衣睡。小饮归来,初更过、醺醺醉。中夜后、何事还惊起? 霜天冷,风细细,触疏窗、闪闪灯摇曳。　　空床展转重追想,云雨梦、任敧枕难继。寸心万绪,咫尺千里。好景良天,彼此,空有相怜意,未有相怜计。

作者在著名的《雨霖铃》中写了他与情人的离别,其中有行者对来日情事的设想:"今宵酒醒何处? 杨柳岸、晓风残月。此去经年,应是良辰好景虚设。"而这首《婆罗门令》就内容而言,则像是《雨霖铃》的续篇,写别后旅居时事。词中通过羁旅者中宵酒醒的情景,抒写了他的离愁与相思。

上片写孤眠惊梦的情事。开头二句从"今宵"联系到"昨宵",说昨夜是这样和衣而睡,今夜又这样和衣而睡。连写两夜,而景况如一。从羁旅生活中选择"和衣睡"这样一个典型的细节,就写尽了游子苦辛和孤眠滋味。两句纯用口语,几乎逐字重复,于次句着一"又"字,这就表达出一种因生活单调腻味而极不耐烦的情绪。以下三句倒叙,写入睡之前,先喝过一阵闷酒。说"小饮",可见未尽兴,因为客中独酌较之"都门帐饮"是更其"无绪"的。但一饮饮到"初更过",又可见有许多愁闷待酒消遣,独饮虽无意兴,仍是醉醺醺归来。"醺醺醉"三字,既承上说明了何以和衣而睡的原因,又为过拍处追寻梦境伏笔。"中夜后"以下数句,忽写到惊梦后的种种感受。"何事还惊起"用设问的语气,便加强了表情作用,使读者感到梦醒人的满腔幽怨。"霜天冷,风细细"是其肤觉感受;"闪闪灯摇曳"则是其视觉感受。由风"触疏窗"过渡,语极浑成,其造境的凄清适足反映出主人公的心境。

下片写醒后不能入睡的苦况。过拍处撇开景语,继惊梦写孤眠寂寞的心情。主人公此时辗转反侧不能成眠,想要重温旧梦而不复可得。"重追想"三字对上片所略过的情事作了补充,原来在醉归后短暂的一觉中,他曾做上一个好梦,与情人同衾共枕,备极欢洽。作者安排"云雨梦"的情节,对于表现主人公孤凄处境有反衬作用,梦越好,越显得梦醒后的可悲。虽则只一饷贪欢,也值得留恋,然而"云雨梦、任敧枕难继"。相思情切与好梦难继成了尖锐的矛盾。紧接两个对句就极写这种复杂的心绪,每一句中又有强烈对比:"寸心——万绪"写出其感情负荷之沉重难堪;"咫尺——千里"则表现出梦见而醒失之的无限惆怅。此下到篇末数句一气蝉联,谓彼此天各一方,空怀相思之情而无计相就,辜负如此良宵。"好景良天",只说了半句,殊觉突兀,然"彼此"以下紧承"咫尺千里"而来,使那省略的一半意思不难寻绎。所谓"好景良天",也就是"良辰美景虚设"之省言。"彼此"二字的读断,更能产生"人成各,今非昨""一种相思,两处闲愁"的意味。全词至此,由写一己的相思而牵连到对方同样难堪的处境,意蕴便更深入一层。"空有相怜意,未有相怜计"两句意思对照,但只更换首尾二字,且于尾字用韵。由于数字相同,则更换的字特别是作韵脚的末一字大为突出,"有意""无计"的内心矛盾由此得到强调。于中生出"便纵有千种风情,更与何人说"的意味,耐人玩索。这个运用重复修辞的结尾,与开头二句可谓异曲而同工。

通篇写中宵梦醒情事,却从睡前、睡梦、醒后几方面叙来,有倒叙,有伏笔,有补笔,前后照应;从一己相思写起,而以彼此相思作结。故能做到一气到底而不觉板滞,层次丰富而能浑成,语言质朴而又凝练生动。　　　　　　　　　　　　　　(周啸天)

蝶恋花

伫倚危楼风细细,望极春愁,黯黯生天际。草色烟光残照里,无言谁会凭阑意。　　拟把疏狂图一醉,对酒当歌,强乐还无味。衣带渐宽终不悔,为伊消得人憔悴。

　　这是一首怀人之作。词人把漂泊异乡的落魄感受,同怀恋意中人的缠绵情思结合到一起来写,采用"曲径通幽"的表现方式,抒情写景,感情真挚。

　　"伫倚危楼风细细",全词只此一句叙事,其余全是抒情,但只此一句,便把主人公的外在形象像一幅剪纸那样凸显出来了。他一个人久久地伫立在高楼之上,向远处眺望。"风细细",带写一笔景物,为这幅剪影添加了一点背景,使画面立刻活跃起来了。他"伫倚"楼头做什么?

　　"望极春愁,黯黯生天际",极目天涯,一种黯然魂销的"春愁"油然而生。"春愁",又点明了时令。但这"愁"的具体内容又是什么?词人只说"生天际",可见是天际的什么景物触动了他的愁怀。从下一句"草色烟光"来看,是春草。芳草萋萋,刈尽还生,很容易使人联想到愁恨的连绵无尽。柳永是借用春草来表现自己春愁的无限?春草,容易引起他乡游子思归的感情。《楚辞·招隐士》曰:"王孙游兮不归,春草生兮萋萋。"柳永是借用春草,表示

29

自己已经倦游思归了？春草，也容易使人怀念亲爱的人。南朝江总妻《赋庭草》云："雨过草芊芊，连云锁南陌。门前君试看，是妾罗裙色。"柳永是"记得绿罗裙，处处怜芳草"（牛希济《生查子》），在思念他的意中人？那天际的春草，所牵动的词人的"春愁"，究竟是哪一种呢？词人却到此为止，不说了。要想知道究竟，还须再往下看。

四、五两句，写主人公的孤单凄凉之感："草色烟光残照里，无言谁会凭阑意！"前一句用景物描写点明时间，联系首句"伫倚"二字我们可以知道，他久久地站立在楼头眺望，时已黄昏还不忍离去。"草色烟光"写春天景色极为生动逼真。春草，铺地如茵，登高下望，在夕阳的余晖下，闪烁着一层迷蒙的如烟似雾的光色。这本来是一种美丽的景象，但加上"残照"二字，便带上了一层感伤的色彩，为下一句抒情，烘托出和谐的气氛。"无言谁会凭阑意"，因为没有人理解他登高远望的心情，所以他默默无言。这一是说明他眼前没有知心人，很孤单寂寞；二是说明，他太痴情，在楼头"伫倚"太久，超出常情，不能被人理解。有"春愁"又无可诉说，这虽然不是"春愁"本身的内容，却加重了"春愁"的愁苦滋味。煞是奇怪，他并没有说出他的"春愁"是什么，却又掉转笔墨，埋怨起别人不理解他的心情来了。词人就是这样故意闪烁其辞，让读者捉摸不定。

词人的生花妙笔真是神出鬼没。读者越是想知道他的"春愁"所为何来，他越是不讲，偏偏把笔宕开，写他如何苦中求乐。"愁"，自然是痛苦的，那还是把它忘却，自寻开心吧！"拟把疏狂图一醉"，写他的打算。他已经深深体会到了"春愁"的深沉，单靠自身的力量是难以排遣的,所以他要借助于酒:借酒浇愁。词人说得很清楚,目的是"图一醉",并不是对饮酒真的有什么乐趣。为了追求这"一醉",她"疏狂",不拘形迹,只要醉了就行。不仅要痛饮,还要"对酒当歌",大有非抑制住"春愁"不可的气势。结果如何呢?"强乐还无味",他失败了。没有真正欢乐的心情,却要强颜欢笑,这"强乐"本身就是痛苦的一种表现,哪里还有兴味可谈呢?故作欢乐而"无味",正说明"春愁"的缠绵执著,是解脱不了,排遣不去的。

为什么这种"春愁"如此执著呢?至此,作者才透露这是一种坚贞不渝的感情。他哪是真的想忘却"春愁"另寻欢乐呢?要是那样,他的"愁"就不会无法排遣了。他的满怀愁绪之所以挥之不去,正是因为他不仅不想摆脱这"春愁"的纠缠,甚至还"衣带渐宽终不悔",心甘情愿为"春愁"所折磨,即使渐渐形容憔悴、瘦骨伶仃,也是值得的,也决不后悔。至此,已经信誓旦旦了,却依然不肯把"春愁"这层窗纸捅破,词人可真沉得住气。究竟是什么使得抒情主人公钟情若此呢?直到词的最后一句才一语破的:"为伊消得人憔悴"——原来是为她!

我们可以看出,词人的所谓"春愁",不外是"相思"二字,但他却迟迟不肯说破,只是从字里行间向读者透露出一些消息,让读者去猜。眼看要写到了,却又煞住,掉转笔墨,远远发来;迤逦写到之时,又煞住,另起笔墨,更端发来,如此影影绰绰,扑朔迷离,千回百折为读者设下一个迷魂阵,让这个悬念引导读者沿着曲曲折折的路走下去,直到最后一句,才把词人精心捆结起来的"包袱"抖开,使真相大白,构思巧妙,具有强烈的吸引力。在词的最后两句相思感情达到高潮的时候,戛然而止,激情回荡,又具有很强的感染力。

全词成功地刻画出一个志诚男子的形象,描写心理细腻充分,尤其是词的最后两句,直抒胸臆,画龙点睛般地揭示出主人公的精神境界,被王国维称为"专作情语而绝妙者","求之古今人词中,曾不多见"(《人间词话删稿》一一)。

(张燕瑾)

定风波

自春来、惨绿愁红，芳心是事可可。日上花梢，莺穿柳带，犹压香衾卧。暖酥消，腻云亸，终日厌厌倦梳裹。无那！恨薄情一去，音书无个。　　早知恁么，悔当初、不把雕鞍锁。向鸡窗，只与蛮笺象管，拘束教吟课。镇相随，莫抛躲，针线闲拈伴伊坐。和我，免使年少光阴虚过。

　　关于这首词，曾经有过一则故事。宋人张舜民《画墁录》记载：柳永因作《醉蓬莱》词忤仁宗之后，曾求谒当时的政府长官晏殊改放他官，晏殊问柳："贤俊作曲子(词)么?"柳永答曰："只如相公亦作曲子。"晏殊即道："殊虽作曲子，(却)不曾道'彩线慵拈伴伊坐'("彩线慵拈伴伊坐"和本文所引的"针线闲拈伴伊坐"系版本不同所致。晏殊所举出的，正是这首《定风波》词)。"柳永只得告退。从中我们可以感觉到，正统的士大夫文人和柳永之间，其艺术趣味是有所不同的。

　　这首《定风波》表现的是思妇的闺怨。它用代言体的口吻、放开来说的笔调，把那位思妇的满腔情思，一股脑儿地端到了读者的眼前。你看，自从春天回来之后，他却一直杳无音讯。因此，在思妇的眼中，桃红柳绿，尽变为伤心触目之色("惨绿愁红")；一颗芳心,整日价竟无处可以安放("是事可可"者,事事都平淡乏味也)。尽管窗外已是红日高照、韶景如画,可她却只管懒压绣被、不思起床。长久以来的不事打扮、不加保养,相思的苦恼,已弄得她形容憔悴,"暖酥"(皮肤)为之消损,"腻云"(头发)为之蓬松,可她却丝毫不想稍作梳理,只是愤愤然地喃喃自语:"无那(无可奈何)!恨薄情(郎)一去,音书无个。"自此以下,这位女主角便干脆把作者撇开在一旁,自己站出来向我们掏出她的心曲了:早知这样,真应该当初就把他留在身旁。在我俩那间书房("鸡窗")而兼闺房的一室之中,他自铺纸写字、念他的功课,我则手拈着针线,闲来陪他说话,这种乐趣该有多浓、多美,那就不会像现在这样,一天天地把青春年少的光阴白白地虚度!读完这些,在我们的面前,就仿佛出现了一位"快嘴李翠莲"(宋元话本中的人物)式的妇女形象,她把自己的怨恨和烦恼,痛痛快快地全部"掷"给了读者。同是表现思妇的闺怨,温庭筠《菩萨蛮》(小山重叠金明灭),只是用含蓄而委婉的笔触,作侧面和迂回的烘衬,直到末一句"双双金鹧鸪",才若隐若现地从反面映照出思妇的孤寂来。温词所体现的文学趣味,是一种士大夫式的文雅的、精美的趣味。它写的虽是闺怨和艳情,可是却写得"好色而不淫""风流而蕴藉",深深契合正统文人那一种"温柔敦厚"的审美嗜好。而柳词却带有另一种市民色彩的文学趣味。它不讲求含蓄,不讲究文雅,而唯求畅快淋漓、一泻无余地发泄和表露自己的真感情。从这个角度上看,它就相当典型地体现着市民阶层那种"以真为美""以俗为美"的审美嗜好。这就难怪晏殊要不以为然了。

从思想色彩看,这首词明显有着这样两个特色:爱情意识不可抑勒地苏醒和抬头;市民意识顽强而自豪地要求在文学中得到表现。市民阶层是伴随着商业经济的发展而壮大起来的一支新兴力量。它较少封建思想的羁縻,也比较敢于反抗封建礼教的压迫。宋人平话《碾玉观音》中璩秀秀,就是这样的一个典型人物。是她,首先敢于"勾引"崔宁一起"私奔",又是她,在死后犹执著于要和丈夫成为"生死冤家",并向拆散他们婚姻的仇人报了深仇。这样"泼辣""放肆"地追求爱情,在"男女授受不亲"的封建时代是极为大胆的,它表现了一种新的思想面貌,反映在文人词里,就形成了《定风波》中这位女性的声吻:"镇相随,莫抛躲,针线闲拈伴伊坐。和我,免使年少光阴虚过。"在她看来,青春年少,男欢女爱,才是人间最可宝贵的,至于什么功名富贵、仕途经济,统统都是可有可无的。这里所显露出来的生活理想和生活愿望,在晏殊他们看来,自然是"俗不可耐"和"离经叛道"的,但是其中却显露了某些新的时代契机。所以,在这首不免有些庸俗意味的词篇里,却自寓藏着某些不俗的思想底蕴在内;而对于当时的市民群众来说,也唯有这种毫不掩饰的热切恋情,才是他们备感亲切的东西。因而,这种既带有些俗气却又十分真诚的感情内容,就表现出了美的品格。柳词之虽不入正人雅士之眼而能达到凡有井水饮处皆能诵歌的境地,原因盖出于此。

其次,从艺术风格看,这首词是对于传统词风的一种"放大"和"俗化"。在柳永以前,词坛基本是小令的天下,它要求含蓄、文雅。到了柳永,他创制了大量的慢词长调,铺叙展衍,备足无余。试看这首《定风波》,光是描写一个"懒"字,就花了多少笔墨:从春色的撩拨愁绪,到芳心的无处可摆,再到"日上花梢,莺穿柳带"时的犹压香衾高卧，进而又写她的肌肤消瘦、鬓发散乱，最后才揭出她病恹恹的倦懒心境，这种重笔和加倍的写法，是只有在慢词长调中才能大显其身手的。它加强了全词的抒情气氛，对传统的小令风格是一种"放大"。以上是讲的宏观。再从微观来说，柳永这首词中所表现的这位女性，明显是一位身份不高的妇女——尽管它用了诸如"暖酥""腻云"之类的词藻来形容她的容貌，用了"香衾""雕鞍""蛮笺象管"之类的字面来形容他俩的起居物饰，但是却仍然掩盖不了他们的"俗气"——这是因为，"真富贵"的作者如晏殊，恰恰就讨厌用这种类似于"穷人夸富"的笔调来写他们的锦衣玉食的生活；相反，他们反倒喜欢用淡雅的语言来表现他们富贵生活。如晏殊词就是不用那些"金玉锦绣"的字眼而尽得"风流富贵"之态的。因此相比之下，柳词所写的一对青年男女，实际上是属于市民阶层中的"才子佳人"——他们正是功名未就的柳永自己和他在青楼中的恋人的化身。所以，为了要表现这样一种"新女性"（与温、晏某些词中的贵妇人相比）的心态，柳词就采用一种"从俗"的风格和"从俗"的语言。这或许就可以称作为"人物个性化"的需要。试看冯延巳《谒金门》（风乍起）写那位大家闺秀盼夫的心绪，是何等的含蓄、细腻，其举止行动，又是何等的文雅、优美。而因柳永表现的是一位青楼歌女的情感，它就采用了民间词所常用的代言体写法和任情放露的风格，以及那种似雅而实俗的语言。词的上片，用富有刺激性的字面（例如"惨绿愁红"），尽情地渲染了环境气氛；再用浓艳的词笔（如"暖酥消、腻云亸"之类），描绘了人物的外貌形态；接下来便直接点明她那无聊寂寞的心境（"终日厌厌"）。以下直到下片终结，则转入第一人称的自述。那一连串的快语快谈,那一叠叠的绮语、痴语(其中又夹着许多口语、俚语),就把这个人物的心理写得活灵活现、跃然纸上。她那香艳而放肆的神态,真挚而发露的情思,端的使人读到这首词后如闻其声,如见其形。综观全篇,除了《四库提要》批评柳词"以俗为病"之外,我们又感到了它的"以俗为美"的另一方面,而这种"以俗为美"又是首先基于"以真为美"之上的。所以,从认识柳词的基本思想特征和艺术特征这点出发,它和《雨霖铃》《八声甘州》一样,是有着"标本"和"典型"的意义的。　　　(杨海明)

少年游

长安古道马迟迟,高柳乱蝉嘶。夕阳鸟外,秋风原上,目断四天垂。　　归云一去无踪迹,何处是前期? 狎兴生疏,酒徒萧索,不似少年时。

　　一般人论及柳永词者,往往多着重于他在长调慢词方面的拓展,其实他在小令方面的成就,也是极可注意的。我以前在《论柳永词》一文中,曾经谈到柳词在意境方面的拓展,以为唐五代小令中所叙写的“大多只不过是闺阁园亭伤离怨别的一种‘春女善怀’的情意”,而柳词中一些“自抒情意的佳作”,则写出了“一种‘秋士易感’的哀伤”。这种特色,在他的一些长调的佳作,如《八声甘州》《曲玉管》《雪梅香》诸词中,都曾经有很明白的表现。然而柳词之拓展,却实在不仅限于其长调慢词而已,就是他的短小的令词,在内容意境方面也同样有一些可注意的开拓。就如这一首《少年游》小词,就是柳永将其“秋士易感”的失志之悲,写入了令词的一篇代表作。

　　柳永之所以往往怀有一种“失志”的悲哀,盖由于其一方面既因家世之影响,而曾经怀有用世之志意,而一方面则又因天性之禀赋而爱好浪漫的生活。当他早年落第之时,虽然还可以借着“浅斟低唱”来加以排遣,而当他年华老去之后,则对于冶游之事既已失去了当年的意兴，于是遂在志意的落空之后，又增加了一种感情也失去了寄托之所的悲慨。而最能传达出他的双重悲慨的，便是这首《少年游》小词。

这首小词，与柳永的一些慢词一样，所写的也是秋天的景色，然而在情调与声音方面，却有着很大的不同。在这首小词中，柳永既失去了那一份高远飞扬的意兴，也消逝了那一份迷恋眷念的感情，全词所弥漫的只是一片低沉萧瑟的色调和声音。从这种表现来判断，我以为这首词很可能是柳永的晚期之作。开端的"长安"可以有写实与托喻两重含义。先就写实言，则柳永确曾到过陕西的长安，他曾写有另一首《少年游》词，有"参差烟树灞陵桥"之句，足可为证。再就托喻言，则"长安"原为中国历史上著名之古都，前代诗人往往以"长安"借指首都所在之地，而长安道上来往的车马，便也往往被借指为对于名利禄位的争逐。不过柳永此词在"马"字之下，所承接的却是"迟迟"两字，这便与前面的"长安道"所可能引起的争逐的联想，形成了一种强烈的反衬。至于在"道"字上著以一"古"字，则又可以使人联想及在此长安道上的车马之奔驰，原是自古而然，因而遂又可产生无限沧桑之感。而在此"长安道"上的词人之"马"乃"迟迟"其行者，则既表现了词人对争逐之事之已经灰心淡薄，也表现了一种对今古沧桑的若有深慨的思致。

下面的"高柳乱蝉嘶"一句，有的本子或作"乱蝉栖"，但蝉之为体甚小，蝉之栖树决不同于鸦之栖树之明显可见，而蝉之特色则在善于嘶鸣，故私意以为当作"乱蝉嘶"为是。而且秋蝉之嘶鸣更独具一种凄凉之致。《古诗十九首》云"秋蝉鸣树间"，曹植《赠白马王彪》云"寒蝉鸣我侧",便都表现有一种时节变易、萧瑟惊秋的哀感。柳永则更在"蝉嘶"之上,还加了一个"乱"字,如此便不仅表现了蝉声的缭乱众多,也表现了被蝉嘶而引起哀感的词人之心情的缭乱纷纭。至于"高柳"二字,一则表示了蝉嘶所在之地,再则又以"高"字表现了"柳"之零落萧疏,是其低垂的浓枝密叶已凋零,所以乃弥见树之"高"也。

下面的"夕阳鸟外,秋风原上,目断四天垂"三句,写词人在秋日郊野所见之萧瑟凄凉景象,"夕阳鸟外"一句,也有的本子作"岛外",私意以为非是。盖长安道上安得有"岛"乎?至于作"鸟外",则足可以表现郊原之辽阔无垠。昔杜牧有诗云"长空澹澹孤鸟没",飞鸟之隐没在长空之外,而夕阳之隐没则更在飞鸟之外,故曰"夕阳鸟外"也。值此日暮之时,郊原上寒风四起,故又曰"秋风原上",此景此情,读之如在目前。然则在此情景之中,此一失志落拓之词人,又将何所归往乎?故继之乃曰"目断四天垂",则天之苍苍,野之茫茫,词人乃双目望断而终无一可供投止之所矣。以上前半阕是词人自写其今日之飘零落拓,望断念绝,全自外界之景象着笔,而感慨极深。

下半阕,开始写对于过去的追思,则一切希望与欢乐也已经不可复得。首先"归云一去无踪迹"一句,便已经是对一切消逝不可复返之事物的一种象喻。盖天下之事物其变化无常一逝不返者,实以"云"之形象最为明显。故陶渊明《咏贫士》第一首便曾以"云"为象喻,而有"暧暧空中灭,何时见余晖"之言,白居易《花非花》词,亦有"去似朝云无觅处"之语,而柳永此句"归云一去无踪迹"七字,所表现的长逝不返的形象,也有同样的效果。不过其所托喻的主旨则各有不同。关于陶渊明与白居易的喻托,此处不暇详论。至于柳词此句之喻托,则其口气实与下句之"何处是前期"直接贯注。所谓"前期"者,我以为可以有两种提示:一则可以指旧日之志意心期,一则可以指旧日的欢爱约期。总之"期"字乃是一种愿望和期待,对于柳永而言,他可以说正是一个在两种期待和愿望上,都已经落空了的不幸的人物。

于是下面三句乃直写自己今日的寂寥落寞,曰"狎兴生疏,酒徒萧索,不似少年时"。早年失意之时的"幸有意中人,堪寻访"的狎玩之意兴,既已经冷落荒疏,而当日与他在一起歌酒流连的"狂朋怪侣"也都已老大凋零。志意无成,年华一往,于是便只剩下了"不似少年时"的悲哀和叹息。这一句的"少年时"三字,很多本子都作"去年时"。本来"去年时"三字也未尝不好,盖人当老去之时,其意兴与健康之衰损,往往会不免有一年不及一年之感。故此句如作"去年时",其悲慨亦复极深。不过,如果就此词前面之"归云一去无踪迹,何处是前期"诸句来看,则其所追怀眷念的,似乎原当是多年以前的往事,如此则承以"不似少年时",便似乎更为气脉贯注,也更富于伤今感昔的慨叹。

柳永这首《少年游》词,前半阕全从景象写起,而悲慨尽在言外;后半阕则以"归云"为喻象,写一切期望之落空,最后三句以悲叹自己之落拓无成作结。全词情景相生,虚实互应,是一首极能表现柳永一生之悲剧而艺术造诣又极高的好词。总之,柳永以一个禀赋有浪漫之天性及谱写俗曲之才能的青年人,而生活于当日之士族的家庭环境及社会传统中,本来就已经注定了是一个充满矛盾不被接纳的悲剧人物,而他自己由后天所养成的用世之意,与他自己先天所禀赋的浪漫的性格和才能,也彼此互相冲突。他在早年时,虽然还可以将失意之悲,借歌酒风流以自遣,但是歌酒风流却毕竟只是一种麻醉,而并非可以长久依恃之物,于是年龄老大之后,遂终于落得了志意与感情全部落空的下场。昔叶梦得《避暑录话》卷下记柳永以谱写歌词而终生不遇之故事,曾慨然论之曰:"永亦善他文辞,而偶先以是得名,始悔为己累,……而终不能救。择术不可不慎。"柳永的悲剧是值得我们同情,也值得我们反省的。

(叶嘉莹)

望海潮

东南形胜,三吴都会,钱塘自古繁华。烟柳画桥,风帘翠幕,参差十万人家。云树绕堤沙。怒涛卷霜雪,天堑无涯。市列珠玑,户盈罗绮,竞豪奢。 重湖叠巘清嘉。有三秋桂子,十里荷花。羌管弄晴,菱歌泛夜,嬉嬉钓叟莲娃。千骑拥高牙。乘醉听箫鼓,吟赏烟霞。异日图将好景,归去凤池夸。

在词史上,一般把柳永推为婉约派的正宗,有时与秦观合称"秦柳",有时与周邦彦合称"周柳",因为他"长于纤艳之词,然近俚俗"(《花庵词选》),"所作旖旎近情,使人易入"(《四库提要》)。就其大部分作品而言,固属如此,然亦有不同风格。在这首《望海潮》中,词人以大开大阖、直起直落的笔法,描写杭州的繁荣景象,仿佛在读者面前展开一幅宏伟壮丽的历史画卷。因此李之仪在论及词体发展时说他"铺叙展衍,备足无余,形容盛明,千载如同当日"(《跋吴师道小词》)。陈振孙也称其词"承平气象,形容曲尽"(《直斋书录解题》)。

词的上阕,一开头即以鸟瞰式镜头摄下杭州的全貌。它点出了杭州位置的重要,历史的悠久,揭示出所咏主题。三吴,旧指吴兴、吴郡、会稽。钱塘,即杭州。清顾祖禹《读史方舆纪要》云:"陈置钱塘郡,隋平陈,废郡置杭州。"此处称"三吴都会",极言其为东南一带、三吴地区的重要都市,字字铿锵,力能镇纸。其中"形胜""繁华"四字,乃一篇之主脑。自"烟柳"以下,便从各个方面描写杭州之形胜与繁华。"烟柳画桥",写街巷河桥的美丽;"风帘翠幕",写居民住宅的雅致。风光旖旎,用笔妍蒨。"参差十万人家"一句,以力挽千钧之势,转弱调为强音,表现出整个都市户口的蕃庶。"参差"为大约之义。"云树"三句,又推开一层,由市内说到郊外。在钱塘江堤上,行行树木,远远望去,郁郁苍苍,犹如云雾一般。一个"绕"字,写出长堤逶迤曲折的态势。"怒涛"二句,写钱塘江水的澎湃与浩荡。"天堑",原意为天然的深沟。《南史·孔范传》云:"长江天堑,古来限隔……"极言长江形势之险要,这里移来形容钱塘江,亦十分妥帖。钱塘江八月观潮,历来称为盛举。早在唐代,李白就在《横江词》中写过:"浙江八月何如此,涛似连山喷雪来。"宋初潘阆在《酒泉子》中也说:"长忆观潮,满郭人争江上望。来疑沧海尽成空,万面鼓声中。"写杭州,钱塘江潮是必不可少的一笔。"市列"三句,只抓住"珠玑"和"罗绮"两个细节,便把市场的繁荣、市民的殷富反映出来。珠玑、罗绮,又皆妇女服用之物,并暗示杭城声色之盛。缀以"竞豪奢"一个短语,反映了市民(这里主要指富室)穷奢极侈的生活。

下阕前半段专咏西湖。西湖经唐代白居易的治理、五代吴越王的营建,至于宋初已十分秀丽。词从湖山胜概、四时风物、昼夜笙歌、湖中人物四个方面,描绘了它的美好风貌。重湖,是指西湖中的白堤将湖面分割成的里湖和外湖。叠巘,是指灵隐山、南屏山、慧日峰等重重叠叠的山岭。湖山之美,词人先用"清嘉"二字概括,接下去写山上的桂子、湖中的荷花。这两种花也是代表杭州的典型景物。白居易《忆江南》云:"江南忆,最忆是杭州。山寺月中寻桂子,郡亭枕上看潮头。"杨万里《晓出净慈寺送林子方》诗云:"毕竟西湖六月中,风光不与四时同。接天莲叶无穷碧,映日荷花别样红。"柳永这里则以工整的一联,描写了不同季节的两种花。据罗大经《鹤林玉露》卷十三云:"此词流播,金主亮闻歌,欣然有慕于'三秋桂子,十里荷花',遂起投鞭渡江之志。"说得虽有些夸张,但这两句确实写得高度凝练,它把西湖以至整个杭州最美的特征概括出来,具有歆动人心的艺术力量。"羌管弄晴,菱歌泛夜",对仗也很工稳,情韵亦自悠扬。"泛夜""弄晴",互文见义,说明不论白天或是夜晚,湖面上都荡漾着优美的笛曲和采菱歌声。着一"泛"字,表示那是在湖中的船上。"嬉嬉钓叟莲娃",可以看作对上文的补充,也就是说吹羌笛者是钓叟——渔翁,唱菱歌者为莲娃——采莲姑娘。"嬉嬉"二字,则将他们的欢乐神情,作了栩栩如生的描绘。

下阕后半段总结前文,归美郡守。相传"孙何帅钱塘,柳耆卿作《望海潮》词赠之"(见《鹤林玉露》卷十三)。《宋史·孙何传》谓真宗咸平中(约1000),孙何徙两浙转运使,至景德初(1004)代还。"何乐名教,勤接士类,后进之有词艺者,必为称扬。"孙何礼贤下士,爱好词艺,故柳永作《望海潮》以赠。(编者按:也有学者认为,此词非赠孙何,而是赠孙沔。孙沔曾知杭州。)为了博得孙何的称扬和延誉,他不得不在最后唱一点颂歌。然而笔致洒落,音调雄浑,仿佛令人看到一位威武而又风流的地方长官,饮酒赏音,啸傲于山水之间。结尾二句:"异日图将好景,归去凤池夸。"

凤池,即凤凰池,本是皇帝禁苑中的池沼。魏晋时中书省地近宫禁,因以为名。"好景"二字,将如上所写和不及写的,尽数包拢。意谓当孙何召还之日,合将好景画成图本,献与朝廷。然"归去凤池",实含入朝执政之意,则"好景"除湖山胜概、廛市繁华外,并当寓指其守杭良好政绩。以此语祝孙何他日任满报政于朝,擢登相位,可谓善颂善祷。

　　这首词不但画面美,音律也很美,在柳永词中别具神韵。《望海潮》词调始见于《乐章集》,当是柳永所创的新声。观其内容与声情,确似将钱塘观潮的感受谱入律吕。如果说他的"杨柳岸、晓风残月",合于十七八女郎手执红牙檀板浅斟低唱的话,那么这首词中的"怒涛卷霜雪,天堑无涯",则非关西大汉弹起铜琵琶、敲起铁绰板引吭高歌不可。世人论宋词,说起豪放派作品,多推东坡的《念奴娇》(大江东去),即使上溯,也只及于范仲淹的《渔家傲》(塞下秋来风景异),殊不知柳永此词早于范作十多年,其写景之壮伟、声调之激越,与东坡亦相去不远。

　　柳永填词,很注意结构。这首词尽管以铺叙见长,但为了避免平铺直叙,他在发端及换头之处,都能用一、二句话勾勒提掇。如发端"东南形胜",给人以警醒的印象;换头"重湖叠巘清嘉",给人以别开生面的感觉。另外,他在写景时也能注意交叉用笔,如"烟柳画桥"三句与"市列珠玑"三句,本是表现市内繁华,完全可以连续写下去,但词人却在当中穿插"云树"三句写钱塘江景。这样便显得不沾滞,场景多变,密中有疏。即以写自然景色而言,也能注意穿插人物的活动。如下阕前半咏西湖,从桂子、荷花写到钓叟莲娃,这就避免了纯静止地摹写物态,使美丽的西湖,洋溢着生气,荡漾着欢乐,充满着和谐,形成美好的境界。这首词中还用了许多由数字组成的词组,如"三吴都会""十万人家""三秋桂子""十里荷花""千骑拥高牙"等等,或为实写,或为虚指,然均带有夸张的语气,这对于豪迈词风的形成,也是极有帮助的。

(徐培均)

玉蝴蝶

望处雨收云断，凭阑悄悄，目送秋光。晚景萧疏，堪动宋玉悲凉。水风轻、蘋花渐老，月露冷、梧叶飘黄。遣情伤。故人何在，烟水茫茫。　　难忘。文期酒会，几孤风月，屡变星霜。海阔山遥，未知何处是潇湘！念双燕、难凭远信，指暮天、空识归航。黯相望。断鸿声里，立尽斜阳。

　　柳永《玉蝴蝶》一词，风格与其《八声甘州》相近，它通过描绘萧疏、清幽的秋景，来抒写对朋友的思念之情。

　　起句以写景入题。"望处雨收云断"，是写即目所见之景，可以看出远处天边风云变幻的痕迹，使清秋之景，显得更加疏朗。"凭阑悄悄"四字，写出了独自倚阑远望时的忧思。这种情怀，又落脚到"目送秋光"上。"悄悄"，忧愁的样子。《诗·邶风·柏舟》："忧心悄悄。"后来辛弃疾《踏莎行》词云："吾道悠悠，忧心悄悄，最无聊处秋光到"，写的也是同样的意思。面对向晚黄昏的萧疏秋景，很自然地会引起悲秋的感慨，想起千古悲秋之祖的诗人宋玉来。"晚景萧疏，堪动宋玉悲凉"，紧接上文，概括了这种感受。宋玉《九辩》中的"悲哉，秋之为气也，萧瑟兮，草木摇落而变衰""坎廪兮，贫士失职而志不平；廓落兮，羁旅而无友生"的悲秋情怀和身世感慨,这时都涌向柳永的心头,引起他的共鸣。他将万千的思绪按捺住,将视线由远及近,选取了最能表现秋天景物特征的东西,作精细的描写。"水风轻、蘋花渐老,月露冷、梧叶飘黄"两句,用特写镜头,摄取了一幅很有诗意的画面:秋风轻轻地吹拂着水面,白蘋花渐渐老了,秋天月寒露冷的时节,梧桐叶变黄了,正在一叶叶地轻轻飘下。萧疏衰飒的秋夜,自然使人产生凄清沉寂之感。"轻""冷"二字,正写出了清秋季节的这种感受。"蘋花渐老",既是写眼前所见景物,也寄寓着词人寄迹江湖、华发渐增的感慨。"梧叶飘黄"的"黄"字用得好,突出了梧叶飘落的形象。"飘"者有声,"黄"者有色,"飘黄"二字,写得有声有色,有动有静。"黄"字渲染了气氛,点缀了秋景。作者对千品万汇的秋景,只捕捉了最典型的水风、蘋花、月露、梧叶,用"轻""老""冷""黄"四字烘托,交织成一幅冷清孤寂的秋光景物图,为抒写怀远之情作了充分的铺垫。"遣情伤"一句,由上文的景物描写中来,由景及情,在词中是一转折。大凡人在寂寞伤心的时候,最容易勾起对良朋挚友的怀念,似乎可以从朋友那里得到慰藉。故在景物描写之后,不期然而然地引出"故人何在,烟水茫茫"两句,既承上启下,又统摄全篇,为全首的主旨。"烟水茫茫"是迷蒙而不可尽见的景色,阔大而浑厚,同时也是因思念故人而产生的茫茫然的感情,在这里情与景是交织在一起的。

下片换头,插入回忆,写怀念故人之情,波澜起伏,错落有致。词人回忆起与朋友在一起时的"文期酒会",那赏心乐事,至今难忘。以"文期酒会"之乐,来映衬长期分离之苦,使分离之苦倍增。分离之后,已经物换星移、秋光几度,不知有多少良辰美景因无心

49

观赏而白白地过去了。言"几孤",言"屡变",旨在加强别后的怅惘。"海阔山遥"句,又从回忆转到眼前的思念。"潇湘"在这里指友人所在之地,因不知故人何在,故云"未知何处是潇湘",暗用梁柳恽《江南曲》"洞庭有归客,潇湘逢故人"诗意。"念双燕、难凭远信,指暮天、空识归航",写不能与思念中人相见而产生的无可奈何的心情。眼前双双飞去的燕子是不能向故人传递消息的,以寓与友人欲通音讯,无人可托。盼友人归来,却又一次次的落空,故云"指暮天、空识归航"。这句词,远师谢朓诗"天际识归舟,云中辨江树"(《之宣城郡出新林浦向板桥》),近师温庭筠《梦江南》词:"梳洗罢,独倚望江楼。过尽千帆皆不是,斜晖脉脉水悠悠。肠断白蘋洲。"柳词借用谢朓的诗句,化用温词的意境,构造出新的形象,把思念友人的深沉、诚挚的感情表现得娓娓入情。看到天际的归舟,疑是故人归来,但到头来却是一场误会,归舟只是空惹相思,好像在嘲弄自己的痴情。一个"空"字,把急盼友人归来的心情写活了。它把思念友人之情推向了高潮和顶点。

收尾三句,以景结情。词人用断鸿的哀鸣,来衬托自己的孤独怅惘,可谓妙合无垠,声情凄婉。"立尽斜阳"四字,画出了抒情主人公的形象。他久久地伫立在夕阳残照之中,如呆如痴,感情完全沉浸在回忆与思念之中。一个"尽"字,道出了伫立凝望之久,言有尽而意无穷。

柳永这首词,很善于化用前人诗词,用人若己,不露痕迹。他不用僻典,不用冷字,虽明白如说家常,但并不浅俗。他在修辞上既不雕琢,又不轻率,而是俗中有雅,平中见奇,隽永有味,故能雅俗共赏。《蕙风词话》说:"盖写景与言情,非二事也。善言情者,但写景而情在其中,此等境界,惟北宋词人往往有之。"《玉蝴蝶》就是"但写景而情在其中"的艺术标本,它在情景交融方面,的确达到了很高的境界。

(刘文忠)

八声甘州

对潇潇暮雨洒江天，一番洗清秋。渐霜风凄紧，关河冷落，残照当楼。是处红衰翠减，苒苒物华休。惟有长江水，无语东流。　　　不忍登高临远，望故乡渺邈，归思难收。叹年来踪迹，何事苦淹留？想佳人妆楼颙望，误几回、天际识归舟。争知我，倚阑干处，正恁凝愁！

　　柳耆卿在世时，不为人重，但因擅长填词而深受歌妓们的欢迎和赏识，一生潦倒，死后也是只有歌儿笛工们怀念不忘，逢时设祭。这种文士，旧时讥为"无行"，但是他并不像那些正统士大夫们所估计得那般微不足道。他写下的几篇名阕，境界高绝，成为词史上的丰碑，是第一流作品，千古传颂。这篇《八声甘州》，早被苏东坡巨眼所识，说其间佳句"不减唐人高处"。须知这样的赞语，是极高的评价，东坡不曾轻易以此许人的。

　　吟赏此词，全要着眼于开端，看他是何等气韵，笼罩一切。一个"对"字，已写出登临纵目、望极天涯的境界。尔时，天色已晚，暮雨潇潇，洒遍江天，千里无际。时节既入素秋，本已气肃天清，明净如水，却又加此一番秋雨，更是纤埃微雾，尽皆浣尽，一澄如洗。上来二句一韵，已有"雨"字，有"洒"字，有"洗"字，三个上声，但一循声高诵，已觉振爽异常！素秋清矣，再加净洗，清至极处——而此中多少凄冷之感亦暗暗生焉。仅此开头二句，便令人吟味无尽。

其下紧接一个"渐"字，领起四言三句十二字，——便是东坡叹为不减唐人高处的名句，而一篇之警策，端在此。

"渐"者何也？并非是说词人此刻登高而望，为时甚久，故为"渐"也，云云。如此领会，未得词意。须知他是承上句而言，当此清秋复经雨涤，于是时光景物，遂又生一番变化——如此方是"渐"之神态。秋已更深，雨洗暮空，乃觉凉风忽至，其气凄然而遒劲，直令衣单之游子，有不可禁当之热。一"紧"字，又用上声，气氛声韵，加倍峻肃。宋玉曾云：悲哉秋之为气也！至睹卿此词，乃尽得其意。

当此之际，举目关河，寥廓迤逦，气势磅礴，然而春夏滋荣盛茂之气已尽，秋来肃杀凋零之气已浓，草木不芳，一片冷落之景象。于此，再下一"冷"字上声，层层逼紧。而"凄紧""冷落"，又皆双声叠响，一经词人运用，其艺术效果，感染力量，已达极高的境地。

然而，还有一句在后，曰："残照当楼。"

上来"一番"二字，早已伏下秋雨晚晴的意思见于言外了。至此便出"残照"，并不突然。但此句之精彩，不在残照，端在"当楼"。夫著雨也，霜风也，江天也，关河也，落照也，无往而非至广至大之景域。若此寥廓乾坤，苍茫世界，何以包容？能否集聚？曰：能。词人只将"残照"(原来也是遍满江天的宏观)轻轻一笔转到了他所登临送目的高楼上来。如此一笔，不但"残照"集中于一个"焦点"，而仿佛整个江天、关河、冷雨、金风，统统集中于"当楼"

一点,换言之,此际词人乃觉遍宇宙间悲哉之秋气,似乎一齐袭来,要他一人禁当!他以此种高极超绝的俊笔,一口气,几句话,便将难以形容、不可为怀的羁愁暮景,写到至矣尽矣的地步!试思东坡对此高度评价,岂无故哉?

再下则笔致思绪,便由苍莽悲壮,而转入细致沉思:盖以上所观所写,总是高处远处之物色,自此而后,由仰观而转至俯察,乃又见处处皆是一片凋落之景象。"红衰翠减",乃用玉谿诗人之语,倍觉风流蕴藉,——其下自加"苒苒"五字,真是好极!"苒苒",正与"渐"字相为呼应,益信前文拙解不误。一"休"字,岂是趁韵漫书?要体会此字实具千钧之力!其中寓有无穷的感慨愁恨。

再下,又补唯有江水东流,虽未必即与东坡《赤壁赋》所写短暂与永恒、变改与不变之间的这种直令千古词人思索的宇宙人生哲理全同,但也可见柳耆卿亦非只知留连光景的浅薄之辈。在词而论,又不可忽略了"无语"二字。着此二字,方觉十倍深沉,百端交集。

过片开端,回笔点明全笔的"背景"是登高临远;虽已登临,偏云"不忍",多一番曲折,多一番情致。然下阕妙处,全在摹拟"对想":本是词人自家登楼,极目天际,却偏想故园之闺中人,应也是登楼望远,伫盼游子之归来!然而我能想见你在凭高而等候归舟,你却无由想象我真在何处——登舟无计,只自淹留!又是几层曲折!其情至而感深,学人须向此等处寻味,方知词笔之妙,——不止是笔巧,要紧是味厚。

以"倚阑干处,正恁凝愁"一收,也是于最末幅点出全篇题目。

倚阑干,与"对",与"当楼",与"登高临远",与"望",与"叹",与"想",皆息息相关,笔笔辉映。故柳郎词笔貌似疏朗,实则绵密。一腔心事,唱叹无端,笔若连环,岂粗俗之流所及而至哉。

"归思",思去声,名词。"争",其义为"怎",因律当平声,只能用"争"。今之人往往不明,宜为拈出。"天际识归舟,云中辨烟树",乃是谢朓名句,词人加"误几回"而用之,尤见匠心独运。

(周汝昌)

柳永

倾　杯

鹜落霜洲,雁横烟渚,分明画出秋色。暮雨乍歇,小楫
夜泊,宿苇村山驿。何人月下临风处,起一声羌笛。离
愁万绪,闲岸草、切切蛩吟似织。　　为忆芳容别后,
水遥山远,何计凭鳞翼。想绣阁深沉,争知憔悴损,天
涯行客。楚峡云归,高阳人散,寂寞狂踪迹。望京国。
空目断、远峰凝碧。

　　柳永羁旅行役之作对自然景色的描绘很为出色,尤其擅长写
秋景。他常以宋玉自比,在词中倾吐哀曲,清寂的山光水影,凝聚
着他个人落拓江湖的身世之感,构成一幅幅秋日行吟图。在表现
手法上,因调而异,变化多端,有的用直笔,有的多曲折,有的两者
兼备,在本词,乃是一首纡回曲折的游子悲秋吟。

　　起首两句描绘洲渚宿鸟,对偶工整。清沈祥龙《论词随笔》
云:"有对起之调,贵从容整练。""落"字、"横"字形容鹜鸟飞下和
雁字排列的状态,这是秋江暮色。"分明画出"和"正潇潇暮雨洒
江天,一番洗清秋"之"洗"字,均为形容黄昏江上雨后清冷景象,
着重绘出"秋色"。此处纯为写景,但江上行客的愁思,已隐然言
外。"暮雨"三句,以小舟晚泊江边作为背景引出行客;小舟是行
客所乘,夜泊指停舟的时间,苇村山驿点出投宿之处乃荒村驿店。

满面风霜的行客形象,透过秋江暮色呈现在读者眼前。

"何人"两句,展开山村夜景,月明风紧,传来羌管悠悠,吹出无限幽怨,李益诗有云:"不知何处吹芦管,一夜征人尽望乡。"真乃闻曲生怨。词人在《戚氏》中说:"孤馆度日如年,风露渐变,悄悄至更阑。长天净,绛河清浅,皓月婵娟。思绵绵,夜永对景那堪,屈指暗想从前。"直接铺叙客地月夜忆旧,而这里却是以设问提起,借笛声以抒旅怀。"离愁万绪"四字说到正题,揭出行客内心活动,接着以"蛩吟似织"烘托离愁,姜白石词云:"哀音似诉,正思妇无眠,起寻机杼。"亦是借蟋蟀声以托出怨情;唧唧虫声、悠悠笛音,触发起行客无限愁绪,由此引出下文。

换头"为忆"之句,触景而生情,抒写别后思念,亦即《迷神引》中所说:"芳草连空阔,残照满,佳人无消息,断云远。"惟此处口气比较婉转。"忆"字写思恋之情。以下再诉关山阻隔,鱼雁难通,从而反映出内心的焦虑。"想绣阁"三句,就对方设想,伊人深居闺房,怎能体会出行客漂流天涯,"为伊消得人憔悴"的苦处。这是从杜甫诗"遥怜小儿女,未解忆长安"化出,语意委婉。"楚峡"三句,转笔归到目前境遇,前句暗指歌舞消歇,后两句即"酒徒萧索,不似去年时"之意,说明往昔"暮宴朝欢"都已烟消人散,如今孤村独坐。惟有对月自伤。写得柳暗花明,不冗不复,自是慢词作法。

末尾两句,以景结情,与《玉蝴蝶》歇拍"黯相望,断鸿声里,立尽斜阳"笔法近似。遥望京华,杳不可见,但见远峰清苦,像是聚结着万千愁恨,"目断"与"立尽"都是加强语气,在这幅秋景中注入行客自身的感情色彩,藉以透露相思之意、怅惘之情。

(潘君昭)

57

张　先

天仙子

《水调》数声持酒听，午醉醒来愁未醒。送春春去几时回？临晚镜，伤流景，往事后期空记省。　　沙上并禽池上暝，云破月来花弄影。重重帘幕密遮灯，风不定，人初静，明日落红应满径。

　　这是北宋词中名篇之一，也是张先享誉之作。而其所以得名，则由于词中有"云破月来花弄影"之句。据陈师道《后山诗话》及胡仔《苕溪渔隐丛话》所引各家评论，都说到张先所创作的词中以三句带有"影"字的佳句为世所称，人们誉之为"张三影"。

　　这首词调下有注云："时为嘉禾小倅，以病眠，不赴府会。"说明词人感到疲怠，百无聊赖，对酣歌妙舞的府会不感兴趣，这首词写的正是这种心情。

　　其实作者未尝不想借听歌饮酒来解愁。但在这首词里，作者却写他在家里品着酒听了几句曲子之后，不仅没有遣愁，反而心里更烦了。于是在吃了几杯闷酒之后便昏昏睡去。一觉醒来，日已过午，醉意虽消，愁却未曾稍减。冯延巳《鹊踏枝》："昨夜笙歌容易散，酒醒添得愁无限。"这同样是写"欢乐极兮哀情多，少壮几时兮奈老何"的闲愁。只不过冯是在酒阑人散，舞休歌罢之后写第二天的萧索情怀，而张先则一想到笙歌散尽之后可能愁绪更多,所以根本连宴会也不去参加了。这就逼出下一句"送春春去几时回"的慨叹来。沈祖棻《宋词赏析》说："张先在嘉禾作判官,约在仁宗庆历元年(1041),年五十二。这首词乃是临老伤春之作,与词中习见的少男、少女的伤春不同。"这话确有见地。但张先伤春的内容却依然是年轻时风流缱绻之事。理由是:一、从"往事后期空记省"一句微逗出个中消息;二、下片特意点明"沙上并禽池上暝",意思说鸳鸯一类水鸟,天一黑就双栖并宿,燕婉亲昵,如有情人之终成眷属。而自己则是形影相吊,索居块处。因此,"送春春去几时回"的上下两个"春"字,也就有了不尽相同的含义。上一个"春"指季节,指大好春光;而下面的"春去",不仅指年华的易逝,还蕴涵着对青春时期风流韵事的追忆和惋惜。这就与下文"往事后期空记省"一句紧密联系起来。作者所"记省"的"往事"并非一般的嗟叹流光的易逝,或伤人事之无凭,而是有其具体内容的。只是作者说得十分含蓄,在意境上留下很多余地让读者凭想象去补充。这大概就是所谓词尚"婉约"的特点吧。

"临晚镜,伤流景。"杜牧《代吴兴妓春初寄薛军事》诗有句云:"自悲临晓镜,谁与惜流年?"张反用小杜诗句,以"晚"易"晓",主要在于写实。小杜是写女子晨起梳妆,感叹年华易逝,用"晓"字;而此词作者则于午醉之后,又倦卧半晌,此时已近黄昏,总躺在那儿仍不能消愁解忧,便起来"临晚镜"了。这个"晚"既是天晚之晚,当然也隐指晚年之晚,这同上文两个"春"字各具不同含义是一样的,只是此处仅用了一个"晚"字,而把"晚年"的一层意思通过"伤流景"三字给补充出来罢了。

"往事后期空记省"句中的"后期"一本作"悠悠"。从词意含蓄看,"悠悠"空灵而"后期"质实,前者自有其传神入妙之处。但"后期"二字虽嫌朴拙,却与上文"愁""伤"等词绾合得更紧密些。"后期"有两层意思。一层是说往事过了时,这就不得不感慨系之,故用了个"空"字;另一层意思则是指失去了机会或错过了机缘。所谓"往事",可以是甜蜜幸福的,也可以是辛酸哀怨的。前者在多年以后会引起人无限怅惘之情,后者则使人一想起来就加重思想负担。这件"往事",明明是可以成为好事的,却由于自己错过机缘,把一个预先定妥的期约给耽误了(即所谓"后期"),这就使自己追悔莫及,正如李商隐说的"此情可待成追忆,只是当时已惘然"。随着时光的流逝,往事的印象并未因之淡忘,只能向自己的"记省"中去寻求。但寻求到了,也并不能得到安慰,反而更增添了烦恼。这就是自己为什么连把酒听歌也不能消愁,从而嗟老伤春,即使府中有盛大的宴会也不想去参加的原因了。可是作者偏把这个原因放在上片的末尾用反缴的手法写出,乍看起来竟像是事情的结果,这就把一腔自怨自艾、自甘孤寂的心情写得格外惆怅动人,表面上却又似含而不露,真是极尽婉约之能事了。

上片写作者的思想活动,是静态;下片写词人即景生情,是动态。静态得平淡之趣,而动态有空灵之美。作者未去参加府会,便在暮色将临时到小园中闲步,借以排遣从午前一直滞留在心头的愁闷。天很快就暗下来了,水禽已并眠在池边沙岸上,夜幕逐渐笼罩了大地。这个晚上原应有月的,作者的初衷未尝不是想趁月色以赏夜景,才步入园中的。不料云满晴空,并无月色,既然天已昏黑那就回去吧。恰在这时,意外的景色变化在眼前出现了。风起了,刹那间吹开了云层,月光透露出来了,而花被风所吹动,也竟自在月光临照下婆娑弄影。这就给作者孤寂的情怀注入了暂时的欣慰。此句之所以传诵千古,不仅在于修词炼句的功夫,主要还在于词人把经过整天的忧伤苦闷之后,居然在一天将尽时品尝到即将流逝的盎然春意这一曲折复杂的心情,通过生动妩媚的形象给曲曲传绘出来,让读者从而也分享到一点欣悦和无限美感。这才是在张先的许多名句之中唯独这一句始终为读者所爱好、欣赏的主要原因。前人对此句评价极高,如沈际飞《草堂诗余正集》评云:“心与景会,落笔即是,着意即非,故当脍炙。”杨慎《词品》云:“景物如画,画亦不能至此,绝倒绝倒!”

王国维《人间词话》则就遣词造句评论说:“‘红杏枝头春意闹’,着一‘闹’字而境界全出;‘云破月来花弄影’,着一‘弄’字而境界全出矣。”这已是带权威性的评语。沈祖棻说:“其好处在于‘破’‘弄’两字,下得极其生动细致。天上,云在流;地下,花影在动:都暗示有风,为以下‘遮灯’‘满径’埋下伏线。”拈出“破”“弄”两字而不只谈一“弄”字,确有过人之处,然还要注意到一句诗或词中的某一个字与整个意境的联系。即如王国维所举宋祁的“红杏枝头春意闹”,如果没有“红”“春”二词规定了当时当地情景,单凭一个“闹”字是不足以见其“境界全出”的。张先的这句词,没有上面的“云破月来”(特别是“破”与“来”这两个动词),这个“弄”字就肯定不这么突出了。“弄”之主语为“花”,宾语为“影”,特别是那个“影”字,也是不容任意更改的。其关键所在,除沈祖棻谈到的起了风这一层意思外,还有好几方面需要补充说明的。第一,当时所以无月,乃云层厚暗所致。而风之初起,自不可能顿扫沉霾而骤然出现晴空万里,只能把厚暗的云层吹破了一部分,在这罅漏处露出了碧天。但云破处却未必正巧是月光所在,而是在过了一会儿之后月光才出现在云开之处。这样,"破"与"来"这两个字就不宜用别的字来代替了。在有月而多云的暮春之夜的特定情景下,由于白天作者并未出而赏花,后来虽到园中,又由于阴云笼罩,暮色迷茫,花的丰姿神采也未必能尽情表现出来。及至天色已暝,群动渐息,作者也意兴阑珊,准备回到室内去了,忽然出人意表,云开天际,大地上顿时呈现皎洁的月光,再加上风的助力,使花在月下一扫不久前的暗淡而使其娇妍丽质一下子摇曳生姿,这自然给作者带来了意外的欣慰。

接下去词人写他进入室中,外面的风也更加紧了,大了。作者先写"重重帘幕密遮灯"而后写"风不定",倒不是迁就词谱的规定,而是说明作者体验事物十分细致,外面有风而帘幕不施,灯自然会被吹灭,所以作者进了屋子就赶快拉上帘幕,严密地遮住灯焰。但下文紧接着说"风不定",是表示风更大了,纵使帘幕密遮而灯焰仍在摇摆,这个"不定"是包括灯焰"不定"的情景在内的。"人初静"一句,也有三层意思。一是说由于夜深人静,愈显得春夜的风势迅猛;二则联系到题目的"不赴府会",作者这里的"人静"很可能是指府中的歌舞场面这时也该散了罢;三则结合末句,见出作者惜花(亦即惜春;忆往,甚且包括了怀人)的一片深情。好景无常,刚才还在月下弄影的姹紫嫣红,经过这场无情的春风,恐怕要片片飞落在园中的小路上了。作者这末一句所蕴涵的心情是复杂的:首先是"林花谢了春红,太匆匆",春天毕竟过去了;复次,自嗟迟暮的愁绪也更为浓烈了;然而,幸好今天没有去赴府会,居然在园中还欣赏了片刻春光,否则错过时机,再想见到"云破月来花弄影"的动人景象就不可能了。也正是用这末一句衬出了作者在流连光景不胜情的淡淡哀愁中所闪烁出的一星晶莹妍丽的火花——"云破月来花弄影"。　　　　　　　　　（吴小如）

张　先

木兰花

乙卯吴兴寒食

龙头舴艋吴儿竞，笋柱秋千游女并。芳洲拾翠暮忘归，秀野踏青来不定。　　行云去后遥山暝，已放笙歌池院静。中庭月色正清明，无数杨花过无影。

这首词是作者晚年乡居吴兴时作。乙卯是宋神宗熙宁八年(1075)，时作者已八十六岁。寒食节在清明前两天，古人有禁烟、插柳、上头、踏青、扫墓等等风俗，宋时还有赛龙船的活动。周密《武林旧事》卷三记载寒食西湖赛船的情景说："龙舟十余，彩旗叠鼓，交舞曼衍，粲如织锦……京尹为立赏格，竞渡争标。都人士女，两堤骈集，几于无置足之地。"本词就选择这个节日最为繁盛热闹的场面开头。

"龙头舴艋吴儿竞"，一句便写出吴中健儿驾舞龙舟，在水面飞驶竞渡的壮观场面。舴艋是江南水乡常见的一种形体扁窄的轻便小舟，饰以龙头，就是乡民为节日临时装置的简易龙舟，虽无锦缆雕纹，却富乡土特色。一"竞"字涵盖了划桨人的矫健和船行的轻疾，而夹岸助兴的喧天锣鼓和争相观看的男女老少，则由读者用想象来填补、充实，语言形象而有概括力。

寒食这天姑娘们也特别高兴，她们可以放下女红，走出闺房，双双对对,打着秋千,尽兴游乐。所以次句便说游女荡秋千作。"笋柱"指竹制的秋千架。

三、四句用一联工整的对句描写妇女拾翠、游人踏青,乐而忘返的情景。"芳洲""秀野"使人想见郊野草木竞秀、春光明媚的诱人景色。"拾翠"原指采拾翠鸟的羽毛,语出曹植《洛神赋》"或采明珠,或拾翠羽",后亦泛指妇女水边野外游春之事。"踏青"即春天出城到郊外游览。古代诗词中常以踏青和拾翠并提,如吴融《闲居有作》:"踏青堤上烟多绿,拾翠江边月更明。"这一联泛写寒食游春的活动,与前面赛龙舟、打秋千的特写镜头相配合,有点有面,显得主次分明。

词的上阕着重写人事,通过热闹的场景,描写春光的美好,游人的欢乐;下阕则侧重写景物,通过静谧优美的夜景,反衬白昼游乐的繁盛。一动一静,互相映发,收到很好的艺术效果。由动景换静景,画面跳跃很大,但过片却很自然:"行云去后遥山暝,已放笙歌池院静",前句说云去山昏,游人散后,郊外一片空寂,为上阕作结。后句说,笙歌已歇,喧嚣一天的池院,此刻显得分外清静,一"静"字又为下文写景作了铺垫。

最后两句以写景工绝著称。朱彝尊《静志居诗话》说:"张子野吴兴寒食词'中庭月色正清明,无数杨花过无影',余尝叹其工绝,在世所传'三影'之上。"月色清明,甚至可以看见点点杨花飞舞;而花过无影,又显得清辉迷蒙,明而不亮,庭中一切景物都蒙上一层轻雾,别具一种朦胧之美。不仅如此,两句还寓情于景,反映出作者游乐一天之后,心情的恬适和舒畅。词人虽已年过八旬,但生活情趣还很高,既爱游春的热闹场面,又爱月夜的幽静景色。白昼,与乡民同乐,是一种情趣;夜晚,独坐中庭,欣赏春宵月色,又是一种情趣。而后者更能体现词人的个性和审美趣味,为文人雅士所叹赏。

文人词自晚唐五代以来,多以男欢女爱、离别相思为题材,风格绮靡艳丽,至宋初仍沿袭不改。潘阆的《酒泉子》(长忆观潮),晏殊的《破阵子》(燕子来时新社)和张先这首《木兰花》都以时序节令和风俗人情入词,给镂金错彩的词坛吹进一丝较为清新的空气,增添一点乡土的气息,可说是一个小小的变化。(蒋哲伦)

青门引

乍暖还轻冷，风雨晚来方定。庭轩寂寞近清明，残花中
酒，又是去年病。　　楼头画角风吹醒，入夜重门静。
那堪更被明月，隔墙送过秋千影。

———————————————————

南宋吴文英作词，论者谓其善于表现锐敏尖新的感觉。其实
早在北宋，张先已在这一艺术造诣上导其先路。这首小词可以
为证。

起笔二句，写自己对春天气候的感触。短短一天里，天气发
生了频繁的变化。"乍暖"，见得是由春寒忽然变暖。"还"字一
转，引出又一次变化：风雨忽来，轻冷袭人。虽说春天之冷，较冬
日为"轻"，但这"冷"是紧接"暖"而来，所以格外容易感觉。轻寒
的风雨，一直到晚才止住了。词人感触之敏锐，不但体现在对天
气变化的频繁上，更体现在天气每次变化的精确上。天暖之感为
"乍"，天冷之感为"轻"，风雨之定为"方"。遣词精细确切，都暗示
着如鱼饮水冷暖自知的意蕴。大自然与人生常有相通之处。人
们对自然现象变换的感触，最容易暗暗引起对人事沧桑的悲伤。
李清照《声声慢》说："乍暖还寒时候，最难将息"，也正是此意。
"庭轩"一句，由天气转写现境，并点出清明这一气候变化多端的
特定时节。如果说前两句所写种种感触，还是属于身体的感觉；

那么,这"寂寞"之感就进而属于内心的感受了。怀旧伤今,已见于言外。歇拍二句,层层逼出主题。春已迟暮,花已凋零,自然界的变迁,象喻着人事的沧桑,美好事物的破灭,种下了心灵的病根,此病无药可治,唯有借酒浇愁而已。"举杯消愁愁更愁",醉了酒,失去理性的自制,只会加重心头的愁恨。更使人感触的是这样的经验已不是头一遭。去年如此,今年又是如此。愁与年增,情何以堪?

换头承醉酒之后而来。"楼头画角风吹醒",兼写两种感觉。凄厉的角声,轻冷的晚风,使酣醉的人清醒过来。黄蓼园云:"角声而曰风吹醒,醒字极尖刻。"(《蓼园词选》)实际上"吹"字也尖刻。角声催醒不曰惊而以风吹之吹兼写,这一吹字便沟通了角声之惊耳与晚风之刺肤的不同感觉。"醒",表现出角声晚风并至而醉人不得不苏醒的一刹那间反应,同时也暗示酒醉之深和愁恨之重。伤心人在醒了的时候自是痛苦,"入夜"一句,即以现境象征痛苦的心境。夜的降临,象征心情的更加黯然,更加沉重。而重重深闭的院门更象喻着不得开启的心扉。结笔二句更指出重门也阻隔不了触景伤怀。溶溶月光居然把隔墙的秋千影子送过来。黄蓼园又云:"末句那堪送影,真是描神之笔,极希微窅渺之致。"月光下的秋千影子是幽微的,描写这一感触,也深刻地表现词人抑郁的心灵。"那堪"二字,揭示了结笔着重在为秋千影所触动之怀。是不是所怀者竟与秋千有不解之缘呢?并未道破,这就愈增尾声幽渺的意味。

总之,贯串这首词的是双管齐下描写触物与感怀。通过视觉、听觉以至肤感等作种种敏锐尖新的描写,暗示了人物多愁善

感的心情。由于以层层感触及暗示造境,故词境层层翻进,终至
"极希微眇渺之致"。沈际飞云:"怀则自触,触则愈怀,未有触之
至此极者。"(《草堂诗余正集》)对这首词的表现特征,作了相当准
确的概括。

(宛敏灏　邓小军)

晏　殊

浣溪沙

一曲新词酒一杯，去年天气旧亭台。夕阳西下几时回？　　无可奈何花落去，似曾相识燕归来。小园香径独徘徊。

　　这是晏殊一首脍炙人口的小令。它语言圆转流利，明白如话，意蕴却虚涵深广，能给人以一种哲理性的启迪。

　　"一曲新词酒一杯，去年天气旧亭台。"起句写对酒听歌的现境。从复叠错综的句式、轻快流利的语调中可以体味出，词人在面对现境时，开始是怀着轻松喜悦的感情，带着潇洒安闲的意态的。但边听边饮，这现境却又不期然而然地触发对"去年"所历类似境界的追忆：也是和今年一样的暮春天气，面对的也是和眼前一样的楼台亭阁，一样的清歌美酒。然而，在似乎一切依旧的表象下又分明感觉到有的东西已经起了难以逆转的变化，这便是悠悠流逝的岁月和与此相关的一系列人事。于是词人不由得从心底涌出这样的喟叹："夕阳西下几时回？"夕阳西下，是眼前景。但词人由此触发的，却是对美好景物情事的流连，对时光流逝的怅惘，以及对美好事物重现的微茫的希望。这是即景兴感，但所感者实际上已不限于眼前的情事，而是扩展到整个人生，其中不仅有理念活动，而且包含着某种哲理性的沉思。夕阳西下，是无法

70

阻止的，只能寄希望于它的东升再现，而时光的流逝、人事的变更，却再也无法重复。整个上片，实际上和刘希夷《代悲白头翁》"年年岁岁花相似，岁岁年年人不同"的意蕴大体相似，不过表现方式要委婉含蓄得多。

"无可奈何花落去，似曾相识燕归来。"这首词的出名，和这一联工巧而浑成、流利而含蓄的对句很有关系，在用虚字构成工整的对仗、唱叹传神方面表现出词人的巧思深情。但更值得玩索的倒是这一联所含的意蕴。花的凋落，春的消逝，时光的流逝，都是不可抗拒的自然规律，虽然惋惜流连也无济于事，所以说："无可奈何"，这一句承上"夕阳西下"；然而在这暮春天气中，所感受到的并不只是无可奈何的凋衰消逝，而是还有令人欣慰的重现，那翩翩归来的燕子不就像是去年曾在此处安巢的旧时相识吗？这一句应上"几时回"。花落、燕归虽也是眼前景，但一经与"无可奈何""似曾相识"相联系，它们的内涵便变得非常广泛，带有美好事物的象征的意味。在惋惜与欣慰的交织中，蕴含着某种生活哲理：一切必然要消逝的美好事物都无法阻止其消逝，但在消逝的同时仍然有美好事物的再现，生活不会因消逝而变得一片虚无。只不过这种重现毕竟不等于美好事物的原封不动地重现，它只是"似曾相识"罢了。因此，在有所慰藉的同时又不觉感到一丝惆怅。如果说，上片着重抒写了对不变表象下所包含的变化的感喟，那么下片这一联则进一步抒写了消逝中的重现、重现中的变化，以及词人对这种现象的感受与思索。

"小园香径独徘徊。"末句是在惋惜、欣慰、怅惘之余独自的沉思：在小园落英缤纷的小路上，词人独自徘徊着、沉思着，像是要

71

浣溪沙

对所见所感所思来一番深沉的反省与思索,对上述现象的底蕴求得一个答案。或以为这个结尾艺术上不及另一首《浣溪沙》的结尾"不如怜取眼前人",但那一句是即转即收,这一句却是上文的余波,作用不同,写法也就有别。 (刘学锴)

浣溪沙

一向年光有限身，等闲离别易销魂。酒筵歌席莫辞频。　　满目山河空念远，落花风雨更伤春。不如怜取眼前人。

———————————

　　这是《珠玉词》中的别调。大晏的词作，用语明净，下字修洁，表现出闲雅蕴藉的风格；而在本词中，作者却一变故常，取景甚大，笔力极重，格调遒上。抒写伤春念远的情怀，深刻沉着，高健明快，而又能保持一种温婉的气象，使词意不显得凄厉哀伤，这是本词的一大特色。

　　"一向年光有限身"，劈空而来，语甚警炼。"一向"，即一晌，一会儿。片刻的时光啊，有限的生命！词人的哀怨是永恒的，那是无法抗拒的自然规律，谁不希望美好的年华能延续下去呢？惜春光之易逝，感盛年之不再，这虽是《珠玉词》中常有的慨叹，而本词中强烈地直接呼喊出来，便有撼人心魄的效果。紧接"等闲"句，加厚一笔。"黯然销魂者，唯别而已矣！"（江淹《别赋》）可是，词中所写的，不是绝国千里的生离，更不是沥泣抆血的死别，而只不过是寻常的离别而已！"等闲"二字，殊不等闲，具见词人之深于情。在短暂的人生中，别离是不止一次会遇到的，而每一回离别，都占去有限年光的一部分，这怎不令人"易销魂"呢？词人唯

73

有强自宽解:"酒筵歌席莫辞频。"痛苦是无益的,不如对酒当歌,自遣情怀吧。"频",谓宴会的频繁。叶梦得《避暑录话》载,晏殊"惟喜宾客,未尝一日不宴饮","每有嘉客必留","留亦必以歌乐相佐",其《石林诗话》也说晏殊"日以饮酒赋诗为乐,佳时胜日,未尝辄废"。"酒筵歌席",即指这些日常的宴饮。近人或谓是"别宴离歌",非是。这句写及时行乐,聊慰此有限之身。

换头二语,忽作变徵之声。气象宏阔,意境莽苍,以健笔写闲情,兼有刚柔之美,是《珠玉词》中不可多得的佳句。两句是设想之辞。若是登临之际,放眼辽阔的河山,徒然地怀思远别的亲友;就算是独处家中,看到风雨摧落了繁花,更令人感伤春光易逝。李峤《汾阴行》:"山川满目泪沾衣,富贵荣华能几时?"词语本此,所感亦大矣!李商隐《杜司勋》诗又云:"刻意伤春复伤别,人间只有杜司勋。"大晏正不欲刻意去伤春伤别,故要想办法从痛苦中解脱出来。如果我们只把它解释为"就眼前景物,说明怀念之深",或是"风雨惜别",则嫌过于质实了。吴梅《词学通论》特标举此二语,认为较大晏的名句"无可奈何花落去,似曾相识燕归来"胜过十倍而人未之知。吴氏之语虽稍偏颇,而确是能独具只眼。当然,"无可奈何"二语固不失为好句,惜其于貌似自然之中而实不自然,人工雕饰之迹颇露,似伤于尖巧,而"满目山河"二语,"重、拙、大"兼而有之,《珠玉词》中仅此而已。

"不如怜取眼前人!"元稹《会真记》载崔莺莺诗:"还将旧来意,怜取眼前人。"本词意谓去参加酒筵歌席,好好爱怜眼前的歌女。作为富贵宰相的晏殊,他不会让痛苦的怀思去折磨自己,也不会沉湎于歌酒之中而不能自拔,他要"怜取眼前人",也只是为了眼前的欢娱而已,这是作者对待生活的一贯态度。

本词是《珠玉词》的代表作。词中所写的并非一时,所感的也非一事,而是反映了作者人生观的一个侧面:悲年光之有限,感世事之无常;慨叹空间和时间的距离难以逾越,慨叹对已消逝的美好事物的追寻总是徒劳,在山河风雨中寄寓着对人生哲理的探索。词人幡然感悟,认识到要立足现实,牢牢地抓住眼前的一切。他再三地吟唱:"春光一去如流电。当歌对酒莫沉吟,人生有限情无限。"(《踏莎行》)"不如怜取眼前人,免更劳魂兼役梦。"(《木兰花》)这里所表现的思想,颇类似近世风靡了法国以至欧美的存在主义。本来词意是颇为颓靡的,但词人却把这种感情表现得很旷达、爽朗,具见其胸襟与识度。

在章法结构上,这首小令也别具特色。上片三句,一气呵成而又笔意曲折,"半首中无一平笔"(俞陛云《宋词选释》),把人生短暂、及时行乐的主题突出。过片后,"满目"句紧承"等闲离别","落花"句紧承"一向年光",举出两个事例,补足"有限身"和"易销魂"之意,上下两片便融合无间。末句补足"酒筵歌席"句意,故作排解之语,轻轻宕开,回复主题。全词结构严密,虚实呼应,刚柔相济,以长调章法入于小令中,全词内涵更显丰满。可以说,本词无论在思想内容和艺术手法上,已基本脱出"花间"、南唐的范围了。

(陈永正)

晏　殊

蝶恋花

槛菊愁烟兰泣露，罗幕轻寒，燕子双飞去。明月不谙离恨苦，斜光到晓穿朱户。　昨夜西风凋碧树，独上高楼，望尽天涯路。欲寄彩笺兼尺素，山长水阔知何处！

　　在婉约派词人许多伤离怀远之作中，这是一首颇负盛名的词。它不仅具有精致深婉的共同点，而且具有一般婉约词少见的境界寥阔高远的特色。它不离婉约词，却又在某些方面超越了婉约词。

　　起句写秋晓庭圃中的景物：菊花笼罩着一层轻烟薄雾，看上去似乎在脉脉含愁；兰花上沾有露珠，看起来又像在默默饮泣。兰和菊本就含有某种象喻色彩(象喻品格的幽洁)，这里用"愁烟""泣露"将它们人格化，将主观感情移于客观景物，透露女主人公自己的哀愁。"愁""泣"二字，刻画痕迹较显，与大晏词珠圆玉润的语言风格有所不同，但在借外物抒写心情、渲染气氛、塑造主人公形象方面自有其作用。

　　"罗幕轻寒，燕子双飞去。"新秋清晨，罗幕之间荡漾着一缕轻寒，燕子双双穿过帘幕飞去了。这两种现象之间本不一定存在联系，但在充满哀愁、对节候特别敏感的主人公眼中，那燕子似乎是因为不耐罗幕轻寒而飞去。这里，与其说是写燕子的感觉，不如说是写帘幕中人的感觉——不只是在生理上感到初秋的轻寒,而且在心理上也荡漾着因孤孑凄清而引起的寒意。燕的双飞,更反托出人的孤独。这两句只写客观物象,不着有明显感情色彩的词语,表情非常委婉含蓄。

接下来两句"明月不谙离恨苦,斜光到晓穿朱户",从今晨回溯昨夜,明点"离恨",情感也从隐微转为强烈。明月本是无知的自然物,它不了解离恨之苦,而只顾光照朱户,原很自然;既如此,似乎不应怨恨它。但却偏要怨。这种仿佛是无理的埋怨,却正有力地表现了女主人公在离恨的煎熬中对月彻夜无眠的情景和外界事物所引起的怅触的。后来苏轼的《水调歌头》:"转朱阁,低绮户,照无眠。不应有恨,何事长向别时圆?"机杼相类。但苏词清疏豪宕,晏词深婉含蕴,风调自不相同。

"昨夜西风凋碧树,独上高楼,望尽天涯路。"过片承上"到晚",折回写今晨登高望远。"独上"应上"离恨",反照"双飞",而"望尽天涯"正从一夜无眠生出,脉理细密。"西风凋碧树",不仅是登楼即目所见,而且包含有昨夜通宵不寐、卧听西风飘落树叶情景的回忆。碧树因一夜西风而尽凋,足见西风之劲厉肃杀,"凋"字正传出这一自然界的显著变化给予主人公的强烈感受。景既萧索,人又孤独,似乎接着抒写的只能是忧伤低回之音,但却出人意料地展现出一片无限广远寥廓的境界——"独上高楼,望尽天涯路"。这里固然有凭高望远的苍茫百感,也有不见所思的空虚怅惘,但这所向空阔、毫无窒碍的境界却又给主人公一种精神上的满足,使其从狭小的帘幕庭院的忧伤愁闷转向对广远境界的骋望,这是从"望尽"一词中可以体味出来的。所以这三句尽管包含望而不见的伤离意绪,但感情是悲壮的,没有纤柔颓靡的气息;语言也洗净铅华,纯用白描,气象阔大,境界高远,遂成为全词的警句。

高楼骋望,不见所思,因而想到音书寄远:"欲寄彩笺兼尺素,山长水阔知何处!"彩笺,这里指题诗的诗笺;尺素,指书信。两句一纵一收,将主人公音书寄远的强烈愿望与音书无寄的可悲现实对照起来写,更加突出了"满目山河空念远"的悲慨,词也就在这渺茫无着落的怅惘中结束。"山长水阔"和"望尽天涯"相应,再一次展示了令人神远的境界,而"知何处"的慨叹则更增加摇曳不尽的情致。

这首词的上下片之间,在境界、风格上是有区别的。上片取境较狭,风格偏于柔婉;下片境界开阔,风格近于悲壮。但上片于深婉中见含蓄,下片于广远中有蕴涵,前者由于表现手法的婉曲,后者由于艺术的概括,全篇仍贯串着意象虚涵这一总的特点。王国维借用词中"昨夜"三句来描述古今成大事业、大学问的第一种境界,虽与词作的原意了不相涉,却和这三句意象特别虚涵,便于借题发挥分不开。

(刘学锴)

木兰花

池塘水绿风微暖，记得玉真初见面。重头歌韵响琤琮，入破舞腰红乱旋。　　玉钩阑下香阶畔，醉后不知斜日晚。当时共我赏花人，点检如今无一半。

　　在一个初春的黄昏，词人漫步在小园芳径，熟悉的景物——池塘、阑干、香阶及园中景色——引起他对以往岁月的回忆，鲜明而朦胧，如在眉睫忽而又变得十分遥远，最终只留下一片惆怅。这种伤春伤逝的抒情题材，为词中常见。而大晏此词写法却很有特色，它不是顺序抒写，而是采用前后互见的手法。有明写，有暗示；有详笔，有略笔。上下片词意相互补足而韵味深长。

　　首句"水绿""风暖"两个细节都暗示出"正是一年春好处"。春天，好风轻吹，池水碧绿，也是花开的季节。花未明写，于下片"赏花"二字补出，读者自知。"池塘水绿风微暖"，通过眼观身受，暗示词人正漫步园中；这眼前景又仿佛过去的情景，所以引起"记得"以下的叙写。这一句将"风"与"水"联在一起，又隐隐形成"风乍起，吹皱一池春水"的动人画面，由池水的波动暗示着情绪的波动。

　　以下词人写了一个回忆中的片断。这分明是春日赏花宴会上歌舞作乐的片断。但他并没有一一写出，与下片"当时""赏花"

等字互见,情景宛在。这里只以详笔突出了当时宴乐中最生动、最关情的那个场面:"记得玉真初见面。""玉真"即玉人("真"即仙,多用作绝色女子之代称),而"真"比"人"在音韵上更清脆响亮,也更有词采。紧接二句就写这位女子歌舞之迷人:"重头歌韵响铮琮,入破舞腰红乱旋。"这是此词中脍炙人口的工丽俊语。词中前后阕句式音韵完全相同名"重头","重头"就有回环与复叠,故"歌韵"尤为动人心弦。唐宋大曲末一大段称"破","入破"即"破"的第一遍。演奏至此时,歌舞并作,以舞为主,节拍急促,故有"舞腰红乱旋"的描写。以"响铮琮"写听觉感受,以"红乱旋"写视觉感受,均甚生动。"铮琮"双声,"乱旋"叠韵。双声对叠韵,构成语言上的回环之美。这一联虽只写歌舞情态,而未著一字评语,却全是赞美之意。

上片写到"初见面",应更有别的情事,下片却不复写到"玉真"。未尽其言,留给读者去想象。"玉钩阑下香阶畔",点明一个处所,这大约就是当时歌舞宴乐之地罢。故此句与上片若断若联。"醉后不知斜日晚",作乐竟日,毕竟到了宴散的时候。仍似写当筵情事。不过,诗词的黄昏斜日又常常是象征人生晚景的。此句实兼关昔与今。这就为最后抒发感慨作了铺垫。

张宗橚云:"东坡诗'尊前点检几人非',与此词结句同意。往事关心,人生如梦,每读一过,不禁惘然。"(《词林纪事》)此词结句只说"当时共我赏花人,点检如今无一半",丝毫未提"玉真",其实她应包含在"当时共我赏花人"之内。至于她究竟属于哪"一半"?也没有说,却更耐人寻味。

词的上片说"玉真"而不及"赏花人",下片说"赏花人"不及

"玉真",其实是明写与暗示交替而互见,这种写法不惟笔墨省净,而且曲折有味。故末二语比"尊前点检几人非"之句意更深厚一重。

(周啸天)

踏莎行

碧海无波，瑶台有路，思量便合双飞去。当时轻别意中人，山长水远知何处？　　绮席凝尘，香闺掩雾，红笺小字凭谁附？高楼目尽欲黄昏，梧桐叶上萧萧雨。

　　晏殊整整做了五十年的高官。他赋性"刚峻"（《五朝名臣言行录》），处事谨慎，没有流传什么风流艳事。他自奉俭约，但家中仍然蓄养歌妓，留客宴饮，常"以歌乐相佐"（《避暑录话》）。他喜欢纳什么歌妓、姬妾，是容易做到的。照理，他生平不会在男女爱情上产生多少离愁别恨，但他词中写离愁别恨的却颇多。这可能和当时写词的风气有关：酒筵歌席上信手挥写，以付歌妓、艺人歌唱，内容不脱晚唐、五代以来的"艳科"传统；也可能和文学创作的特点有关：它可以描写人们的普遍感情，不限于作者的自我写照。但晏殊写的这类词，也不像完全脱离自身生活的客观描写，到底是怎么回事，始终是一个谜。

　　这首《踏莎行》的小令，照样不免是谜。但宋无名氏《道山清话》的一则记载，对于解开这个谜，好像有帮助。它说："晏元献公为京兆，辟张先为通判。新纳侍儿，公甚属意。先字子野，能为诗词，公雅重之。每张来，即令侍儿出侑觞，往往歌子野所为之词。其后王夫人浸不容，公即出之。一日，子野至，公与之饮。子野作

《碧牡丹》词,令营妓歌之,有云'望极蓝桥,但暮云千里,凡重山,几重水'之句。公闻之怃然,曰:'人生行乐耳,何自苦如此!'亟命于宅库支钱若干,复取前所出侍儿。既来,夫人亦不复谁何也。"或许由于夫人的"不容",或其他原因,晏殊有时也放出心爱的侍儿,而旋又悔之,所以会产生一些离愁别恨。这首词,或许就在这种情况中写成的。当然,事情也不宜看得太死,因为不能忽视当时的写词情况。

词的上片起首三句:"碧海无波,瑶台有路,思量便合双飞去。"碧海,指海上神仙;瑶台,《离骚》有这个词,但可能从《穆天子传》写西王母所居的瑶池移借过来,指陆上仙境。说要往海上神山,没有波涛的险阻,要往瑶台仙境,也有路可通,原来可以双飞同去,但当时却没有这样做;现在"思量"起来,感到"不合",感到后悔。接着两句:"当时轻别意中人,山长水远知何处?"放弃双飞机会,让"意中人"轻易离开,造成后悔,又已无法挽回,现在想念她,可就是"山长水远",不知她投身何处了。不但不能重聚,而且连消息也都杳然。"轻别"一事,是这首与其他写离愁别恨的词的不同之处,它是产生词中愁恨的特殊原因,是词的感情的症结所在,值得特别重视。张先《碧牡丹》词有"思量去时容易"句,作者《浣溪沙》词有"等闲离别易消魂"句,说的也是轻别的事。一时的轻别,造成长期的思念,"山长"句就写这种思念。它和作者的《鹊踏枝》词的"山长水阔知何处",同一意境。

下片,"绮席凝尘,香闺掩雾",写"意中人"去后的情况,尘凝雾掩,遗迹凄清,且非一日之故。"红笺小字凭谁附",音讯难通,和《鹊踏枝》的"欲寄彩笺兼尺素"而未能的意思也相同。"高楼目尽欲黄昏"，更同于《鹊踏枝》的"独上高楼，望尽天涯路"。既然是远别，不知人在何处，又是音讯难通，那么登高遥望，也就是一种"痴望"。作品故意写"痴"，是表现情深难制。它不说什么情深、念深，只通过这种行动来表现，显得婉转含蓄。最后接以"梧桐叶上萧萧雨"一句，直写景物，好像不表现它和人物心情的关系，实际上景中有情，情景浑涵，合成一片而不露痕迹，意味更为深长。比较起来，温庭筠《更漏子》的"梧桐树，三更雨，不道离情正苦。一叶叶，一声声，空阶滴到明"，李清照《声声慢》的"梧桐更兼细雨，到黄昏，点点滴滴"还写得显露些；而作者《采桑子》词的"好梦频惊，何处高楼雁一声"，另一首《踏莎行》的"一场愁梦酒醒时，斜阳却照深深院"，结笔的妙处都正相同，都是以景结情。

这首词写离愁别恨，侧重"轻别"，有其"个性"；它从内心的懊悔和近痴的行动来表现深情，婉转含蓄，不脱晏殊词的特点；而结笔蕴藉，神韵卓绝，尤堪玩赏。 　　　　　　　　　　　　　　　（陈祥耀）

破阵子

燕子来时新社,梨花落后清明。池上碧苔三四点,叶底黄鹂一两声,日长飞絮轻。　　巧笑东邻女伴,采桑径里逢迎。疑怪昨宵春梦好,原是今朝斗草赢,笑从双脸生。

　　二十四节气,春分连接清明——这正是一年春光最堪留恋的时节。春已中分,新燕将至,此时恰值社日也将到来,古人称燕子为社燕,以为它常是春社来,秋社去。词人所说的新社,指的即是春社了。那时每年有春秋两个社日,而尤重春社,邻里大聚会,来行祀社(大地之神也)之礼,酒食分餐,赛会腾欢,极一时一地之盛。闺中少女,也"放"了"假",正所谓"问知社日停针线",连女红也是可以放下的,呼姊唤妹,许可门外游观。词篇开头一句,其精神全在于此。

　　我们的民族"花历",又有二十四番花信风,自小寒至谷雨,每五日为一花信,每节应三信有三芳开放;按春分节的三信,正是海棠花、梨花、木兰花。梨花落后,清明在望。词人写时序风物,一丝不走。当此季节,气息芳润,池畔苔生鲜翠,林丛鹂啭清音。——春光已是苒苒而近晚了,神情更在言外。清明的花信三番又应在何处? 那就是桐花、麦花与柳花。——所以词人接着写的就是"日长——飞絮"。古有句云"落尽海棠飞尽絮,困人天气日初长",可以合看。文学评论家于此必曰:写景,写景;状物,状物! 而不知时序推迁,光风流转,触人思绪之闲情婉致也。

当此良辰佳节之际,则有二少女,出现于词人笔下,言动于吾人目前:在采桑的路上,她们正好遇着;一见面,西邻女就问东邻女:"你怎么今天这么高兴? ——夜里做了什么好梦了吧? 快告诉人听听! ……"东邻笑道:"莫胡说! 人家刚才和她们斗草来着,得了彩头呢!"

"笑从双脸生"五字,再难另找一句更好的写少女笑吟吟的句子来替换。何谓双脸? 盖脸本从眼际得义,而非后人混指"嘴巴"也。故此词之美,美在情景,其用笔,明丽清婉,秀润无伦,而别无奇特可寻之迹;迨至末句,收足全篇,神理尽出,此虽非奇,岂为常笔? 天时人事,物态心情,全归于一切。若无神力,能到此境乎?

古代词曲,写妇女者多,写少女者少。写少女而似此明快活泼、天真纯洁者更少。然而,不知缘何,我读大晏的"池上碧苔三四点,叶底黄鹂一两声",不自禁地联想到老杜的"映阶碧草自春色,隔叶黄鹂空好音";它们之间,分明存在着共鸣之点。此岂为写景而设乎? 我则以为正用景光以传心绪。其间隐隐约约,有一种寂寞难言之感。而此寂寞感,古来诗人无不有之,盖亦时代之问题,人生之大事,本非语言文字间可了,而又不得不一抒写,其为无可如何之意,灼然可见,但老杜为托之于丞相祠堂,大晏则移之于女郎芳径耳。倘若依此而言,上文才说的明快活泼云云,竟是只见它一个方面,究其真际,也是深深隐藏着复杂的情感的吧。

(周汝昌)

离亭燕

一带江山如画，风物向秋潇洒。水浸碧天何处断？霁色冷光相射。蓼屿荻花洲，掩映竹篱茅舍。　　云际客帆高挂，烟外酒旗低亚。多少六朝兴废事，尽入渔樵闲话。怅望倚层楼，寒日无言西下。

　　这是一首怀古词。最早见于范公偁《过庭录》，又见于黄昇《唐宋诸贤绝妙词选》、楼钥《攻媿集》卷七十。关于作者，说法不一。范公偁以为张昇作，黄昇和楼钥都以为孙浩然作。黄、楼都是南宋后期人，范公偁是北宋末、南宋初人，他是范仲淹的曾孙，祖父范纯仁，神宗时期任过宰相，父亲正平，徽宗时做过光禄大夫。他的书多记北宋诸老遗文遗事，乃得自他父亲的传述，所以名叫《过庭录》，从他的时代和家世来看，他的说法较为可信。

　　张昇，或作张昪，而《宋史·仁宗纪》及《宰辅表》均作张昇，现从之。这首词据《过庭录》说是他退居江南后所作。

　　金陵被诸葛亮称为"龙盘虎踞"之地，是东吴、东晋、宋、齐、梁、陈等六个朝代的都城所在，它的山川形胜是久已驰名的。这首词写作者在高楼上所看到的景物，并借以抒发自己的六代兴亡之感。开头一句"一带江山如画"，先对金陵一带的全景作一番鸟瞰，概括地写出了它的山水之美。秋天是草木摇落的时候，一般地说,自然界的风光会因为季节的变换而减色,但这里却是"风物向秋潇洒",一切景物显得萧疏明丽而有脱尘绝俗的风致,这就突出了金陵一带秋日风光的特色。接着具体地描绘了这种特色:"水浸碧天何处断",这个"水"正承首句的"江"而来,词人的视线随着浩瀚的长江向远处看去,天幕低垂,水势浮空,天水相连,浑然一色,怎么也看不到它的尽头。这种宏阔的景致,通过一个"浸"字形象而准确地描绘出来。再向近处看,"霁色冷光相射","霁色"紧承上句"碧天"而来,"冷光"承"水"字而来,万里晴空所展现的澄澈之色,江波潋滟所闪现的凄冷的光,霁色是静止的,冷光是翻动的,动景与静景的互相映照,构成了一幅绮丽的画面。这个画面是用一个"射"字来表现的。看到这里,词人又把视线从江水里移到了江洲上,所看到的是:"蓼屿荻花洲,掩映竹篱茅舍。"洲、屿是蓼荻滋生之地,秋天是它发花的季节,在密集的蓼荻丛中,隐约地现出了竹篱茅舍。从自然界写到了人家,为下阕的抒发感慨作了铺垫。

在下阕里,先荡开两笔,再抬头向远处望去,"云际客帆高挂,烟外酒旗低亚",极目处,客船的帆高挂着,烟外酒家的旗子在低垂着,标志着人在活动,情从景生,金陵的陈迹涌上心头:"多少六朝兴废事",这里在历史上短短的三百多年里经历了六个朝代的兴盛和衰亡,它们是怎样兴盛起来的,又是怎样衰亡的,这许许多多的往事,什么人理会呢?"尽入渔樵闲话","渔樵"承上阕"竹篱茅舍"而来,到这里猛然一收,透露出词人心里的隐忧。这种隐忧在歇拍两句里,又作了进一步的抒写:"怅望倚层楼","怅望"表明了词人在瞭望景色时的心情,倚在高楼的栏杆上,怀着怅惘的心情,看到眼前的景物,想到历史上的往事,此时的心情又有什么人理会呢?"寒日无言西下","寒"字承上阕"冷"字而来,凄冷的太阳默默地向西沉下,苍茫的夜幕即将降临,更增加了他的孤寂之感。歇拍的调子是低沉的,他的隐忧没有说明白,只从低沉的调子里现出点端倪,这是耐人寻思的。从作者过去的身份和字里行间所流露的情绪来看,他不是一般的感叹兴亡,而是有为而发的。他在退居以前,经历了真宗、仁宗两代,退居江南时期,又经历了英宗、神宗两朝,宋帝国由盛到衰、积贫积弱的形势越来越严重。熙宁年间,王安石变法,取得了一些成绩,也造成不少混乱,他作为一向忠心耿耿的在野大臣,面对着这样的形势,不能不感到关切,他担心六朝故事的重演,这大概就是他的隐忧。在野之身是不好把心事和盘托出的,他的心弦只得用低沉的调子来弹奏。

这首词从艺术上说,层层抒写,勾勒甚密,词朴而情厚,有别于婉约派的词风。作者和范仲淹同中真宗大中祥符八年进士,是同辈人,王安石是他的后辈,苏东坡更在其后,他的词作虽不多,但却透露出词风逐渐向豪放转变的消息,这是时代使然。况周颐评此词说:"张康节(张昇谥号)《离亭燕》云:'怅望倚层楼,寒日无言西下。'秦少游《满庭芳》云:'凭阑久,疏烟淡日,寂寞下芜城。'两歇拍意境相若,而张词尤极苍凉萧远之致。"(《历代词人考略》)这话是不错的。

(李廷先)

宋　祁

木兰花

东城渐觉风光好，縠皱波纹迎客棹。绿杨烟外晓寒轻，红杏枝头春意闹。　　浮生长恨欢娱少，肯爱千金轻一笑。为君持酒劝斜阳，且向花间留晚照。

　　宋子京因此词而得名，正如秦少游之为"山抹微云学士"，他则人称"红杏尚书"。古人极善于把事物"诗化"，连一个仕宦职衔也可以化为非常风雅的称号，传为佳话，思之良可粲然，——这佳话指的就是此词的上阕歇拍之句了。但吾人学文，不可贵耳贱目，切须自具心眼，即如本篇传颂千载，究竟好在哪里？难道只一个"闹"字便作成了一段故事？倘如此，"红杏尚书"者，为何不径呼他"闹尚书"，岂不更为一矢中的，直截了当？大约古往今来，落于"字障"的学子，半为此等浅见俗说引错了路头。

　　要赏此词，须看他开头两句，是何等的光景气象。不从这里说起，直是舍本而逐末。

　　且道词人何以一上来便说东城。普天下时当艳阳气候，莫非西城便不可入咏？有好事者答辩说：当时当地，确实以东城为美。又有的说，只因宋尚书住在东城，所以他不写西城……这自然都言之成理。然而，寒神退位，春自东来，故东城得气为先，——正如写梅花，必曰"南枝"，亦正因它南枝向阳，得气早开；此皆词人

90

诗客,细心敏感,体察物情、含味心境,而后有此诗心诗笔,岂真为"地理考证"而设置字样哉。古代春游,踏青寻胜,必出东郊,民族的传统认识,从来如此也。

真正领起全篇精神的,又端在"风光"二字。

何谓风光？词书词典上说就是"风景"。科学家若来解释,定然说,就是"空气和阳光"。这原本不错,只是忘记了我们的语文特色,它比"物理化学名词定义"包含的要丰富得多。风光,其实概括了天时、地利、人和三方面的关系;它不但是自然景色,也包含着世事人情。正古人所谓"天气澄和,风物闲美",还须加上人意欣悦。没有了后者,也就什么都没有了。

一个"渐"字,最为得神。说是"渐觉",其实那芳春美景,说到就到,越看越是好上来了。

这美好的风光,分明又有层次。它从何处而"开始"呢？词人答曰:"我的感受首先就眼见那春波绿水,与昨不同;它发生了变化,它活起来;风自东来,波面生纹,如同纱縠细皱,鄰鄰拂拂,漾漾溶溶——招唤着游人的画船。春,是从这儿开始的。"

然后,看见了柳烟;然后,看见了杏火。

这毕竟是"渐"的神理,一丝不走。晓寒犹轻,是一步;春意方闹,是又一步。风光在逐步开展。

把柳比作"烟",实在很奇。"桃似火,柳如烟",这译成外文,无论如何引不起西方读者的"美学享受"。然而在我们感受上,这种文学语言,这种想象和创造,很美,美在哪里？美在传神,美在造境。盖柳之为烟,写其初自冬眠而醒,嫩黄浅碧,遥望难分枝叶,只见一片轻烟薄雾,笼罩枝梢——而非呛人的黑烟也。桃杏之为火，写其怒放盛开，生气勃发，如火如荼，"如喷火蒸雾"，全是形容一个"盛"的境界气氛——而非炙热灼烫的为灾之火也。

领会了这，或者不难进而领会"闹"字矣。

闹，安静、萧寂之反词。词人用它，写尽那一派盎然的春意，蓬勃的生机。王静安论词主"境界"之说，曾言"着一闹字而境界全出"。但也有学者强烈反对这个闹字，说：闹并非好字，亦非佳事（如吵闹、闹事……），写良辰而用此等字眼，无理甚矣。这就是忘记了"闹元宵"，连那头上戴的也叫"闹蛾儿"呢！风光大好，但看不得"闹"字，其理自当有在。

上阕写尽风光，下阕转出感慨。

人生一世，艰难困苦，不一而足；欢娱恨少，则忧患苦多，岂待问而后知。难得开口一笑，故愿为此一掷千金亦所不惜。正见欢娱之难得也。欢娱恨少，至于此极。书生无力挥鲁阳之戈，使日驭倒退三舍，只能说劝斜阳，且莫急急下山，留晚照于花间，延欢娱于一饷！读词至此，哀耶乐耶？喜乎悲乎？论者或以为此宋祁者肠肥脑满，庸俗浅薄，只一味作乐寻欢，可谓无聊之尤，允须"严肃批判"。嗟嗟，使举世而皆如是读文论艺，岂复有真文艺可存乎？

红杏尚书——莫当他是一个浅人不知深味者流。大晏曾云："一曲新词酒一杯"，"夕阳西下几时回？"面目不同，神情何其相似：岂恋物之作，实伤心之词也。

（周汝昌）

采桑子

群芳过后西湖好,狼籍残红,飞絮濛濛,垂柳阑干尽日风。　　笙歌散尽游人去,始觉春空,垂下帘栊,双燕归来细雨中。

　　这首词写出作者晚年居住的颍州西湖的暮春景象,从而表现了作者异常的、幽微的心理状态。

　　西湖花时过后,残红狼籍,常人对此,当是无限惋惜,而作者却赞赏说"好",确是异乎常情的。首句是全词的纲领,由此引出"群芳过后"的西湖景象,及词人从中领悟到的"好"的意味。词的上半阕所写,为"群芳过后"的湖上一片实景,笼罩在这片实景上的是寂寞空虚的气氛。试看,落红零乱满地,杨花漫空飞舞,使人感觉春事已了。"垂柳"句与上二句相联系,写出了栏畔翠柳柔条斜拂于春风中的姿态;单是这风中垂柳的姿态,本来是够生动优美的,然而著以"尽日"二字,联系白居易《杨柳枝》"永丰西角荒园里,尽日无人属阿谁"来体会,整幅画面上一切悄然,只有柳条竟日在风中飘动,其境地之寂静可以想见。在词的上阕里所接触到的,只是物象,没有出现任何人的活动。眼前的自然界,显得多么令人意兴索然!

　　下阕"笙歌散尽",虚写出过去湖上游乐的盛况;游人去后,

"始觉春空",点明从上面三句景象所产生的感觉。谭献说,"'笙歌散尽游人去'句,悟语是恋语"(谭评《词辨》),此语道出了作者复杂微妙的心境。"始觉"是顿悟之辞,这两句是从繁华喧闹消失后清醒过来的感觉,繁华喧闹消失,既觉有所失的空虚,又觉获得宁静的畅适。首句说的"好"即是从这后一种感觉产生,只有基于这种心理感觉,才可解释认为"狼籍残红"三句所写景象的"好"之所在。

最后二句,写室内景,从而使人揣想,前面所写一切,都是词人在室外凭栏时的观感。末两句是倒装。本是开帘待燕,"双燕归来"才"垂下帘栊"。着意写燕子的活动,反衬出室内一片清寂气氛。"细雨"二字还反顾到上阕的室外景。落花飞絮,着雨更见得春事阑珊。本词从室外景色的空虚写到室内气氛的清寂,通首体现出词人生活中的一种静观自适的情调。

这首词是欧阳修颍州西湖组词《采桑子》十首的第四首。诸词抒写作者以闲退之身恣意游赏的怡悦之情,呈现的景物都具有积极的美的性质,如"芳草长堤""百卉争妍""空水澄鲜"等等,独此首所赏会的是"狼籍残红"。整组词描写的时节景物为从深春到荷花开时,"狼籍残红"自然是这段时节过程中应有的一环。如果说诸词表现了词人作为"闲人"对各种景物的"欢然会意"(见组词前"致语"),本词却不自觉地透露出他此时的别样情绪。作者这时是以太子少师致仕而卜居颍州的。他生平经历过不少政治风浪,晚年又值王安石厉行新法,而不可与争,于是以退闲之身放怀世外,这组词确是总的体现了他这种无所牵系的闲适心情。但人情往往也有这样矛盾,解除世纷固觉轻快,而脱去世务又感空虚,本词"笙歌散尽游人去,始觉春空",确实极微妙地反映出了这种矛盾心情。结末"垂下帘栊"二句,乃极静的境界中着以动象,觉余情袅袅,亦如辛弃疾《摸鱼儿》中所云:"算只有殷勤,画檐蛛网,尽日惹飞絮。"表现出对春的留连眷恋意识,不免微露怅惘的情绪。

　　小令在北宋前期有代表性的作家如晏殊、欧阳修笔下所写出的,虽多为当筵命笔以付歌儿的抒写男女之情的作品,仍袭花间余风,然亦时有流连光景之作,于时节风物的枨触中融入人生感慨,这种感慨,莫可指实,细加体味,总觉其中有物。这乃是因为某种情绪蕴蓄胸中,往往触发于不自知,读来似觉有所寄托。在冯延巳的《阳春集》中,这类作品颇多,而晏、欧亦复不少。晏、欧俱为旧属南唐的江西人,自易承受冯延巳的词风影响,尤其是他们皆身处显位,学养深厚,故词风极为相近,有如清人刘熙载所说:"冯延巳词,晏同叔得其俊,欧阳永叔得其深。"(《艺概》卷四)在北宋词人中,他们的这类作品,属辞精雅,意象空灵,成为小令的典范。欧阳修的这组《采桑子》,即是足以显示这类词风的名作。

(胡国瑞)

欧阳修

诉衷情

清晨帘幕卷轻霜,呵手试梅妆①。都缘自有离恨,故画作远山长。　　思往事,惜流芳,易成伤。拟歌先敛,欲笑还颦,最断人肠。

〔注〕　① 梅妆:《太平御览》卷三十《时序部》引《杂五行书》:"宋武帝女寿阳公主人日(正月初七)卧含章殿檐下,梅花落公主额上,成五出花,拂之不去。皇后留之,看得几时,经三日,洗之乃落。宫女奇其异,竞效之,今梅花妆是也。"

这首小词,写一位歌女的生活片段。

上片叙事,从一天的清晨写起:帘幕卷,暗示她已起床;轻霜,气候只微寒;因微寒而呵手,想见她的娇怯;梅妆,是一种美妆,始于南朝宋寿阳公主;试梅妆,谓试着描画梅花妆,如是,更突出她的秀慧俏丽。在梳妆中,她把眉儿画得又细又长,作者领会出,她这样做是有意的,因为她本有离愁别恨,所以把眉画得很长,眉黛之长,象征水阔山长。用远山比美人之眉,由来已久。托名汉伶玄《飞燕外传》:"女弟合德入宫,为薄眉,号远山黛。"又托名刘歆《西京杂记》卷二:"卓文君姣好,眉色如望远山。"在诗词中,常被引用。

下片抒情,从举止、容色中,作者窥测她有感伤的情绪,大概她正在思量着难追的往事,惋惜着易逝的芳年。由于她有感伤,触处皆愁,所以欲歌之际,却先敛容不欢;将笑之时,也还带恨含颦。她诚于中而形于外,人则见其外而知其中,故此情此态,最得知心者怜爱而为之魂销,因魂销乃至肠断。

在这首词中,作者笔下出现一位娇柔羞涩的少女,她工愁善感,敏慧多情,这些,都没有作正面交待,却从侧面点拨,使读者从她的梳妆、歌唇、颦笑中想象而得,而她的形象栩栩如生、呼之欲出。"拟歌"两句,曲折而含蓄,不但现出人物的姿态,而且传出人物的神情,周邦彦的"欲说又休,虑乖芳信,未歌先咽,愁转《清商》"(《风流子》),即脱胎于此。虽然,她所透露的伤离感旧之情,只是淡薄的、微婉的,可是留给我们的印象,却深刻而难忘。

(黄清士)

踏莎行

候馆梅残,溪桥柳细,草薰风暖摇征辔。离愁渐远渐无穷,迢迢不断如春水。　　寸寸柔肠,盈盈粉泪,楼高莫近危阑倚。平芜尽处是春山,行人更在春山外。

在婉约派词人抒写离情的小令中,这是一首情深意远、柔婉优美的代表性作品。

上片写离家远行的人旅途中所见所感。开头三句是一幅洋溢着春天气息的溪山行旅图:旅舍旁的梅花已经开过了,只剩下几朵残英,溪桥边的柳树刚抽出细嫩的枝叶。暖风吹送着春草的芳香,远行的人就在这美好的环境中摇动马缰,赶马行路。梅残、柳细、草薰、风暖,暗示时令正当仲春。这正是最易使人动情的季节。在这种环境下行路,不但看到春的颜色,闻到春的气味,感到春的暖意,而且在心里也荡漾着一种融怡的醉人的春意。从"摇征辔"的"摇"字中可以想象行人骑着马儿顾盼徐行的情景。

融怡明媚的仲春风光,既令征人欣赏流连,却又很容易触动离愁。因为面对芳春丽景,不免会想到闺中人的青春芳华,想到自己孤身跋涉,不能与对方共赏春光。而梅残、柳细、草薰、风暖等物象又或隐或显地联系着别离,因此三、四两句便由丽景转入对离情的描写:"离愁渐远渐无穷,迢迢不断如春水。"因为所别者是自己深爱的人，所以这离愁便随着分别时间之久、相隔路程之长越积越多，就像眼前这伴着自己的一溪春水一样，来路无穷，去程不尽。上文写到"溪桥"，可见路旁就有清流。这"迢迢不断如春水"的比喻，妙在即景设喻，触物生情，亦赋亦比亦兴，是眼中所见与心中所感的悠然神会。从这一点说，它比李煜的"问君能有几多愁？恰似一江春水向东流"显得更加自然。

"寸寸柔肠，盈盈粉泪。"过片两对句，似乎由陌上行人转笔写楼头思妇。其实，整个下片，都是行人对居者的想象。上下片的关系不是并列，而是递进。上片结尾已经讲到自己的离愁迢迢不断，无穷无尽，于是这位深情的主人公便不由得进而想象对方此刻也正在凭高远望，思念旅途中的自己。这正是所谓透过一层，从对面写来的手法。"柔肠"而说"寸寸"，"粉泪"而说"盈盈"，显示出女子思绪的缠绵深切。从"迢迢春水"到"寸寸肠""盈盈泪"，其间又有一种自然的联系。

接下来一句"楼高莫近危阑倚"，是行人在心里对泪眼盈盈的闺中人深情的体贴和嘱咐。你那样凭高倚阑远望，又能望得见什么呢？这就很自然地引出了结拍两句。

"平芜尽处是春山，行人更在春山外。"补足"莫近危阑倚"之故，也是行人想象闺中人凭高望远而不见所思的情景：展现在楼前的，是一片杂草繁茂的原野，原野的尽头是隐隐春山，所思念的行人，更远在春山之外，渺不可寻。这两句不但写出了楼头思妇凝目远望、神驰天外的情景，而且透出了她的一往深情，正越过春山的阻隔，一直伴随着渐行渐远的征人飞向天涯。行者不仅想象到居者登高怀远，而且深入到对方的心灵对自己的追踪。这正是一个深刻理解所爱女子心灵美的男子,用体贴入微的关切怀想描绘出来的心画。

这首词所写的是一个常见的题材,但却展现出一片情深意远的境界,让人感到整首词本身就具有一种"迢迢不断如春水"式的含蓄蕴藉,令人神远。这固然首先取决于感情本身的深挚,但和构思的新颖、比喻的自然、想象的优美也分不开。上片写行者的离愁,下片写行者的遥想,这遥想实际上是离愁的深化,它使整个词境更加深远。而上下片结尾的比喻和想象所展示的情意和境界,更使人感到词中所展示的画面虽然有限,情境却是无限的。俞平伯说下片结尾两句"似乎可画,却又画不到"(《唐宋词选释》),这画不到处不只是春山外的行人,更是那悠远的情境。

(刘学锴)

生查子

去年元夜时,花市灯如昼。月上柳梢头,人约黄昏后。 今年元夜时,月与灯依旧。不见去年人,泪满春衫袖。

　　此词作者,或作朱淑真,或作秦观。但南宋初曾慥所编《乐府雅词》作欧阳修,当较为可信。词作通过主人公对去年今日的往事回忆,写物是人非之感,其语言通俗可谓到口即消,其内容情事几乎一目了然,但构思巧妙,饶有新意,这集中表现在词的分片上。

　　词的上片写"去年元夜"情事。"元夜"今称元宵节,自唐时起即有观灯闹夜的风俗:"谁家见月能闲坐? 何处闻灯不看来?"(崔液《上元夜》)"火树银花合,星桥铁锁开","金吾不禁夜,玉漏莫相催"(苏味道《正月十五夜》)。这些诗句正是写"花市灯如昼"的情景,此"花"乃"火树银花"之"花"。这金吾不禁之夜,不但是观灯赏月的好时节,也给予恋爱的青年男女以良好时机。或于人众稠密处眉目传情,或在灯光阑珊处秘密相会。此处所写的大抵属于后一种情况。"月上柳梢头"分明不像闹市区,"人约黄昏后"是观花灯去么? 这一结恰如水穷云起,言有尽而意无穷。虽未像下片那样明确表情,一种"月出皎兮,佼人僚兮"(《诗·陈风·月出》)

的甜情蜜意却溢于言表。在禁锢很严的封建时代,这实在是难得的一个机会,它在情人们心中会留下永不磨灭的记忆。下片写"今年元夜"情景。"月与灯依旧"虽只举月与灯,实应包括上片二三句花、柳、灯、月而言,是说闹市佳节良宵与去年完全一样。言景物"依旧",暗逗下句"不见去年人,泪满春衫袖",表情极明显,与上片对比更觉有味。一个"满"字,将物是人非、旧情难续的感伤表现得很充分。

上片说去年,下片说今年,元夜、灯、月、人等字面互相关照。两片文义并列,基本重叠,但颇寓变化。诗歌重叠方式运用于全章的,《诗经》国风比比皆是,每章字句大同小异,或易词申意(如《郑风·褰裳》),或循序递进(如《周南·芣苢》),回旋往复的音节对于简朴的歌词颇有增强表情的功用。双调的词有重头(不换头)与换头之分,重头的词上下片字句调式全同,《生查子》即属此类。作者根据词调特点采取文义并列的分片结构,就形成章的重叠,颇类歌曲反复一遍,有回旋咏叹之致。

作者大约受到唐人崔护《题都城南庄》诗的启发。此后词人亦多效此法。如王迈《南歌子》上片写"家里逢重九",下片写"官里逢重九";吕本中《采桑子》上片说"恨君不似江楼月",下片说"恨君却似江楼月";辛弃疾《采桑子》上片写"少年不识愁滋味",下片写"而今识尽愁滋味":均是此法的运用或翻新。而此词具有风诗那种明快、浅切、自然的民歌风味,则为诸词所未备的。

(周啸天)

玉楼春

尊前拟把归期说,欲语春容先惨咽。人生自是有情痴,此恨不关风与月。　　离歌且莫翻新阕,一曲能教肠寸结。直须看尽洛城花,始共春风容易别。

　　北宋初年的一些名臣,如范仲淹及晏殊、欧阳修等人,除德业文章以外,他们也都喜欢填写一些温柔旖旎的小词,而且在小词的锐感深情之中,更往往可以见到他们的某些心性品格甚至学养襟抱的流露。就欧阳修而言,则他在小词中所经常表现出来的意境,可以说乃是一方面既对人世间美好的事物常有着赏爱的深情,而另一方面则对人世间之苦难无常也常有着沉痛的悲慨。这一首《玉楼春》词,可以说就正是表现了其词中此种意境的一首代表作。

　　这首词开端的"尊前拟把归期说,欲语春容先惨咽"两句,表面看来固仅是对眼前情事的直接叙写,但在其遣辞造句的选择与结构之间,欧阳修却已于无意间显示出了他自己的一种独具的意境。首先就其所用之语汇而言,第一句的"尊前",原该是何等欢乐的场合,第二句的"春容"又该是何等美丽的人物,而在"尊前"所要述说的却是指向离别的"归期",于是"尊前"的欢乐与"春容"的美丽,乃一变而为伤心的"惨咽"了。在这种转变与对比之中,

103

虽然仅只两句,我们却隐然已经能够体会出欧阳修词中所表现的对美好事物之爱赏与对人世无常之悲慨二种情绪相对比之中所形成的一种张力了。

其次再就此二句叙写之口吻而言,欧阳修在"归期说"之前,所用的乃是"拟把"两个字;而在"春容""惨咽"之前,所用的则是"欲语"两个字。曰"拟"、曰"欲",本来都是将然未然之辞;曰"说"、曰"语",本来都是言语叙说之意。表面虽似乎是重复,然而其间却实在含有两个不同的层次,"拟把"仍只是心中之想,而"欲语"则已是张口欲言之际。二句连言,不仅不是重复,反而更可见出对于指向离别的"归期",有多少不忍念及和不忍道出的宛转的深情。其间固有无穷曲折吞吐的姿态和层次,而欧阳修笔下写来,却又表现得如此真挚,如此自然,如此富于直接感发之力,所以即此二句,实在便已表现了欧词的一种特美。

至于下面二句"人生自是有情痴,此恨不关风与月",则似乎是由前二句所写的眼前的情事,转入了一种理念上的反省和思考,而如此也就把对于眼前一件情事的感受,推广到了对于整个人世的认知。所谓"人生自是有情痴"者,古人有云"太上忘情,最下不及情,情之所钟,正在我辈"。所以况周颐在其《蕙风词话》中就曾说过"吾观风雨,吾览江山,常觉风雨江山之外,别有动吾心者在"。这正是人生之自有情痴,原不关于风月。李后主之《虞美人》词曾有"春花秋月何时了,往事知多少? 小楼昨夜又东风,故国不堪回首月明中"之句,夫彼天边之明月与楼外之东风,固原属无情,何干人事? 只不过就有情之人观之,则明月东风遂皆成为引人伤心断肠之媒介了。所以说"人生自是有情痴,此恨不关风与月",此二句虽是理念上的思索和反省,但事实上却是透过了理念才更见出深情之难解。而此种情痴则又正与首二句所写的"尊前""欲语"的使人悲惨呜咽之离情暗相呼应。所以下半阕开端乃曰"离歌且莫翻新阕,一曲能教肠寸结",再由理念中的情痴重新返回到上半阕的尊前话别的情事。"离歌"自当指尊前所演唱的离别的歌曲,所谓"翻新阕"者,殆如白居易《杨柳枝》所云"古歌旧曲君休听,听取新翻杨柳枝",与刘禹锡同题和白氏诗所云"请君莫奏前朝曲,听唱新翻杨柳枝"。欧阳修《采桑子》组词前之《西湖念语》,亦云"因翻旧阕之词,写以新声之调"。盖如《阳关》旧曲,已不堪听,离歌新阕,亦"一曲能教肠寸结"也。前句"且莫"二字的劝阻之辞写得如此叮咛恳切,正以反衬后句"肠寸结"的哀痛伤心。

写情至此,本已对离别无常之悲慨陷入极深,而欧阳修却于末二句突然扬起,写出了"直须看尽洛城花,始共春风容易别"的遣玩的豪兴,这正是欧阳修词风格中的一个最大的特色,也是欧阳修性格中的一个最大的特色。我以前在《灵溪词说》中论述冯延巳与晏殊及欧阳修三家词风之异同时,就曾指出过他们三家词虽有继承影响之关系,然而其词风则又在相似之中各有不同之特色,而形成其不同之风格特色的缘故,则主要在于三人性格方面的差异。冯词有热情的执著,晏词有明澈的观照,而欧词则表现为一种豪宕的意兴。欧阳修这一首《玉楼春》词,明明蕴含有很深重的离别的哀伤与春归的惆怅,然而他却偏偏在结尾写出了"直须看尽洛城花,始共春风容易别"的豪宕的句子。在这二句中,不仅其要把"洛城花"完全"看尽",表现了一种遣玩的意兴,而且他所用的"直须"和"始共"等口吻也极为豪宕有力。然而"洛城花"却毕竟有"尽","春风"也毕竟要"别",因此在豪宕之中又实在隐含了沉重的悲慨。所以王国维在《人间词话》中论及欧词此数句时,乃谓其"于豪放之中有沉着之致,所以尤高"。其实"豪放中有沉着之致",不仅道中了《玉楼春》这一首词这几句的好处,而且也恰好说明了欧词风格中的一点主要的特色,那就是欧阳修在其赏爱之深情与沉重之悲慨两种情绪相摩荡之中,所产生出来的要想以遣玩之意兴挣脱沉痛之悲慨的一种既豪宕又沉着的力量。在他的几首《采桑子》小词,都体现出此一特色。不过比较而言,则这一首《玉楼春》词,可以说是对此一特色最具代表性的作品而已。

(叶嘉莹)

玉楼春

别后不知君远近，触目凄凉多少闷。渐行渐远渐无书，水阔鱼沉何处问。　　夜深风竹敲秋韵，万叶千声皆是恨。故欹单枕梦中寻，梦又不成灯又烬。

　　词是写闺中思妇深沉凄绝的别恨。发端句"别后不知君远近"是恨的缘由。因不知亲人行踪，故触景皆生出凄凉、郁闷，亦即无时无处不如此。"多少"，"不知多少"之意，以模糊语言极状其多。三、四两句再进一层，抒写了远别的情状与愁绪。"渐行渐远渐无书"，一句之内重复叠用了三个"渐"字，将思妇的想象意念从近处逐渐推向远处，仿佛去追寻爱人的足迹，然而雁绝鱼沉，天涯何处寻觅踪影！"无书"应首句的"不知"，且欲知无由，她只有沉浸在"水阔鱼沉何处问"的无穷哀怨之中。"水阔"是"远"的象征，"鱼沉"是"无书"的象征。"何处问"三字，将思妇欲求无路、欲诉无门的那种不可名状的愁苦，抒写得极为痛切。在她与亲人相阻绝的浩浩水域与茫茫空间，似乎都充塞了触目凄凉的离别苦况。词的笔触既深沉又婉曲。

　　词篇从过片以下，深入细腻地刻画了思妇的内心世界，着力渲染了她秋夜不寐的愁苦之情。"自古伤心惟远别，登山临水迟留。暮尘衰草一番秋。寻常景物，到此尽成愁。"(张先《临江仙》)

风竹秋韵，原是"寻常景物"，但在与亲人远别，空床独宿的思妇听来，万叶千声都是离恨悲鸣，一叶叶一声声都牵动着她无限愁苦之情。"故欹单枕梦中寻，梦又不成灯又烬。"思妇为了摆脱苦况的现实，急于入睡成梦，故特意斜靠着孤枕，幻想在梦中能寻觅到在现实中寻觅不到的亲人，可是"千山万水不曾行，魂梦欲教何处觅?"(韦庄《木兰花》)，连仅有的一点小小希望也成了泡影，不单是"愁极梦难成"(薛昭蕴《小重山》)，最后连那一盏作伴的残灯也熄灭了。"灯又烬"一语双关，闺房里的灯花燃成了灰烬，自己与亲人的相会也不可能实现，思妇的命运变得像灯花一样凄迷、黯淡。词到结句，哀婉幽怨之情韵袅袅不断，给人以深沉的艺术感染。

前于欧阳修的花间派词人，往往喜欢对女性的外在体态服饰进行精心刻画，而对人物内心的思想感情则很少揭示。欧阳修显然比他们进了一大步，在这首词中，他没有使用一个字去描绘思妇的外貌形象，而是着力揭示思妇内心的思想感情，字字沉着，句句推进，如剥笋抽茧，逐层深入，由分别——远别——无音信——夜闻风竹——寻梦不成——灯又烬，将一层、一层、又一层的愁恨写得愈来愈深刻、凄绝。全词写愁恨由远到近，自外及内，从现实到幻想，又从幻想回归到现实。且抒情写景情景两得，写景句寓含着婉曲之情，言情句挟带着凄凉之景，表现出特有的深曲婉丽的艺术风格。

(吴翠芬)

浪淘沙

把酒祝东风,且共从容,垂杨紫陌洛城东。总是当时携手处,游遍芳丛。　　聚散苦匆匆,此恨无穷。今年花胜去年红。可惜明年花更好,知与谁同?

此词为春日与友人在洛阳城东旧地同游有感而作。据词意,在写作此词的去年春,友人亦曾同作者在洛城东同游。仁宗天圣九年(1031)三月,欧阳修至洛阳西京留守钱惟演幕作推官,与同僚尹洙和河南县(治所即在洛阳)主簿梅尧臣等诗文唱和,相得甚欢,这年秋后,梅尧臣调河阳(治所在今河南孟州市南)主簿,次年(明道元年,1032)春,曾再至洛阳,写有《再至洛中寒食》和《依韵和欧阳永叔同游近郊》等诗。欧阳修在西京留守幕前后共三年,其间仅明道元年春在洛阳,此词当即本年所作。词中同游之人或即梅尧臣。

上片叙事,从游赏中的宴饮起笔。这里的新颖之处,是作者既未去写酒筵之盛,也未去写人们的宴饮之乐,而是写作者举酒向东风祝祷:希望东风不要匆匆而去,能够停留下来,参加他们的宴饮,一道游赏这大好春光。首二句词语本于司空图《酒泉子》"黄昏把酒祝东风,且从容",而添一"共"字,便有了新意。"共从容"是兼风与人而言。对东风言,不仅是爱惜好风,且有留住光景,以便游赏之意;对人而言,希望人们慢慢游赏,尽兴方归。"洛城东"揭出地点。洛阳公私园囿甚多,宋人李格非著有《洛阳名园记》专记之。京城郊外的道路叫"紫陌"。"垂杨"同"东风"合看,可想见其暖风吹拂,翠柳飞舞,天气宜人,景色迷人,正是游赏的好时候、好处所。所以末两句说,都是过去携手同游过的地方,今天仍要全都重游一遍。"当时"就是下片的"去年"。"芳丛"说明此游主要是赏花。

下片是抒情。头两句就是重重的感叹。"聚散苦匆匆",是说本来就很难聚会,而刚刚会面,又要匆匆作别,这怎能不给人带来无穷的怅恨呢!"此恨无穷"并不仅仅指作者本人而言,也就是说,在亲人朋友之间聚散匆匆这种怅恨,从古到今,以至今后,永远都没有穷尽,都给人带来莫大的痛苦。"黯然销魂者,唯别而已矣!"(南朝梁江淹《别赋》)好友相逢,不能久聚,心情自然是非常难受的。这感叹,就是对友人深情厚谊的表现。下面三句是从眼前所见之景来抒写别情,也可以说是对上面的感叹的具体说明。"今年花胜去年红"有两层意思。一是说今年的花比去年开得更加繁盛,看去更加鲜艳,当然希望同友人尽情观赏。说"花胜去年红",足见去年作者曾同友人来观赏过此花,此与上片"当时"呼应,这里包含着对过去的美好回忆;也说明此别已经一年,这次是久别重逢。聚会这么不易,花又开得这么美好,本来应该多多观赏,然而友人就要离去,怎能不使人痛惜?这句写的是鲜艳繁盛的景色,表现的却是感伤的心情,正是清代王夫之所说的"以乐景写哀"。末两句意思更进一层:明年这花还将比今年开得更加繁盛,可惜的是,自己和友人分居两地,天各一方,明年此时,不知同谁再来共赏此花啊！再进一步说，明年自己也可能已离开此地，更不知是谁来赏此花了。杜甫《九日蓝田崔氏庄》"明年此会知谁健，醉把茱萸仔细看"，立意与此词相近，可以合看，不过，杜诗意在伤老，此词则意在惜别。把别情熔铸于赏花中，将三年的花加以比较，层层推进，以惜花写惜别，构思新颖，富有诗意，是篇中的绝妙之笔。而别情之重，亦即说明同友人的情谊之深。

　　清人冯煦谓欧阳修词"疏隽开子瞻（苏轼），深婉开少游（秦观）"（《宋六十家词选例言》）。此词笔致疏放，婉丽隽永，近人俞陛云称它"因惜花而怀友，前欢寂寂，后会悠悠，至情语以一气挥写，可谓深情如水，行气如虹矣"（《宋词选释》），正说明它兼具这两方面的特色。　　　　　　　　　　（王思宇）

蝶恋花

庭院深深深几许？杨柳堆烟，帘幕无重数。玉勒雕鞍游冶处，楼高不见章台路。　　雨横风狂三月暮。门掩黄昏，无计留春住。泪眼问花花不语，乱红飞过秋千去。

这首词亦见于冯延巳的《阳春集》。清人刘熙载说："冯延巳词，晏同叔得其俊，欧阳永叔得其深。"（《艺概·词曲概》）在词的发展史上，宋初词风径承南唐，没有太大的变化，而欧与冯俱仕至宰执，政治地位与文化素养基本相似。因此他们两人的词风大同小异，有些作品，往往混淆在一起。此词据李清照《临江仙》词序云："欧阳公作《蝶恋花》，有'深深深几许'之句，予酷爱之，用其语作'庭院深深'数阕。"李清照去欧阳修未远，所云当不误。

此词写闺怨。词风深稳妙雅。所谓深者，就是含蓄蕴藉，婉曲幽深，耐人寻味。此词首句"深深深"三字，前人尝叹其用叠字之工；兹特拈出，用以说明全词特色之所在。不妨说这首词的景写得深，情写得深，意境也写得深。

先说景深。词人像一位舞台美术设计大师一样，首先对女主人公的居处作了精心的安排。我们读着"杨柳堆烟，帘幕无重数"这两句，似乎在眼前出现了一组电影摇镜头，由远而近，逐步推移，逐步深入。随着镜头所指，我们先是看到一丛丛杨柳从眼前移过。"杨柳堆烟"，写柳枝重叠若烟。着一"堆"字，则杨柳之密，宛如一幅水墨画。随着这一丛丛杨柳过去，词人又把镜头摇向庭院，摇向帘幕。这帘幕不是一重，而是过了一重又一重。究竟多少重，他不作琐屑的交代，一言以蔽之曰"无重数"。"无重数"，即无数重。秦观《踏莎行》"驿寄梅花，鱼传尺素，砌成此恨无重数"，与此同义。一句"无重数"，令人感到这座庭院简直是无比幽深。可是词人还没有让你立刻看到人物所在的地点。他先说一句"玉勒雕鞍游冶处"，宕开一笔，把你的视线引向她丈夫那里；然后折过笔来写道："楼高不见章台路。"原来这词中女子正独处高楼，她的目光正透过重重帘幕，堆堆柳烟，向丈夫经常游冶的地方凝神远望。这种写法叫做欲扬先抑，做尽铺排，造足悬念，然后让人物出场，如此便能予人以深刻的印象。

再说情深。词中写情，通常是和景结合，即景中有情，情中有景，但也有所侧重。此词将女主人公的感情层次挖得很深，并用工笔将抽象的感情作了细致入微的刻画。词的上片着重写景，但"一切景语，皆情悟也"(王国维《人间词话》)，在深深庭院中，人们仿佛看到一颗被禁锢的与世隔绝的心灵。词的下片着重写情，雨横风狂，催送着残春，也催送女主人公的芳年。她想挽留住春天，但风雨无情，留春不住。于是她感到无奈，只好把感情寄托到命运同她一样的花上："泪眼问花花不语，乱红飞过秋千去。"这两句包含着无限的伤春之感。清人毛先舒评曰："词家意欲层深，语欲浑成。作词者大抵意层深者，语便刻画；语浑成者，意便肤浅，两难兼也。或欲举其似，偶拈永叔词云'泪眼问花花不语，乱红飞过秋千去',此可谓层深而浑成。"(王又华《古今词论》引)他的意思是说语言浑成与情意层深往往是难以兼具的,但欧词这两句却把它统一起来。所谓:"意欲层深",就是人物的思想感情要层层深入,步步开掘。且看这两句是怎样进行层层开掘的。第一层写女主人公因花而有泪。见花落泪,对月伤情,是古代女子常有的感触。此刻女子正在忆念走马章台(汉长安章台街,后世借以指游冶之处)的丈夫,可是望而不可见,眼中唯有在狂风暴雨中横遭摧残的花儿,由此联想到自己的命运,不禁伤心泪下。第二层是写因泪而问花。泪因愁苦而致,势必要找个发泄的对象。这个对象此刻已幻化为花,或者说花已幻化为人。于是女主人公向着花儿痴情地发问。第三层是花儿竟一旁缄默。花本不能语。词人说它"不语",以见自己的苦闷无可告语。紧接着词人写第四层,花儿不但不语,反而像故意抛舍她似的纷纷飞过秋千而去。人儿走马章台,花儿飞过秋千,有情之人,无情之物对她都报以冷漠,她怎能不伤心呢? 这种借客观景物的反应来烘托、反衬人物主观感情的写法,正是为了深化感情。毛先舒评曰:"人愈伤心,花愈恼人,语愈浅而意愈入,又绝无刻画费力之迹,谓非层深而浑成耶? 然作者初非措意,直如化工生物,笋未出而苞节已具,非寸寸为之也。"(引同上)词人一层一层深挖感情,并非刻意雕琢,而是像竹笋有苞有节一样,自然生成,逐次展开。在自然浑成、浅显易晓的语言中,蕴藏着深挚真切的感情,这是本篇一大特色。

最后是意境深。词中写了景,写了情,而景与情又是那样的融合无间,浑然天成,构成了一个完整的意境。我们读此词,总的印象便是意境幽深,不徒名言警句而已。词人刻画意境也是有层次的。从环境来说,它是由外景到内景,以深邃的居室烘托深邃的感情,以灰暗凄惨的色彩渲染孤独伤感的心情。从时间来说,上片是写浓雾弥漫的早晨,下片是写风狂雨暴的黄昏,由早及晚,逐次打开人物的心扉。过片三句,近人俞平伯评曰:"'三月暮'点季节,'风雨'点气候,'黄昏'点时刻,三层渲染,才逼出'无计'句来。"(《唐宋词选释》)暮春时节,风雨黄昏;闭门深坐,情尤怛恻。个中意境,仿佛是诗,但诗不能写其貌;是画,但画不能传其神;唯有通过这种婉曲的词笔才能恰到好处地勾画出来。尤其是结句,更臻于妙境:"一若关情,一若不关情,而情思举荡漾无边。"(沈际飞《草堂诗余正集》)近人王国维认为这是一种"有我之境"。所谓"有我之境",便是"以我观物,故物皆着我之色彩"(《人间词话》)。也就是说,花儿含悲不语,反映了词中女子难言的苦痛;乱红飞过秋千,烘托了女子终鲜同情之侣、怅然若失的神态。而情思之绵邈,意境之深远,尤令人神往。 (徐培均)

桂枝香

登临送目，正故国晚秋，天气初肃。千里澄江似练，翠峰如簇。征帆去棹残阳里，背西风酒旗斜矗。彩舟云淡，星河鹭起，画图难足。　　念往昔，繁华竞逐。叹门外楼头，悲恨相续。千古凭高对此，谩嗟荣辱。六朝旧事随流水，但寒烟衰草凝绿。至今商女，时时犹唱，《后庭》遗曲。

　　古来有学识、有抱负的文士，一旦登高望远，便兴起了满怀愁绪，那愁又不是区区个人私情，而常常是日月之迁流，仕途之坎壈，家国之忧患，人生之苦辛……一齐涌上心头，奔赴笔下，遂而写成了名篇佳作，历久常新，此等例真是举之不尽，而王半山的这一阕《桂枝香》，实为个中翘楚。

　　作者这次是在南朝古都，金陵胜地，而时值深秋，天色傍晚，他在此意境之间，临江揽胜，凭高吊古。他开门见山，表明时地。试看他虽以登高望远为主题，却是以故国晚秋为眼目。一个"正"字领起，一个"初"字吟味，一个"肃"字点醒。笔力道举，精神振敛，无限涵咏，皆从此始。

　　以下两句，已尽胜概，然而如此江山，如何"刻画"？不过一借六朝谢家名句——"解道'澄江净如练'，令人长忆谢玄晖"；一出自家随手拈举。即一个"似练",一个"如簇",形胜已赫然,全是大方家数,盖在此间容不得半点描眉画鬟。然后即遗山光而专江色,——纵目一望,只见斜阳映照之下,数不清的帆风樯影,交错于闪闪江波之上。更一凝睛细审,却又见西风紧处,那酒肆青旗高高挑起,因风飘拂。帆樯为广景,为"宏观";酒旗为细景,为"微象";而皆江上水边之人事也。故词人之领受,自以风物为导引,而以人事为着落。然而,学文之士,却莫忘他一个"背"字,一个"矗"字,又是何等神采,何等警策!

写景至此,全是白描高手。为文采计,似宜稍稍刷色。于是乃有"彩舟""星河"两句一联,顿增明丽。然而词拍已到上片歇处,故而笔亦就此敛住,以"画图难足"一句,抒赞美嗟赏之怀,仍归于大方家数,不肯入于镂镌铦钉一路;虽曰"刷色",亦非外铄之比。即如"彩舟云淡",写日落之江天;"星河鹭起",状夕夜之洲渚:仍是来自实景,而非但凭虚想也。

词至下片,便另换一幅笔墨,感叹六朝皆以荒乐而相继亡覆。其间说到了悲恨荣辱,空贻后人凭吊之资;往事无痕,唯见秋草凄碧,触目惊心而已。"门外韩擒虎(敌已逼门),楼头张丽华(犹恋美色)",用杜牧《台城曲》句以为点染,亦简净之法则所在。

词人走笔至此,辞意实已两尽。我们且看他王介甫又以何等话语收束全篇。不意他却写道:时至今日,六朝已远,但其遗曲,往往犹似可闻——"商女不知亡国恨,隔江犹唱《后庭花》!"此唐贤小杜于"烟笼寒水月笼沙,夜泊秦淮近酒家"时所吟之名句也,词人复加运用,便觉尺幅千里,饶有有余不尽之情致,而嗟叹之意,于以弥永。

王介甫只此一词,已足千古,其笔力之清遒,其境界之朗肃,两宋名家竟无二手,真不可及也! （周汝昌）

千秋岁引

别馆寒砧，孤城画角，一派秋声入寥廓。东归燕从海上去，南来雁向沙头落。楚台风，庾楼月，宛如昨。

无奈被些名利缚，无奈被他情担阁。可惜风流总闲却。当初谩留华表语，而今误我秦楼约。梦阑时，酒醒后，思量着。

作为一代风云人物的政治家，王安石也并未摆脱旧时知识分子的矛盾心理：在兼济天下与独善其身两者中间徘徊。他一面以雄才大略、执拗果断著称于史册；另一面，在激烈的政治旋涡中也时时泛起急流勇退、功名误身的感慨。这首小词便是他后一方面思想的表露。无怪明代的杨慎说："荆公此词，大有感慨，大有见道语。既勘破乃尔，何执拗新法，铲除正人哉?"(《词品》)杨慎对王安石政治上的评价未必得当，但以此词为表现了作者思想中与热衷政治相反的另一个侧面，则还是颇有见地的。

词的上片以写景为主，是一篇凄清哀婉的秋声赋，一幅岑寂冷隽的秋光图。旅舍客馆本已令羁身异乡的客子心中抑郁，而砧上的捣衣之声表明天时渐寒，已是"寒衣处处催刀尺"的时分了。古人有秋夜捣衣、远寄边人的习俗，因而寒砧上的捣衣之声便成了离愁别恨的象征。"孤城画角"则是以城头角声来状秋声萧条。

画角是古代军中的乐器,其音哀厉清越,高亢动人,在诗人笔下常作为悲凉之声来描写。"孤城画角"四字便唤起了人们对空旷寥廓的异乡秋色的联想。下面接着说:"一派秋声入寥廓。""一派"本应修饰秋色、秋景,而借以形容秋声,正道出了秋声的悠远哀长,给人以空间的广度感,"入寥廓"的"入"字更将无形的声音写活了。开头三句以极凝练的笔墨绘写秋声,它不同于欧阳修《秋声赋》里描绘的自然肃杀之气,而完全是人为的声响。寒砧、画角的背后自有捣衣人与吹角人在,所以这里的秋声,也纯然是愁人客子耳际心头的秋声。

上三句是耳之所闻,下两句便是目之所见。燕子东归,大雁南飞,都是秋日寻常景物,而燕子飞往那苍茫的海上,大雁落向平坦的沙洲,都寓有久别返家的寓意,自然激起了词人久客异乡、身不由己的思绪,于是很自然地过渡到下面两句的忆旧。

宋玉《风赋》中说:楚王游于兰台,有风然而飒至,王乃披襟而当之曰:"快哉此风!""楚台风"即用此典。《世说新语·容止》中说:庾亮在武昌,与诸佐吏殷浩之徒上南楼赏月,据胡床咏谑。"庾楼月"即用此典。这里以清风明月指昔日游赏之快,而于"宛如昨"三字中表明对于往日的欢情与佳景未尝一刻忘怀。

下片即景抒怀,也道出了感秋的原因:无奈名缰利锁,缚人手脚;世情俗态,耽搁了自在的生活。风流之事可惜总被抛在一边。"当初"以下便从"风流"二字铺展开去,说当初与心上之人海誓山盟,密约私诺,然终于辜负红颜,未能兑现当时的期约。"华表语"用了《搜神后记》中的故事:辽东人丁令威学仙得道,化鹤归来,落在城门华表柱上,唱道:"有鸟有鸟丁令威,去家千年今来归。城郭如故人民非,何不学仙冢累累。"这里的"华表语"就指"去家来归"云云。"秦楼"本指妇女的居处,用的是萧史、弄玉的典故。李白《忆秦娥》中说:"箫声咽,秦娥梦断秦楼月。"亦用此典,以秦楼为思妇伤别之处。因而此处的"秦楼约"显系男女私约。这里王安石表面上写的是思念昔日欢会,空负情人期约。其实是借以抒发自己对政治的厌倦之情,对无羁无绊生活的留恋与向往。因而这几句可视为美人香草式的比兴,其意义远在一般的怀恋旧情之外,故《蓼园词选》中说此词"意致清迥,翛然有出尘之想"。词意至此也已发挥殆尽。然末尾三句又宕开一笔作结,说梦回酒醒的时候,每每思量此情此景。

梦和酒,令人浑浑噩噩,暂时忘却了心头的烦乱,然而梦终究要做完,酒也有醒时。一旦梦回酒醒,那忧思离恨岂不是更深地噬人心胸吗?这里的梦和酒也不单纯是指实在的梦和酒。人生本是一场大梦,《庄子·齐物论》上说只有从梦中醒来的人才知道原先是梦。而世情浑沌,众人皆醉,只有备受艰苦如屈原才自知独醒。因而,此处的"梦阑酒醒"正可视为作者历尽沧桑后的憬然反悟。

统观全词,作者用了虚实相间的手法,如"别馆寒砧,孤城画角"只是泛写秋声,未必是他一时一地的见闻。"楚台风""庾楼月"借前人典故道出昔日风情,但也只是虚写,不必究其何事何人。"华表语""秦楼约"写得若即若离,未知何语何约。总之,此词意在表达作者的一种情感,写来空灵回荡,真如空中之色,镜中之像,然情意真挚,恻恻动人。这正是词这一艺术所特有的表现手段与意象境界。王安石的诗中不乏功名误身、及时隐退的感叹,如:"少狂喜文章,颇复好功名;稍知古人心,始欲老蚕耕。"
(《少狂喜文章》)又如:"归欤今可矣,何以长人为?"(《中书偶成》)
其实都与此词的主旨相同,但写得质直畅达,与词中空灵婉曲的
表现方法迥然有别,这也正是宋诗与宋词在表现方法上的区别之
一吧。 (王镇远)

临江仙

梦后楼台高锁,酒醒帘幕低垂。去年春恨却来时,落花人独立,微雨燕双飞。　　记得小蘋初见,两重心字罗衣。琵琶弦上说相思。当时明月在,曾照彩云归。

这是晏幾道词的代表作。在内容上,它写的是小山词中最习见的题材,对过去欢乐生活的追忆,并寓有"微痛纤悲"的身世之感;在艺术上,它表现了小山词特有的深婉沉着的风格。可以说,这首词代表了作者在词的艺术上的最高成就,堪称婉约词中的绝唱。

本词当是别后怀思歌女小蘋之作。上片用两个六言句对起。午夜梦回,只见四周的楼台已闭门深锁;宿酒方醒,那重重的帘幕正低垂到地。"梦后""酒醒"二句互文,写眼前的实景。对偶极工,意境浑融。"楼台",当是昔时朋游欢宴之所,而今已人去楼空。词人独处一室,在阒寂的阑夜,更感到格外的孤独与空虚。企图借醉梦以逃避现实痛苦的人,最怕的是梦残酒醒,那时更是忧从中来,不可断绝了。《小山词》中常见"梦""酒"等语,多有深意,这里的"梦"字,语意相关,既可能是真有所梦,重梦到当年听歌笑乐的情境,也可指"悲欢合离之事,如幻如电,如昨梦前尘"(《小山词·自序》)。如作者《踏莎行》词云:"从来往事都如梦,伤心最是醉归时。"也许,此时已是"君龙疾废卧家,廉叔下世"之后了。起二句情景,非一时骤见而得之,而是词人经历过许多寥寂凄凉之夜,或残灯独对,或酲酒初醒,遇诸目中久矣,忽于此时炼成此十二字,始如弥勒弹指,得现"华严境界"(《艺蘅馆词选》引康有为评)。所谓"华严境界",是说它已进入佛家的空寂之境,这种空寂,正是词人内心世界的反映,是真正的"伤心人"的感受。

"去年春恨却来时",一句承上启下,转入追忆。"春恨",因春天的逝去而产生的一种莫名的怅惘。点出"去年"二字,说明这春恨的由来已非一朝一夕的了。同样是这春残时节,同样恼人的情思又涌上心头——"落花人独立,微雨燕双飞"!孤独的词人,久久地站立庭中,对着飘零的片片落英;又见双双燕子,在霏微的春雨里轻快地飞去飞来。"落花""微雨",本是极清美的景色,在本词中,却象征着芳春过尽,美好的事物即将消逝,有着至情至性的词人,怎能不黯然神伤?燕子双飞,反衬愁人独立,因而引起了绵长的春恨,以至在梦后酒醒时回忆起来,仍令人惆怅不已。这种韵外之致,荡气回肠,真教后世的读者也不能自持,溺而难返了。

谭献谓"落花"二语"名句千古,不能有二"(《谭评词辨》卷一),颇引起近人议论。论者谓此二语出自五代翁宏《宫词》(一作《春残》):"又是春残也,如何出翠帷?落花人独立,微雨燕双飞。寓目魂将断,经年梦亦非。那堪愁向夕,萧飒暮蝉辉。"其实,宋词袭用前人成句,已成惯例,无须指摘。好句,往往是要与全篇融浑在一起的。翁诗全首平庸,"落花"二语在其中殊不特出。小晏一把它化入词中,妙手天然,构成一凄艳绝伦的意境。以故为新,点铁成金,具见词家手段。

124

换头一句，是全词关键。"记得"，那是比"去年"更为遥远的回忆，是词人"梦"中所历，也是"春恨"的缘由。小蘋，歌女名。是《小山词·自跋》中提到的"莲、鸿、蘋、云"中的一位。小晏好以属意者的名字入词，以纪其坠欢零绪之迹，而小蘋更是他所深深眷恋的："小蘋若解愁春暮，一笑留春春也住"（《木兰花》）、"小蘋微笑尽妖娆"（《玉楼春》），可想见她是个天真烂漫、娇美可人的少女。本词中特标出"初见"二字，用意尤深。也许，尔后的许多情事，都会随着岁月的流逝而逐渐淡忘，而相识时的第一印象却是永志于心的。梦后酒醒，首先浮现在脑海中的依然是小蘋初见时的形象——"两重心字罗衣。琵琶弦上说相思。"她穿着薄罗衫子，上面绣有双重的"心"字。宋代妇女衣裙上每有"♈"形图案，类似小篆的"心"字（见宋画《女孝经图》），欧阳修《好女儿令》词也有"一身绣出，两同心字"之语。小晏词中的"两重心字"，还暗示着两人一见钟情，日后心心相印。小蘋也由于初见羞涩，爱慕之意欲诉无从，唯有借助琵琶美妙的乐声，传递胸中的情愫。弹者脉脉含情，听者知音沉醉，与白居易《琵琶行》"低眉信手续续弹，说尽心中无限事"同意。"琵琶"句，既写出小蘋乐技之高，也写出两人感情上的交流已大大深化，不仅是目挑眉语了。也许小晏的文名，使小蘋在见面之前已暗暗倾心了吧。

　　"当时明月在，曾照彩云归。"一切见诸形象的描述都是多余的了。不再写两人的相会、幽欢，不再写别后的思忆。词人只选择了这一特定镜头：在当时皎洁的明月映照下，小蘋，像一朵冉冉的彩云飘然归去。李白《宫中行乐词》："只愁歌舞散，化作彩云飞。"又，白居易《简简吟》："大都好物不坚牢，彩云易散琉璃脆。"

彩云，因以指美丽而薄命的女子，其取义仍从《高唐赋》"且为朝云"来，亦暗示小蘋歌妓的身份。结两句因明月兴感，与首句"梦后"相应。如今之明月，犹当时之明月，可是，如今的人事情怀，已大异于当时了。梦后酒醒，明月依然，彩云安在？在空寂之中仍旧是苦恋，执著到了一种"痴"的境地，这正是小晏词艺术的深度和广度上远胜于"花间"之处。

在结构上，本词也颇具特色。上半阕写"春恨"，梦后酒醒，落花微雨，皆春恨来时的情境；下半阕写"相思"，追忆"初见"及"当时"的情况，表现词人苦恋之情、孤寂之感。过片二句是全词枢纽，最为吃紧，虽与首二句对称，字数、平仄俱同，而作法各别：起处用对偶，辞语致密；过片却用散行，辞旨疏宕，另起新意。全词以虚笔作结，自有无穷感喟蕴蓄其中，情深意厚，耐人寻味。《白雨斋词话》评此词曰："既闲雅，又沉着，当时更无敌手。"其实何止当时，恐百世之后亦难乎为继了。 （陈永正）

蝶恋花

醉别西楼醒不记,春梦秋云,聚散真容易。斜月半窗还少睡,画屏闲展吴山翠。 衣上酒痕诗里字,点点行行,总是凄凉意。红烛自怜无好计,夜寒空替人垂泪。

这是一首怀旧词。

首句忆昔,凌空而起。往日醉别西楼(泛指欢宴之所),醒后却浑然不记。这似乎是追忆往日某一幕具体的醉别,又像是泛指所有的前欢旧梦。似实似虚,笔意殊妙。晏幾道自作《小山词序》中说他自己的词,"所记悲欢、合离之事,如幻,如电,如昨梦、前尘"。沈祖棻《宋词赏析》借此说这句词,"极言当日情事'如幻、如电,如昨梦、前尘',不可复得","抚今追昔,浑如一梦,所以一概付之'不记'",是善体言外之意的。不过,这并不妨碍词人在构思时头脑中有过具体的"醉别西楼"一幕的回忆。联系下两句来吟味,这种由具体情事引出一般人生感慨的痕迹便看得更加清楚。

"春梦秋云,聚散真容易",袭用其父晏殊《木兰花》"长于春梦几多时,散似秋云无觅处"词意。两句用春梦、秋云作比喻,抒发聚散离合不常之感。春梦旖旎温馨而虚幻短暂,秋云高洁明净而缥缈易逝,用它们来象喻美好而不久长的情事,最为真切形象而动人遐想。"聚散"偏义于"散",与上句"醉别"相应,再缀以"真容易"三字,好景轻易便散的感慨便显得非常强烈。这里的聚散之感,视"春梦秋云"之喻,似主要指爱情方面,但与此相关的生活情事,以至整个往昔繁华生活,也自然可以包举在内。

接下来两句,从离合之感拍到眼前的实境。斜月已低至半窗,夜已经深了。由于追忆前尘,感叹聚散,却仍然不能入睡。而床前的画屏却在烛光照映下悠闲平静地展示着吴山的青翠之色。这一句看似闲笔,其实正是传达心境的妙笔。在心情不静、辗转难寐的人看来,那画屏上的景色似乎显得特别平静悠闲,这"闲"字正从反面透露了他的郁闷伤感。这里有怨物无情的意思,却含而不露。

"衣上酒痕诗里字,点点行行,总是凄凉意。"过片承上"醉别"。"衣上酒痕",是西楼欢宴时留下的印迹;"诗里字",是筵席上题写的词章。它们原是欢游生活的表记,只是如今旧侣已风流云散,回视旧欢痕迹,翻引起无限凄凉意绪。前面讲到"醒不记",这"衣上酒痕诗里字"却触发他对旧日欢乐生活的记忆。读到这里,可知词人的聚散离合之感和中宵辗转不寐之情即由此而生。作者把它放在过片这个关键位置上,既自然地解释了上片所抒感慨之因,又为下面的描写张本,而且使全篇的结构不显得平直,充分表现出构思的精妙。

结拍两句,化用杜牧《赠别》"蜡烛有心还惜别,替人垂泪到天明"诗意,直承"凄凉意"而加以渲染。人的凄凉,似乎感染了红烛。它虽然同情词人,却又自伤无计消除其凄凉,只好在寒寂的永夜里空自替人长洒同情之泪了。小杜诗里的"蜡烛",是人与物一体的,实际上就是多情女子的化身;小晏词中的"蜡烛",却只是拟人化的物,有感情、有灵性的物。从自然深挚方面看,小杜诗似更胜一筹;但从构思的曲折方面看,小晏词却自有其胜处。

(刘学锴)

鹧鸪天

彩袖殷勤捧玉钟,当年拚却醉颜红。舞低杨柳楼心月,歌尽桃花扇底①风。　　从别后,忆相逢,几回魂梦与君同? 今宵剩把银釭照,犹恐相逢是梦中。

〔注〕　①底:一作"影"。

　　这首词是晏幾道与一个相熟的女子久别重逢之作。这个女子可能是晏幾道自撰《小山词序》中所提到的他的朋友沈廉叔、陈君龙家歌女莲、鸿、蘋、云诸人中的一个。晏幾道经常在这两位朋友家中饮酒听歌,与这个女子是很熟的而且有相当爱惜之情的,离别之后,时常思念,哪知道现在忽然不期而重遇,又惊又喜,所以作了这首词。上半阕写当年相聚时欢乐之况,下半阕写今日重逢时惊喜之情。

　　上半阕叙写当年欢聚之时,歌女殷勤劝酒,自己拼命痛饮,歌女在杨柳围绕的高楼中翩翩起舞,在摇动绘有桃花的团扇时缓缓而歌,直到月落风定,真是豪情欢畅,逸兴遄飞。词中用了许多漂亮的颜色字面,如"彩袖""玉钟""醉颜红""杨柳楼""桃花扇"等,写得非常绚烂。但是,所有这一切并不是作词时当前的情况,乃是追忆往事,似实却虚,所以它不像一幅固定的图画,而像一幕电影,在眼前一现,又化为乌有。

下半阕叙写久别重逢的惊喜之情。"银釭"即是银灯;"剩",只管。末二句虽是从杜甫《羌村》诗"夜阑更秉烛,相对如梦寐"两句脱化而出,但是表达得更为轻灵婉转,不像杜甫诗那样悲怆沉重。这是因为杜甫作此诗时是在战乱期间,而久别重逢的对象则是妻子儿女,晏幾道作此词是在承平之世,而久别重逢的对象则是相爱的歌女,情况不同,则情致各异,而词体与诗体也是有所区别的。词中说,在别离之后,回想欢聚时(即是上半阕所写情况),常是梦中相见,而今番真的相遇了,反倒疑是梦中。情思委婉缠绵,辞句清空如话,而其妙处更在于能用声音配合之美,造成一种迷离恍惚的梦境,有情文相生之妙。下半阕共计二十七个字,其中有十六个字是阳声(凡字尾带 m、n、ng 等鼻音者为阳声),即是"从""相""逢""魂""梦""君""同""今""剩""银""釭""恐""相""逢""梦""中"等,而在这十六个阳声字中,收尾是 ong 韵母者有八个字,即是"从""逢""梦""同""恐""逢""梦""中"。这八个 ong 韵母的字,分散在这几句中,反复出现,使我们读起来,仿佛是听一个谐美的乐曲,其中经常有嗡嗡的声音,引入一种似梦非梦的境界,恰好与词中所要表达的情思相配合,而增强其感染力。

总之,晏幾道这首词的艺术手法,上半阕是利用彩色字面,描摹当年欢聚情况,似实而却虚,宛如银幕上的电影,当前一现,倏归乌有;下半阕抒写久别相思不期而遇的惊喜之情,似梦而却真,利用声韵的配合,宛如一首乐曲,使听者也仿佛进入梦境。全词不过五十几个字,而能造成两种境界,互相补充配合,或实或虚,既有彩色的绚烂,又有声音的谐美,这就是晏幾道词艺高妙之处。

文学与艺术意境是可以相通的。苏轼说王维"诗中有画",

"画中有诗"。这是说,诗与画的意境可以相通,读诗时仿佛是欣赏一幅画,而观画时又好像是吟诵一首诗。由此意推而广之,我们在读古人诗词时,不但常是如同观画,而且有时仿佛是看到一幕电影,或是聆听一曲乐歌,晏幾道这首《鹧鸪天》词即是如此。

晏幾道是晏殊之幼子。晏殊久居相位,其门生故吏,多据要津,晏幾道如果想仕宦腾达,是很有机会的。但是晏幾道为人耿介恬淡,厌恶仕途混浊,"仕宦连蹇,而不能一傍贵人之门"(黄庭坚《小山词序》)。他只作过监颍昌许田镇的小官,旋即退居京都私第。晏幾道既不肯与达官贵人往还,而身为贵公子,又不能到社会下层中去,于是他觉得,在相知友好家中所遇到的几个歌女,如"莲、鸿、蘋、云"等,倒还天真淳朴,不似官场中人之混浊鄙俗,所以愿意和她们相处,而寄予爱赏与同情。其《小山词》中所抒写的多是这一类的情事,这首《鹧鸪天》词也是一个例证。近来论词者有人认为,晏幾道的为人很像《红楼梦》小说中的人物贾宝玉,这个意见是相当有道理的。

(缪　钺)

132

鹧鸪天

醉拍春衫惜旧香,天将离恨恼疏狂。年年陌上生秋草,日日楼中到夕阳。　　云渺渺,水茫茫。征人归路许多长。相思本是无凭语,莫向花笺费泪行!

此词抒写男女离情,但所咏非与妻室的离别,而是与歌酒场中相悦女性的离别之情。作者在其自作的《小山词》的序中说:"始时,沈十二廉叔、陈十君龙家有莲、鸿、蘋、云,品清讴娱客,每得一解,即以草授诸儿,吾三人持酒听之,为一笑乐。"由于他和沈、陈是好朋友,常和他们及其家的歌女莲、鸿、蘋、云聚会宴乐,于是他和沈、陈及莲、鸿等的离合悲欢,常成为他词中歌咏的内容,如其"自序"所说的:他的"狂篇醉句","遂与两家歌儿酒使俱流转于人间"。男女歌酒宴乐,在宋代词人生活中是习以为常之事,而在晏幾道则别有一番作用,即是如后来姜白石所说的:"仗酒祓清愁,花消英气。"(《翠楼吟》)他的父亲晏殊为一代显宦,富弼、范仲淹、欧阳修、王安石等皆出门下,而他晚途仕宦连蹇时,却"不能一傍贵人之门","遂陆沉于下位"(俱见黄庭坚《小山词序》)。因此,他常纵情歌酒,以排遣其生平抑郁不平之怀,而形之于词,使其词具有顿挫磊落之致,而读者亦可以略见其身世之感及鲜明个性。

　　本词的起二句以激情的活动形容离恨之被勾起,及其无法排遣之状。"旧香"是往日与伊人欢乐的遗泽,乃勾起"离恨"之根源,其中凝聚着无限往昔的欢乐情事,自觉堪惜,"惜"字饱含着对旧情的深切留念。而"醉拍春衫"则是产生"惜旧香"情思的活动,因为"旧香"是存留在"春衫"上的。句首用一"醉"字,可使人想见其纵恣情态,"醉",更容易触动心怀郁积的情思。次句乃因"惜旧香"而激起的无可奈何之情。"疏狂"二字是作者个性及生活情态的自我品题。"疏"为阔略世事之意,即黄庭坚《小山词序》所说的"磊落权奇,疏于顾忌","不能一傍贵人之门"等个性的表现。"狂"为作者生活情态的概括。他的《阮郎归》曾说"殷勤理旧狂",可见"狂"在他并非偶然,而是生活中常有的表现。"莫问逢春能几回,能歌能笑是多才"(《浣溪沙》),"彩袖殷勤捧玉钟,当年拼却醉颜红。舞低杨柳楼心月,歌尽桃花扇底风"(《鹧鸪天》),俱是其生活狂态的具体写照。这句意谓以自己这个性情疏狂的人却被离恨所烦恼而无法排遣,而在句首着一"天"字,使人觉得他的无可奈何之情是无由开解的。人情总是在处于绝境时把根源归之于天,早在《诗经》中就有"天实为之,谓之何哉!"(《邶风·北门》)同是一种极端矛盾心情的表露。

　　三、四两句紧接着从时空两方面形容其长久遭受离恨折磨的情状。"秋草"为一年衰晚之象,"夕阳"为一日垂暮之景。陌上秋草,年年自生,楼上夕阳,日日照到,二句纯属客观景象,而与上句紧相承接,则为表现离恨之无限深重而设,综合二句,即觉其中俨然有个倚楼怅望陌上之人,其人年年日日都在迷惘中度过,使读者感到人物景象,一片浑茫。这种运用赋的手法,因情敷景,布景织情,是小晏的一种常用抒情手法,如其《临江仙》,于"去年春恨却来时"之后,紧承以"落花人独立,微雨燕双飞",即是脍炙人口的名句。

下阕从可以解除离恨的方面着想。欲解离恨莫如命驾归去,或书问慰藉,然归途遥远,书讯难凭,则离恨终将无可消释。"云渺渺,水茫茫"二句,看来纯属景语,承以"征人"句,道出主人公于楼上怅望时的感觉,即景生情,以景喻情,使自然界辽阔的云水,俱织入主人公的情思之中。小晏曾在其"自序"中谓"感物之情,古今不易",然写来固自多方。我们读这首词,可与李白的《菩萨蛮》对照玩索,二词所写同为羁旅思归之情,其情俱生于楼上怅望,只是时间长短及系情的景物彼此殊异,而写来异曲同工,不过李词表情细微深婉,而晏词则豪迈俊爽耳。

末二句的表情乃由上写各种情节逼出,意谓离恨之深重,直是无从表达。在云水渺茫远隔的异乡,年年日日的相思之情何可胜道,而这一切只有自己独自体味感受到,故云"无凭语",即是拿什么说呢?怎么说呢?由此乃发出最后一句。"莫向花笺费泪行"虽是决绝之辞,却是情至之语,从中带出已往情事,当是曾向花笺多费泪行,如《西厢记》所说,把书信"修时和泪修,多管阁着笔尖儿未写早泪先流"。"泪行",双关文字与泪水之成行。既然离恨这般深重,非言辞所能申写,如果再"向花笺费泪行",那便是虚枉了。小晏也曾在一首《采桑子》中写道:"长情短恨难凭寄,枉费红笺。"情意正同。总之,此二句意谓此际相思之情,绝非言语所能表达得出来的。

小晏把他自己的词编集,名曰"补亡","以谓篇中之意,昔人

135

所不遗,第于今无传耳"。基于这种创作思想,所以他在词中往往能道出眼前之事,为人人心中之所欲言,使读者感到非常惬意,说来非常新鲜,却不纤巧,倒觉得很老实,而情意又极深重。况蕙风《蕙风词话》所主张的"重、拙、大"的标准,在《小山词》里颇多合者,从这首词里也可看到这一艺术特点。

(**胡国瑞**)

鹧鸪天

小令尊前见玉箫,银灯一曲太妖娆。歌中醉倒谁能恨?唱罢归来酒未消。　春悄悄,夜迢迢。碧云天共楚宫遥。梦魂惯得无拘检,又踏杨花过谢桥。

疏狂落拓的词人,参加一次春夜的宴会,遇到一位美艳的女郎。在璀璨的银灯下,歌酒共欢,不知不觉沉醉了。可是,好事难成,聚散匆匆,夜阑归后,梦魂又悄悄地回到她的身旁……

小晏此词,近世论者,多以为是怀人之作,谓上片写昔时相见,下片写今日相思。但细细体味词意,全首写的都是初见当夜的情事,上下两片在时间上紧紧衔接,并没有所谓久别怀人之意。

"小令"二句,写两人初逢的情境。"尊前",点酒筵;"银灯",点夜晚;"玉箫",指在筵席上侑酒的歌女。唐范摅《云溪友议》载,韦皋与姜辅家侍婢玉箫有情,韦归,一别七年,玉箫遂绝食死,后再世,为韦侍妾。词中以玉箫指称,当意味着两人在筵前目成心许。在华灯下清歌一曲,醉颊微酡,她实在是太美了!"妖娆"前着一"太"字,表露了词人倾慕之情,由此而生发出下边几层意思来。

"歌中"二句,从"一曲"生出。在她优美的歌声中痛饮至醉,谁又能感到遗恨啊!在她唱完之后,余音在耳,筵散归来,酒意依然未消。"歌中醉倒"四字甚妙,起到统摄全篇的作用。表面看来,是说一边听歌,一边举杯酣饮,不觉便酩酊大醉了,实际上是暗示自己被美妙的歌声陶醉,被美艳的歌者迷醉。美酒,清歌,丽人,舌尝而知味,耳得而闻声,目遇而成色,三者皆集于此地此时,怎不令人为之醉倒!一"醉"字,点明命意,情韵悠长,对下片写的春夜梦寻也起到提引的作用。醉倒,是心甘情愿的。"谁能恨"即无人能恨,三字与柳永《凤栖梧》词"衣带渐宽终不悔"的"终不悔",有异曲同工之妙。词人醉得实在是太深太沉了,以至宴会归来,仍酒意未消。其实,"未消"的不仅是酒意,而是见玉箫而产生的绵绵情意。两句实中有虚,落笔沉着而用意深婉。

过片后,紧接写"归来"的情事。小晏尚有《鹧鸪天》词云"归来独卧逍遥夜,梦里相逢酩酊天",可作本词下片的概括。春意,悄悄地潜进了心中;春夜,又是那么漫长。唉,我热切想望的女郎,跟那碧云无尽的夜空同样地遥远。"悄悄"二字,写春夜的寂静,也暗示词人独处时的心境。久不成寐,更觉春夜迢迢。与上片短暂的欢娱恰成强烈对照。"碧云"句,以天设喻,慨叹由于人为的间阻,使两人不能互通心愫,侯门如海,要想重见就更是困难了。一"遥"字,与《诗·郑风·东门之墠》"其室则迩,其人甚远"的"远"字用意略同,并不是说两人在道里上相隔很远。若把这理解为远别之辞,则未能领会作者的深意了。"楚宫",楚王之宫,指代玉箫的居处,亦暗示她"巫山神女"的身份。三句写宴罢归来的刻骨相思,音节特婉妙,能摇我情。

"梦魂"二语,是全词中最精彩之笔。人生经常处在桎梏之中,人们总不能按自己的意愿去行动,思想却是自由的,词人尽可以去恋慕相思,而比思想更自由的是人的"梦魂",它无拘无束,任意游行,去"实现"现实生活中不可能实现的一切,去追寻现实生活中不可能得到的欢乐。今夜里,词人的梦魂,在迷蒙的夜色中,又踏着满地杨花,悄悄地走过谢桥,去重会意中人了。"惯",即惯常之意。"谢桥",谢娘家的桥。唐代有名妓谢秋娘。词中以谢桥指女子所居之地。张泌《寄人》诗:"别梦依依到谢家,小廊回合曲阑斜。多情只有春庭月,犹为离人照落花。"晏词暗用诗意。两句宕开一笔,跌深一层。相思无望,唯是有寤寐求之。以缥缈迷离的梦境反衬歌酒相欢的现实,以梦魂的无拘无束反衬生活中的迢遥间阻,对照之下,更觉深婉有味。末句"又"字,用意尤深,赴宴时踏杨花过谢桥的是现实生活中的人,再来却是虚幻飘忽的梦魂了。一结能生能新,情韵佳绝。据邵博《邵氏闻见后录》载,与小晏同时的学者程颐,听到人诵"梦魂"两句时,笑着说:"鬼语也!"意甚赏之。连这位方正的道学家都受到小晏词的诱惑,可见真正的文艺作品是有其不可抗拒的魅力的。所谓"鬼语",是因句中幽缈的意境而言,说只有鬼才能写得出来。　　　　　　(陈永正)

生查子

金鞭美少年，去跃青骢马。牵系玉楼人，绣被春寒
夜。　　消息未归来，寒食梨花谢。无处说相思，背面
秋千下。

　　这是一首思妇词。词中女主人公所思念的对象，是她的丈
夫。开头即写出男子形象："金鞭美少年，去跃青骢马。"至于去作
何事，并未言明。这类人物形象，盖本于乐府诗。《乐府诗集》同
类主题作品中有两种写法。一种如何逊《长安少年行》："长安美
少年，羽骑暮连翩。玉羁玛瑙勒，金络珊瑚鞭。阵云横塞起，赤日
下城圆。追兵待都护，烽火望祁连……"这是去从军。另一种如
李白《少年行》："五陵年少金市东，银鞍白马度春风。落花踏尽游
何处，笑入胡姬酒肆中。"这是去冶游。这两种行为都可以统一在
豪俊少年的身上。小晏词中意指何者，无迹象可寻，未便指实。
反正他是骑着骏马出门去了，家里留下了一位年少多情的妻子，
时刻把他的消息牵挂心头。

　　全词一共写了四幅画面。一、二两句是第一幅画面，先写"金
鞭美少年"的形象，这是女主人公思念的对象。他那扬鞭跃马、威
武俊美的英姿，大概就是他临走时所留给女主人公的最后印象。
可是，人走了之后呢？紧接着，三、四两句便展示了第二幅画面，

镜头开始转到女主人公身上来了。像是有着无形的纽带,她的感情,她的思绪,始终牵系在远出的丈夫身上;到了夜晚,绣被春寒,孤灯独眠,那是多么难耐的寂寞啊!"绣被春寒夜",是通过环境的渲染,来突出人物的孤寂。五、六两句又换了一个镜头,展示了第三幅画面。天天盼,月月盼,寒食节过去了,梨花开了又谢了,一次次地等待,始终没有等到丈夫的音信,随之而来的,只是一次次失望!"寒食梨花谢",是通过节令和景物来暗示出时间的流逝,表现她无限的怅惘。七、八两句,是最后一幅画面,也是最精彩的一个镜头:秋千架下,女主人公背面痴痴地站着,她在默默地承受着相思之苦,无处诉说,也不想对人诉说——也许,那秋千架是丈夫在家时和她常来的地方吧?也许,她是想来排遣忧闷,但是睹物思人、触物生情,倍感忧伤和凄凉吧?总之,她就那样地站在秋千架下,给人留下了不尽的联想。南宋曾季狸《艇斋诗话》指出:"晏叔原(幾道字)小词:'无处说相思,背面秋千下。'吕东莱(本中)极喜诵此词,以为有思致。此语本李义山(商隐)诗,云:'十五泣春风,背面秋千下。'"李商隐的诗写的是少女伤春,晏幾道此词则是写思妇怀人,同样的画面,但内涵是不同的。吕本中称它有思致,是很有见地的批评。

这首词写的是女主人公的相思之情,但通篇没有一句直接写她的音容外貌或心理活动,完全通过环境、景物等画面来烘托人物的感情,而让读者自己去联想、去体会。这是它在艺术表现上的主要特色。女主人公的性格是含蓄内向的,整首词的风格也是含蓄蕴藉的,读来极耐人寻味。

(刘德重)

141

木兰花

小莲未解论心素，狂似钿筝弦底柱。脸边霞散酒初醒，眉上月残人欲去。　　旧时家近章台住，尽日东风吹柳絮。生憎繁杏绿阴时，正碍粉墙偷眼觑。

　　小莲，是沈廉叔，陈君龙二家歌女中小晏最为眷恋的。《小山词》中如《鹧鸪天》（"手撚香笺忆小莲"）、《愁倚阑令》（"浑似阿莲双枕畔、画屏中"）、《破阵子》（"写向红窗夜月前，凭谁寄小莲"）等词，皆为她而作。小莲能歌善舞，色艺双绝。而本词更突出她的"狂"态，把一位天真烂漫而又妖媚风流的姑娘的形象生动地展现出来。她的性格如此鲜明，给人留下非常深刻的印象，也许是小晏对她特别了解，熟悉她的精神世界的缘故吧。

　　起头二句，已是摄神之笔。小莲啊，她多么天真幼稚，还未懂得怎样跟人细诉衷情，而她的狂放，却像钿筝中发出的热烈的乐音。"狂"，是小山最为欣赏的，他在词中多次写到"天将离恨恼疏狂"（《鹧鸪天》）、"尽有狂情斗春早"（《泛清波摘遍》）、"殷勤理旧狂"（《阮郎归》），企图借这个"狂"字来发抒自己满腔的热情和积忿。而小莲也是"狂"的，她不直接地说出自己内心的情愫，而借热烈而狂乱的筝声去表达出来。"柱"，用以架弦。我们可以想象到小莲在急弦促柱时着迷似的"狂"态。"未解论心素"，只是欲进先退的手法,次句才写出小莲的真实形象。她的真纯,她的柔情蜜意,她心中激烈的风暴,都凭着这"雁柱十三弦",一一向所恋慕的人传送。

三、四句,补足"狂"字。她脸上的晕霞渐散,宿酒初醒;眉上的翠黛消残,人将归去。"霞",指红晕、酒晕。小莲借着一点醉意,在弹筝时才狂态十足吧。"月",语意双关。既谓眉上额间"麝月"的涂饰在卸妆睡眠时残褪,也表示良宵将尽,明月坠西。两句实在是写欢会的情景,艳冶之至,可是在小晏笔下,却写得那么优雅,没有一点儿庸俗低级的情调。小晏是以同情的态度去塑造那些身份卑微而又善良纯洁的女性形象的,他对小莲,更是倾注了深深的情感,女孩子天真烂漫,一片柔情,音容笑貌,仿佛可以呼之欲出。本词上片所刻画的小莲形象是美好的,使读者感到十分亲切。

过片后,补写小莲的身世。章台,街名,在汉代长安章台之下。《汉书·张敞传》有"过走马章台街"之语,后世以为歌楼妓院的代称。小莲旧时的家靠近"章台"居住,这里暗示她的歌妓身份。孟棨《本事诗》载,唐诗人韩翃有宠姬柳氏在京中,韩寄诗曰:"章台柳,章台柳,昔日青青今在否?"后世诗人,常以"章台"与"柳"连用。词中写春风吹絮,也许象征着小莲的飘零身世吧。小晏《浣溪沙》词"行云飞絮共轻狂",当同此意。末两句说,最可恨的是杏子成丛,绿荫满树,正妨碍她在粉墙后边偷眼相窥呢!收处回忆当日相见留情时情景,这也是小晏所念念不忘的。他在词中多次写到"丹杏墙东当日见,幽会绿窗题遍"(《清平乐》)、"莺来燕去,宋玉墙东路"(《清平乐》)。宋玉,是战国末年楚国的辞赋

143

家,他作《登徒子好色赋》,记一位住在东邻的美女,曾在墙头窥看他,希望能与他相好。《本事诗》也载有柳氏"每以暇日隙壁窥韩(翃)所居"之事。小莲当日或许有过这么一段情事,她主动地去偷眼相觑,正表现了她不受拘束的"狂"态。

本词上片写今宵幽会的欢娱,下片追忆当时初见的情景,而以一"狂"字贯串始终,小莲的风韵与小晏的钟情都真切地表现出来,词旨风流艳丽,仍无亵媟之失,这也是小晏词的特色吧。

(陈永正)

菩萨蛮

哀筝一弄湘江曲，声声写尽湘波绿。纤指十三弦，细将幽恨传。　　当筵秋水慢，玉柱斜飞雁。弹到断肠时，春山眉黛低。

晏幾道早年风流浪漫，与沈廉叔、陈君龙友善，每作词，授两家歌女莲、鸿、蘋、云等演唱，以为娱乐。他的词大部分为这些歌女而作，本篇也是如此。词中虽有音乐描写，但意旨不在音乐，而是借写弹筝来表现那位当筵演奏的歌妓。《小山词》中有多处提到筝，如《鹧鸪天》："手捻香笺忆小莲，欲将遗恨倩谁传。……秦筝算有心情在，试写离声入旧弦。"《木兰花》："小莲未解论心素，狂似钿筝弦底柱。"筝和小莲往往并提，这首词里所写的弹筝者很可能就是小莲。这首词不仅写她的弹筝技巧，同时还表现她的整个风情。

开头一句先写弹奏。筝称之为"哀筝"，感情色彩极为明显。"一弄"，奏一曲。曲为"湘江曲"，内容亦当与舜及二妃一类悲剧故事有关。由此可见酒筵气氛和弹筝者的心情。"写尽湘波绿"，湘水以清澈著称，"绿"为湘水及其周围原野的色调。但绿在色彩分类上属冷色，则又暗示乐曲给予人心理上的感受。"写"，指弹奏，而又不同于一般的"弹"或"奏"；似乎弹筝者的演奏，像文人的用笔,虽然没有文词,但却用筝声"写"出了动人的音乐形象。

"纤指十三弦,细将幽恨传。"让人想到弹筝者幽恨甚深,非细弹不足以尽情传达,而能将幽恨"细传",又足见其人有很高的技艺。从"纤指"二句的语气看,词人对弹筝者所倾诉的幽恨是抱有同情的,或所传之幽恨即是双方所共有的。

词的上片侧重从演奏的内容情调方面写弹者,下片则侧重写弹者的情态。"当筵秋水慢","秋水"代指清澈的眼波。"慢",形容凝神,指筝女全神贯注。"玉柱斜飞雁",筝上一根根弦柱排列,犹如一排飞雁。飞雁在古代文学作品中,常与离愁别恨相连,同时湘江以南有著名的回雁峰。因此,这里虽是说弦柱似斜飞之雁,但可以想见所奏的湘江曲亦当与飞雁有联系,写筝柱之形,其实未离开弹筝者所传的幽恨。"弹到断肠时,春山眉黛低。"春山,指像山一样弯弯隆起的双眉,是承上文"秋水"而来的,用的是卓文君"眉色如望远山"(《西京杂记》)的典故。女子凝神细弹,表情一般应是从容沉静的,但随着乐曲进入断肠境界,筝女敛眉垂目,凄凉和悲哀的情绪还是明显地流露了出来,可见幽恨深重。

上下片各分两个层次。上片"写""传"两个动词最为吃紧,从"写"到"传"都是写弹奏,但"写尽"云云主要指对湘江曲的内容创造性地予以再现;"传"则指演奏时藉以传自己身世之恨,两个动词不可互相移易。下片以写弹筝女子的眉眼为线索,准确地用了"慢"与"低"两个形容词,而从"秋水慢"到"眉黛低",也明显地表现了感情的发展。从这些动词、形容词的运用,可以清楚看出作者更多的是在写人,词并没有提供完整的音乐形象,但弹筝女子却神情毕现,读者可以由"纤指""秋水"和"春山眉黛"想象她的纤秀,可以由以筝传恨和断肠时的眉黛低垂,想象她弹奏时的心境、情绪,而整个人物给人的印象则是哀艳动人。这可能是沈、陈两家衰落后,小莲经过流落,又与晏幾道偶然相逢时的演奏。作者不作呆滞的刻画与叙述,笔势回荡飘忽,似不着纸。而情感真挚凄恻,于闲婉之中又显得深沉。词的开头"哀筝一弄湘江曲",蓦然而来,结尾"弹到断肠时,春山眉黛低",悠然而止,极能引发人的回味和想象。

(余恕诚)

卖花声

题岳阳楼

木叶下君山，空水漫漫。十分斟酒敛芳颜。不是渭城西去客，休唱《阳关》。　　醉袖抚危阑，天淡云闲。何人此路得生还？回首夕阳红尽处，应是长安。

　　这首词近人俞陛云在《宋词选释》中说："观其'此路生还'及'回首长安'句，殊有迁谪之感。但芸叟（张舜民字）由谏官浐擢侍郎，初未放逐，此殆登楼送友之作，代为致慨也。"这段话只说对了一半，词中写了迁谪之恨，但不是登楼送友之作。据李焘《续资治通鉴长编》卷三三〇云：元丰中张舜民用边帅高遵裕辟，管勾机宜，从军守灵州，因赞画无功，作诗讥讪，于元丰五年（1082）冬十月，谪监郴州茶盐酒税。他的《画墁集》中收有《郴行录》，曾记载游岳阳楼事，故知词当作于此时。由于词是在迁谪途中写成的，因而词中反映了迁谪之恨。表现在风格上则与一般的抒情小词不同，显得沉郁悲壮，扣人心弦。周紫芝《太仓稊米集·书张芸叟〈画墁集〉后》曾说有人当它是苏轼的作品，显系误题。

　　本篇调下题作"题岳阳楼"，词中所写景色，所抒发的感情，都以岳阳楼为基点。岳阳楼在今湖南省岳阳市西门，与耸峙洞庭湖中的君山遥遥相对。"木叶下君山"，语本屈原《九歌·湘夫人》：

"袅袅兮秋风,洞庭波兮木叶下。"因为君山以舜之二妃湘君、湘夫人的故事而得名,故词人用此典,非常贴切,且不露痕迹。时值初冬,树叶凋谢,视野开阔,所以词人登楼一望,只觉洞庭湖上霜天寥廓,烟波浩渺。词境略似黄庭坚的《登快阁》诗:"落木千山天远大,澄江一道月分明。"惟黄诗疏朗,张词沉郁。第三句词笔转向楼内。此时词人正在楼内饮宴,因为他的身份是谪降官,又将离此南行,所以席上的气氛显得沉闷。"十分斟酒敛芳颜",说明歌妓给他斟上了满满的一杯酒,表示了深深的情意,但她脸上没有笑容。"十分"二字,形容酒斟得很满,也说明满杯敬意,用得上《花间集》中薛昭蕴的一句词:"情深还似酒杯深。""敛芳颜",即敛眉、敛容。白居易《琵琶行》"整顿衣裳起敛容",与此同义。苏轼《江神子·孤山竹阁送述古》云:"翠蛾羞黛怯人看,掩霜纨,泪偷弹。且尽一尊,收泪唱《阳关》。"与此词相比,送别的对象虽有调任(陈述古)与贬谪(张舜民)之别,而歌妓的敛颜,词人的伤别,则有近似之处。特别是从歌妓的"敛芳颜"与"泪偷弹"来看,写女子之动情,可谓极宛极真,各极其妙。

四、五两句,似直而纡,似质而婉,用在张舜民这个特殊人物身上,尤富深义。《阳关曲》本是唐代王维所作的《送元二使安西》诗,谱入乐府时名《渭城曲》,又名《阳关曲》,在送别时歌唱。其辞曰:"渭城朝雨浥轻尘,客舍青青柳色新。劝君更尽一杯酒,西出阳关无故人。"所写情景,与此刻岳阳楼上的饯别有某些相似之处。词中这两句,必须联系作者的身世来看,他是因了赞画军机无功,又因写了"灵州城下千枝柳,尽被官军砍作薪""白骨似沙沙似雪,将军休上望乡台"这些反战的"谤诗",才从与西夏作战的前线撤下来的;如今他不但不能西出阳关,反而南迁郴州,可是仍未接受教训,缄口不言,却又不畏讥讪,写下这样的词句,心中该有多深的愤慨! 玩其词意,冶自我解嘲与讥讽当局于一炉,正话反说,语直意婉。读了之后,不正是感到有一股郁勃之气咄咄逼人么?

过片写词人从宴席上走出,凭栏远眺。此时的远眺与起首时不同。起首时只是清醒地一望,留下一个淡远辽阔的印象。此时他已带有几分醉意,仰望天空,只见天淡云闲;回首长安,又觉情牵意萦。从词情的发展来看,已渐次推向高潮,人物的内心也揭示得更为深刻。"醉袖"二字,用得极工。不言醉脸、醉眼、醉手,而言醉袖,以衣饰代人,是一个非常形象的修辞方法。看到衣着的局部,比看到人物的面部表情,更易引起人们的想象,更易产生美感。从结构上来讲,"醉袖"也与前面的"十分斟酒"紧相呼应,针线亦甚绵密。"天淡云闲"似乎与整个词情不协调。其实古人填词,很讲究疏密和离合。用今天的话来讲,就是要注意节奏的快慢、旋律的起伏和舒缓。如果词情一味紧张、激烈,便像一根紧绷着的弦子,叫人的感情上受不了。若间以淡语、闲语,就能做到有张有弛,疾徐有致。"天淡云闲"四字,正起着这样的作用。由于感情上如此一松,下面一句突然扬起,便能激动人心。"何人此路得生还",完全是口语,但却比人工锻炼的语言更富有表现力。它概括了古往今来多少迁客的命运,也倾吐了词人压在胸底的心声,具有悠久的历史感和深刻的现实性。岳阳楼这个地方,古称"北通巫峡,南极潇湘,迁客骚人,多会于此"(范仲淹《岳阳楼记》)。不知有多少人经过此地,流徙南方,死于贬所。如今词人又要踏着他们的足迹走过去,心情的惶惧、战栗,是不难想见的。因此他不得不仰天长叹,发出这一由衷的问句。

按照上面的意脉发展下去,情绪势必更加激烈。然而并不,词人笔锋一转,又揭示内心深处的矛盾。这里的结句用的是宋人独创的脱胎换骨法。费衮《梁溪漫志》卷七曾评论说:"白乐天《题岳阳楼》诗云:'春岸绿时连梦泽,夕波红处近长安。'芸叟用此换骨也。"所谓换骨,就是"以妙意取其骨而换之"(释惠洪《天厨禁脔》)。这里的妙意在于表达对朝廷的一片眷恋之情。长安本是汉唐故都,后人多借指京师。词人即将南下郴州了,前途可畏;但仍频频回首,瞻望故都。这是历史加之于他的局限,固难苛求。但从艺术手法来讲,他写得如此曲折,在矛盾冲突中刻画自己的感情,将感情隐藏在景色的描绘之中,并将前人诗句取其骨而换其意,做到浑然一体,无迹可求,确也不失为一种特色。

陈振孙《直斋书录解题》于《画墁集》条下云:"崇宁(徽宗年号)初,坐谢表言绍圣逐臣,有曰'脱禁锢者何止一千人,计水陆者不啻一万里',又曰'古先未之或闻,毕竟不知其罪',以为讥谤,坐贬。"这是后来的事。表中对于元祐党人的纷纷被贬逐抱有极大的不平,可以与词中"何人此路得生还"句合看,见出他这一认识又有了提高。痛愤之情,又何止表现于小词中而已!

(徐培均)

王　观

卜算子

送鲍浩然之浙东

水是眼波横，山是眉峰聚。欲问行人去那边？眉眼盈盈处。　　才始送春归，又送君归去。若到江南赶上春，千万和春住。

　　王观的作品，风趣而近于俚俗，时有奇想。王灼说他"新丽处与轻狂处皆足惊人"（《碧鸡漫志》）。这首《卜算子》，俏皮话说得新鲜，毫不落俗，颇受选家的注意。它是一首送别词。

　　友人鲍浩然大抵是浙东（宋代"两浙东路"的简称，今浙江省衢江、富春江、钱塘江以东地区）人，同王观的交情似乎不很深。这次分别，是鲍浩然从客途返家（但也可能他有个爱姬在浙东，这回是去探望她）。这类事情极为寻常，而王观却运用风趣的笔墨，把寻常的生活来个"化腐朽为神奇"，设想了一套不落俗的构思：先从游子归家这件事想开去，想到朋友的妻妾一定是日夜盼着丈夫归家，由此设想她们在想念远人时的眉眼，再联系着"眉如远山"（《西京杂记》："文君姣好，眉色如望远山。时人效画远山眉。"）"眼如秋水"（李贺《唐儿歌》："一双瞳人剪秋水。"）这些习用的常语，又把它们同游子归家所历经的山山水水来个拟人化，于是便得出了"水是眼波横，山是眉峰聚"。它是说，当这位朋友归去的时候,那浙东一带的山水,对他都显出了特别的感情。那些清澈明亮的江水,仿佛变成了他所想念的人的流动的眼波;而一路上团簇纠结的山峦,也似乎是她们蹙损的眉峰了。山水都变成了有感情之物,正因为鲍浩然在归途中怀着深厚的怀人感情。

从这一构思向前展开,于是就点出行人此行的目的:他要到哪儿去呢? 是"眉眼盈盈处"。"眉眼盈盈"四字有两层意思。一层意思是:江南的山水,清丽明秀,有如女子的秀眉和媚眼。又一层意思是:有着盈盈眉眼的那个人。(古诗:"盈盈楼上女。"盈盈,美好貌。)因此"眉眼盈盈处",既写了江南山水,也同时写了他要见到的人物。语带双关,扣得又是天衣无缝,实在是高明的手法。

上片既着重写了人,下片便转而着重写季节。而这季节又是同归家者的心情配合得恰好的。那还是暮春天气,春才归去,鲍浩然却又要归去了。作者用了两个"送"字和两个"归"字,把季节同人轻轻搭上,一是"送春归",一是"送君归";言下之意,鲍浩然此行是愉快的,因为不是"燕归人未归",而是春归人也归。然后又想到鲍浩然归去的浙东地区,一定是春光明媚,更有明秀的山容水色,越显得阳春不老。因而便写出了"若到江南赶上春,千万和春住"。也许是从唐诗人韦庄的《古别离》"更把玉鞭云外指,断肠春色在江南"得到启发吧,春色既然还在江南,所以是能够赶上的。赶上了春,那就不要辜负这大好春光,一定要把春光留住。但这只是表面一层意思,它还有另外一层。这个"春",不仅是季节方面的,而且又是人事方面的。所谓人事方面的"春",便是与心上人团聚,是情感生活中的"春"。这样的语带双关,当然也聪明,也俏皮。

卜算子

　　通看整首词,轻松活泼,比喻巧妙,耐人体味;几句俏皮话,新而不俗,雅而不谑。比起那些敷衍应酬之作,显然是有死活之别的。

(**刘逸生**)

菩萨蛮

溪山掩映斜阳里,楼台影动鸳鸯起。隔岸两三家,出墙红杏花。　　绿杨堤下路,早晚溪边走。三见柳绵飞,离人犹未归。

　　魏夫人是北宋丞相曾布(字子宣)之妻,诗论家魏泰(字道辅)之姊,在词史上颇负盛名。朱熹曾把她与李清照并提,说是"本朝妇人能文者,唯魏夫人及李易安二人而已"(《词林纪事》卷十九引)。清人陈廷焯也说:"魏夫人词笔颇有超迈处,虽非易安之敌,亦未易才也。"(《白雨斋词话》卷二)从这些评价上,可以知道她是一个杰出的女词人。

　　这首词的题材,大率不脱唐人寄远诗的范围,但它写得清新自然,不落俗套,而且饶有情韵,耐人吟味。整个词的艺术结构,都是以一个"溪"字作为契机,无论从画面的构图、设色来看,还是从感情的寄托来看,都紧紧围绕着"溪"字。首句"溪山掩映斜阳里",写斜阳映照下的溪山,侧重点在于"溪"字。次句"楼台影动鸳鸯起",补足上文,进一步写溪中景色。在夕阳斜照之下,溪中不仅有青山的倒影,而且还有楼台的倒影,还有对对鸳鸯在溪中嬉水。如果说上句专写静景,那么下句则是动中有静。"楼台影动",表明溪水在微风吹拂之下,荡起层层绿波。因此在人们看来,楼台的影子也仿佛在晃动一般。如果溪中只有山光楼影,画面仍嫌单调,词人再添上"鸳鸯起"一笔,整个画面就充满了盎然生趣。宋人范晞文《对床夜语》引王安石诗"风定花犹落,鸟鸣山更幽",评曰:"前辈谓上句置静意于动中,下句置动意于静中,是犹作意为之也。"相比起来,此词上句写静,下句写动,以动衬静,自然浑成,却无"作意为之"的痕迹。这是非常可贵之处。

三、四两句写两岸景色,当然也离不开"溪"字。这条溪水的两岸,只住着两三户人家,人烟并不稠密,环境自然是幽静的。读了此句,也就知道上面所说的楼台原是这几户临水人家的住宅,可见意脉的连贯,针线的绵密。这句是写实,下一句便虚了,在章法上叫做虚实相生,与前两句动静相宜,恰相对称。深院高墙,关不住满园春色,一枝红杏花,带着娇艳的姿态,硬是从高高的围墙上探出头来,这境界多么生动优美。在文学史上,人们都欣赏南宋叶绍翁《游园不值》诗中的名句"春色满园关不住,一枝红杏出墙来",上句固然是他的首创,而下句,魏夫人大约比他早一个世纪就已写出了。此句的妙处在于一个"出"字。词史上"出"字用得好的不乏佳作,王国维《人间词话》说:"欧九(欧阳修)《浣溪沙》词'绿杨楼外出秋千',晁补之谓'只一出字,便后人所不能道'。余谓此本正中(冯延巳)《上行杯》词'柳外秋千出画墙',但欧语尤工耳。"这两个"出"字都是形容秋千外露的情景,自然带有诗情画意。但此词以出字形容红杏花,似乎富有勃勃生机,意味似更隽永。

词的下阕,转入抒情,但仍未脱"溪"字。在溪水旁边,有一道长堤,堤上长着一行杨柳。暮春时节,嫩绿的柳丝笼罩着长堤,轻拂着溪水，境亦优美。魏夫人作为临水人家的妇女，是经常从这里走过的。"早晚"一词，并非指时间的早和晚。张相《诗词曲语辞汇释》卷六云："早晚，犹云随时也；日日也。"其义犹如舒亶《鹊桥仙》词"两堤芳草一江云，早晚是西楼望处"。词人没有言明是到溪边做什么，从全篇着眼，她来到这里，多半是为了盼望外出的丈夫。在古代，水边柳外，往往是送别的场所。秦观《八六子》"念柳外青骢别后，水边红袂分时"，便是例证。按之《宋史·曾布传》，曾布于神宗元丰中，连知秦州、陈州、蔡州和庆州。陆游《老学庵笔记》卷七也说："曾子宣丞相，元丰间帅庆州，未至，召还，主陕府，复还庆州，往来潼关。夫人魏氏作诗戏丞相云：'使君自为君恩厚，不是区区爱华山。'"在这期间，曾布告别家人，游宦在外，可能连续三年。词人既能以诗相戏，当亦会填词述怀。结尾二句说明她在溪边已徜徉了三年，年年都见过一次柳絮纷飞，从柳絮纷飞想到当年折柳赠别，这是很自然的。"三见柳绵飞"是实语，与上面所举的史实大致相符；然下句着一"犹"字，便化实为虚，化景物为情思；自然如行云流水；而哀怨之情，离别之恨，亦隐然流于言外。

《菩萨蛮》这个词牌，只有四十四字，篇幅极短，在押韵方面，上下阕都是先仄后平，情调由紧迫转入低沉，宜于抒发伤高念远的感情。此词充分利用这一调式的特点，感情写得婉曲缠绵。同李白的《菩萨蛮》相比，内容虽相近，而感情的强烈程度则不同。这除了未用过于伤心的字眼以外，还因为所押的仄韵有细微的差别。李白的仄韵全是入声，因而给人以激越痛楚的感觉。魏词押的是上声和去声仄韵，因而使紧迫的音调变得略为舒徐，恰好表现了词人作为贵族妇女的温柔敦厚的感情。

（徐培均）

苏　轼

水龙吟

次韵章质夫杨花词

似花还似非花，也无人惜从教坠。抛家傍路，思量却是，无情有思。萦损柔肠，困酣娇眼，欲开还闭。梦随风万里，寻郎去处，又还被、莺呼起。　　不恨此花飞尽，恨西园、落红难缀。晓来雨过，遗踪何在，一池萍碎。春色三分，二分尘土，一分流水。细看来，不是杨花，点点是离人泪。

　　"眼前有景道不得，崔颢题诗在上头。"此李白有感于崔颢《黄鹤楼》诗也。而今，面对"曲尽杨花妙处"（魏庆之《诗人玉屑》）的章质夫杨花词，苏轼又待如何争而胜之呢？唯有另辟新境，自出新意。综观全词，其新有二：一、避开章词的实写杨花，而从虚处着笔，即化"无情"之花为"有思"之人。二、"直是言情，非复赋物"（沈谦《填词杂说》）。有此二端，遂使通篇不胜幽怨缠绵，又空灵飞动。从而，诚如王国维《人间词话》所言，苏词"和韵而似原唱"，章词则"原唱而似和韵"了。

　　"似花还似非花"，看其出手便自不凡，已定一篇咏物宗旨：既咏物象，又写人言情。刘熙载称起句"可作全词评语，盖不离不即也"（《艺概·词曲概》）。即谓人与花、物与情当在"不离不即"之间。唯其"不离",方能使种种比兴想象切合本体,有迹可求,此词家所谓"不外于物";唯其"不即",方能不囿本体,神思飞越,展开想象,此词家所谓"不滞于物"。如果纯以咏杨花而论,则这一句又准确地把握住了杨花那"似花非花"的独特"风流标格"。说它"非花",它却名为"杨花",与百花同开同落,共同装饰春光,又一起送走春色。说它"似花",它色淡无香,形态碎小,隐身枝头,向不为人注目爱怜。

次句承以"也无人惜从教坠"。一个"坠"字,赋杨花之飘落;一个"惜"字,有浓郁的感情色彩。"无人惜",是说天下惜花者虽多,惜杨花者却少。然细加品味,亦反衬法,词人用笔之妙,正是于"无人惜"处,暗暗逗出缕缕怜惜杨花的情意,并为下片雨后觅踪伏笔。

"抛家傍路,思量却是,无情有思"三句承上"坠"字,写杨花离枝坠地,飘落无归情状。不说"离枝",而言"抛家",貌似"无情",犹如韩愈所谓"杨花榆荚无才思,惟解漫天作雪飞"(《晚春》),实则"有思",一似杜甫所称"落絮游丝亦有情"(《白丝行》)。咏物至此,已见拟人端倪,亦为下文花人合一张本。

"萦损柔肠,困酣娇眼,欲开还闭",这三句紧承"有思"而来,咏物而"不滞于物",大胆驰骋想象,将抽象的"有思"的杨花,化作了具体的有生命的人——一位春日思妇的形象。她那寸寸柔肠受尽了离愁的痛苦折磨,她的一双娇眼因春梦缠绕而困极难开。此处明写思妇而暗赋杨花,花人合一,无疑是苏词有别于章词的一种新的艺术创造。

以下"梦随"数句妙笔天成,既摄思妇之神,又摄杨花之魂,二者正在"不即不离"之间。从思妇来说,那是由怀人不至而牵引起的一场恼人春梦。她神魂飘扬,万里寻郎;但这里未至郎边,那边却早已啼莺惊梦。此化用唐人金昌绪《春怨》诗意:"打起黄莺儿,莫教枝上啼。啼时惊妾梦,不得到辽西。"但苏轼写来备觉缠绵哀怨而又轻灵飞动。就咏物象而言,描绘杨花那种随风飘舞、欲起旋落、似去又还之状,亦堪称生动真切,绝不亚于章词的"傍珠帘散漫,垂垂欲下,依前被、风扶起"。篇首所言"似花还似非花",正可于此境界中心领神会。

张炎《词源》评此词"后段愈出愈奇"。奇在何处?奇在承上片"惜"字意脉,借追踪杨花,抒发了一片惜春深情。缘物生情,以情映物,使情物交融而至浑化无迹之境。

"不恨此花飞尽,恨西园、落红难缀。"词人在这里是以落红陪衬杨花,盖无论万红凋零,抑或杨花飞尽,都意味着花事已尽,春色将逝。"不恨"者,乃是承上片"非花""无人惜"而言。其实,正如"无人惜"实即"有人惜"一样,说"不恨"者,实即"有恨",是所谓曲笔传情。

以下由"晓来雨过"而问询杨花遗踪,真是痴人痴语。春水觅踪,可谓一往情深;但杨花不见,唯有一池浮萍在目,这就进一步加深了人的春恨。苏轼自注云:"杨花落水为浮萍,验之信然。"此说自然不合科学,但作为文学特别是作为抒情诗词,本来无须拘泥。无理有情,这里主要藉以表达一种浓郁的惜花之情和春去之恨。

情不足,恨未尽,于是继之以"春色三分,二分尘土,一分流水"。"春色"居然可以"分",这是一种想象奇妙而兼以极度夸张的手法。这种手法其来有自,如唐诗人徐凝的《忆扬州》云:"天下三分明月夜,二分无赖是扬州。"宋初词人叶清臣的《贺圣朝》更说:"三分春色二分愁,更一分风雨。"苏词的"春色三分",显然以叶词为蓝本。而从全篇词脉来考察,则"二分尘土"与上片"抛家傍路"相呼应,"一分流水"与上文"一池萍碎"一意相承。总之,花尽难觅,春归无迹。至此,杨花的最终归宿,和词人的满腔惜春之情水乳交融,将咏物抒情的题旨推向顶峰。

正因为咏物抒情已臻顶峰,所以词的煞拍尤为吃紧。写好了,画龙点睛,全篇生辉;写不好,画蛇添足,功亏一篑。此词的煞拍不愧为"点睛"之笔:"细看来,不是杨花,点点是离人泪。"情中景,景中情,总收上文,既干净利索,又余味无穷。词由眼前的流水,联想到思妇的泪水;又由思妇的点点泪珠,映带出空中的纷纷杨花。是离人泪似的杨花,还是杨花般的离人之泪?看其虚中有实,实中见虚,总在虚实相间、似与不似之间,"盖不离不即也"。再回顾篇首,令人欣然有悟,情趣倍生。不是吗? 词人开宗明义,原本说得清楚:"似花还似非花。"　　　　　　　　　　(朱德才)

苏 轼

水调歌头

丙辰中秋,欢饮达旦,大醉,作此篇。兼怀子由。

明月几时有?把酒问青天。不知天上宫阙,今夕是何
年?我欲乘风归去,又恐琼楼玉宇,高处不胜寒。起舞
弄清影,何似在人间! 转朱阁,低绮户,照无眠。
不应有恨,何事长向别时圆?人有悲欢离合,月有阴晴
圆缺,此事古难全。但愿人长久,千里共婵娟。

　　本篇长调词,作于宋神宗熙宁九年(1076),即丙辰年的中秋
节日。时作者正任密州(今山东诸城)知州。从题序来看,这首词
盖为醉后抒情,怀念兄弟(子由)之作。古人评论说:"此词前半自
是天仙化人之笔"(清程洪、先著《词洁》)。今天看来,本词通篇风
调,又何尝不是这样。至于明卓人月把本词比为"画家大斧皴,书
家擘窠体",则是囿于"苏词粗豪"的传统之见。揆诸实际,本篇除
具苏词一般共有的豪迈清雄特色之外,它还有其飘逸空灵以及韶
秀方面的特点。与"粗"则是毫无关涉的。

　　这首中秋词作,主旨在于抒发作者外放无俚的茕独情怀。词
中杂用道家思想,观照世界,并且自为排遣。作者俯仰古今变迁,
感慨宇宙流转,厌薄险恶的宦海风涛,揭示睿智的人生理念。运
用直接描绘的形象范畴,勾勒出一种皓月当空、美人千里、孤高旷

远的境界氛围，把自己遗世独立意绪和往昔神话传说融合一起，在月的阴晴圆缺当中，渗进浓厚的哲学意味，是一首自然与社会高度契合的感喟作品。此种思想蕴涵，是至为明显的。

苏轼一生，是以崇尚儒学，讲究实务为主。但他也"颖龁好道"，中年以后，又曾表示"皈依佛僧"，是经常处在儒释道纠葛当中的。尤其是每当挫折失意，则老庄思想上升，以帮助自己解释穷通进退的困惑。这在苏轼一生中是数见不鲜的事。熙宁四年(1071)，他以开封府推官通判杭州，是为了权且避开汴京政争旋涡。熙宁七年调知密州，虽曰出于自愿，实质上仍是处于外放冷遇地位。尽管他当时是"面貌加丰"，颇有一些旷达表现，也难以掩饰深藏内心的幽愤。这首中秋词，正是此种宦途险恶体验的升华与总结。"大醉"遣怀是主；"兼怀子由"是辅。对于一贯秉持"尊主泽民"节操的作者来说，手足分离的私情，比起内忧边患的国势来，毕竟是属于次要的伦理负荷。此点在题序中并有明确揭举。

本词通篇咏月，月是词的中心形象，却处处关合人事，表现出自然社会契合的特点。它上片借明月自喻清高，下片用圆月衬托离别。开篇"明月几时有"一问，排空直入，笔力奇崛。诸家指出此处词意和屈原《天问》、李白《把酒问月》的传承关系，正可说明作者"奋励有当世志"，而又不谐尘俗的怫郁心理。"不知天上宫阙，今夕是何年"以下数句，笔势夭矫回折，跌宕多彩。它说明作者在"出世"与"入世"，亦即"退"与"进""仕"与"隐"之间抉择上的深自徘徊困惑心态。李泽厚在阐述苏轼诗文的美学观时说："苏轼把中晚唐开其端的进取与退隐的矛盾双重心理发展到一个新

163

的质变点""苏轼一生并未退隐""但他通过诗文所表达出来的那种人生空漠之感,却比前人任何口头上或事实上的'退隐''归田''遁世'要更深刻更沉重。"(《美的历程》)李氏这些论断,对理解《水调歌头》中秋词,是颇有启示意义的。

"我欲乘风归去,又恐琼楼玉宇,高处不胜寒"几句,把见于《酉阳杂俎》诸书的月的神话传说中"广寒清虚之府"具象化。说入世不易,出世则尤难。言外之意仍是说得在现实社会中好自为之。这里寄寓着作者出世入世的双重矛盾心理,也潜藏着作者对封建秩序的些微怀疑情绪,尽管词的上下衔转处曾经表达自己顾影自怜、径欲遐举之意。苏轼诗文中,很多貌似"出世"的内容思想,实质都是"入世"思想的反拨形式,本篇正复如此。

下片融写实为写意,化景物为情思,一韵一意,一意一转,淋漓挥洒,无往不适。唐圭璋《唐宋词简释》评云:"转朱阁,低绮户,照无眠"三句,"实写月光照人无眠。以下愈转愈深,自成妙谛"。"照无眠"者,当兼月照不睡之人与月照愁人使不能入睡这两层意思。作者《永遇乐》(长忆别时)云"别来三度,孤光又满,冷落共谁同醉?卷珠帘,凄然顾影,共伊到明无寐",即兼具这两层意思,可以参读。"不应有恨,何事长向别时圆"两句,承"照无眠"而下,笔致浏漓顿挫,表面上是恼月照人,增人"月圆人不圆"的怅恨,骨子里是本抱怀人心事,借见月而表达。石曼卿诗"月如无恨月长圆",说的是月缺示有恨,无恨应长圆;词人糅入人事,谓月圆时,月固无恨矣,而人不圆,见圆月转有恨。又进一步说:月"长向别时圆",亦"应有恨"。"不应"与"何事"两者抵消,即见此正面之命意。这里把人此时的思想感情移之于月,对石曼卿诗语是发展,对上文月照无眠又是转深一层。"人有悲欢离合,月有阴晴圆缺,此事古难全"三句,又转出一意,从"别时圆"生发而来。知人之离合("悲欢"包含其中),与月之圆缺("阴晴",谓月至中秋虽圆,亦有可见与不可见之时,与"圆缺"同等),实自古而然。(此处偏义于"合"与"圆",故云"难全"。)既知此理,便不应对圆月而感喟离,生无谓的怅恨。由感情转入理智,化悲怨而为旷达,这三句词意转折较大,而意脉仍承自上文。亲人间的欢聚既不能强求,当此中秋月圆,则唯有"但愿人长久,千里共婵娟",亦足以慰情。两句据南朝宋人谢庄《月赋》"美人迈兮音尘阙,隔千里兮共明月",转出更高的思想境界,向世间所有离别的亲人(包括自己的兄弟),发出深挚的慰问和祝愿,给全词增加了积极奋发的意蕴。作者此后两年有《中秋月寄子由三首》诗云:"悠哉四子心,共此千里明。"("四子"指友人舒焕、郑仅、顿起、赵杲卿)所向之祝长久、共婵娟者,更由亲人扩大到朋友了。下片词意三转,愈转愈深。不特意深,情更深,"但愿"二字,感人肺腑。南宋赵彦卫《云麓漫钞》谓曾见苏轼真迹,"但愿"作"但得",并云"以此知前辈文章为后人妄改亦多矣"。但味词意,用"愿"字,情思实较"得"字为深厚,真迹作"得"者安知非属初稿而后自改为"愿"?说"后人妄改",是只知其一而不知其二。

《水调歌头》中秋词,是苏词代表性篇章之一。它落想奇拔,蹊径独辟,极富浪漫色彩。格调上,它"一洗绮罗香泽之态,摆脱绸缪宛转之度;使人登高望远,举首高歌"(胡寅《酒边词序》),是历来公认的中秋词中的绝唱。在表现上,本词前半纵写,后半横叙。前半高屋建瓴,后半峰回路转。前半是对古老神话传说、故事笔记的推陈出新,也是对魏晋六朝游仙诗的递嬗发展。后半白描素写,人月双济。它名为演绎物理,实则阐释人生。笔势错综回环,摇曳有力。布局上,本词上片凌空而起,入虚处似;下片波澜层叠,返虚转实。最后虚实相萦,纡徐作结。豪宕中自有谨饬之致。

词中,作者既揭举了"敻绝尘寰的宇宙意识",又屏弃那种"在神奇的永恒面前的错愕"心态(借用闻一多评《春江花月夜》语)。作者的世界观并非是完全超然地对待自然界的变化发展,而是努力从自然规律中寻求"随缘自娱"的生活意义。所以,尽管本词基本上是一种情怀寥落的秋的吟咏,读来却并不缺乏"触处生春"(赵翼)的韵味。

(徐翰逢　陈长明)

念奴娇

赤壁怀古

大江东去,浪淘尽、千古风流人物。故垒西边,人道是、三国周郎赤壁。乱石穿空①,惊涛拍②岸,卷起千堆雪。江山如画,一时多少豪杰!　　遥想公瑾当年,小乔初嫁了,雄姿英发。羽扇纶巾,谈笑间、樯橹灰飞烟灭。故国神游,多情应笑我、早生华发。人生③如梦,一樽还酹江月。

〔注〕 ① 穿空:一作"崩云"。　② 拍:一作"裂"。　③ 生:一作"间"。

　　清代词论家徐釚谓东坡词"自有横槊气概,固是英雄本色"(《词苑丛谈》卷三)。在《东坡乐府》中,最具有这种英雄气格的代表作,恐怕要首推这篇被誉为"千古绝唱"的《赤壁怀古》了。这篇词是北宋词坛上最为引人注目的作品之一。它写于宋神宗元丰五年(1082)七月。当时,由于苏轼诗文讽喻新法,为新派官僚罗织论罪贬谪到黄州,这首词是他游赏黄冈城外的赤壁矶时写下的。

　　此词上阕,先即地写景,为英雄人物出场铺垫。开篇从滚滚东流的长江着笔,随即用"浪淘尽",把倾注不尽的大江与名高累世的历史人物联系起来,布置了一个极为广阔而悠久的空间时间背景。它既使人看到大江的汹涌奔腾,又使人想见风流人物的卓荦气概,更可体味到作者兀立江岸凭吊胜地雄杰所诱发的起伏激荡的心潮,气魄极大,笔力非凡。接着"故垒"两句,点出这里是传说中的古代赤壁战场。在苏轼写此词的八百七十多年前,东吴名将周瑜曾在长江南岸,指挥了以弱胜强的赤壁之战。当年的战场究竟在哪儿? 向来众说纷纭,东坡在此不过是聊借怀古以抒感,读者不必刻舟求剑。"人道是",下字极有分寸。"周郎赤壁",既是拍合词题,又是为下阕缅怀公瑾预伏一笔。以下"乱石"三句,集中描写赤壁雄奇壮阔的景物:陡峭的山崖散乱地高插云霄,汹涌的骇浪猛烈地搏击着江岸,滔滔的江流卷起千万堆澎湃的雪浪。这种从不同角度而又诉诸于不同感觉的浓墨健笔的生动描写,一扫平庸萎靡的气氛,把读者顿时带进一个奔马轰雷、惊心动魄的奇险境界,使人心胸为之开阔,精神为之振奋! 煞拍二句,总束上文,带起下片。"江山如画",这明白精切、脱口而出的赞美,应是作者和读者从以上艺术地提供的大自然的雄伟画卷中自然而然地得出的结论。"地灵人杰",锦绣山河,必然产生、哺育和吸引无数出色的英雄,三国正是人才辈出的时代:横槊赋诗的曹操,驰马射虎的孙权,隆中定策的诸葛亮,赤壁破敌的周公瑾……真可说是"一时多少豪杰!"

上片重在写景,将时间与空间的距离紧缩集中到三国时代的风云人物身上。但苏轼在众多的三国人物中,尤其向往那智破强敌的周瑜,故下片由"遥想"领起五句,集中腕力塑造青年将领周瑜的形象。作者在历史事实的基础上,挑选足以表现人物个性的素材,经过艺术集中、提炼和加工,从几个方面把人物刻画得栩栩如生。据史载,建安三年东吴孙策亲自迎请二十四岁的周瑜,授予他"建威中郎将"的职衔,并同他一起攻取皖城。周瑜娶小乔,正在皖城战役胜利之时,而后十年他才指挥了有名的赤壁之战。此处把十年间的事集中到一起,在写赤壁之战前,忽插入"小乔初嫁了"这一生活细节,以美人烘托英雄,更见出周瑜的丰姿潇洒、韵华似锦、年轻有为,足以令人艳羡。同时也使人联想到:赢得这次抗曹战争的胜利,乃是使东吴据有江东、发展胜利形势的保证,否则难免出现如杜牧《赤壁》诗中所写的"铜雀春深锁二乔"的严重后果。这可使人意识到这次战争的重要意义。"雄姿英发""羽扇纶巾"是从肖像仪态上描写周瑜束装儒雅,风度翩翩。纶巾,青丝带头巾,"葛巾毛扇",是三国以来儒将常有的打扮,着力刻画其仪容装束,正反映出作为指挥官的周瑜临战潇洒从容,说明他对这次战争早已成竹在胸、稳操胜券。"谈笑间、樯橹灰飞烟灰",抓住了火攻水战的特点,精切地概括了整个战争的胜利场景。据《三国志》引《江表传》,当时周瑜指挥吴军用轻便战舰,装满燥荻枯柴,浸以鱼油,诈称请降,驶向曹军,一时间"火烈风猛,往船如箭,飞埃绝烂,烧尽北船"。词中只用"灰飞烟灭"四字,就将曹军的惨败情景形容殆尽。试看,在滚滚奔流的大江之上,一位卓异不凡的青年将军周瑜,谈笑自若地指挥水军,抗御横江而来不可一世的强敌,使对方的万艘舳舻,顿时化为灰烬,这是何等的气势! 苏轼为什么如此向慕周瑜? 这是因为他觉察到北宋国力的软弱和辽夏军事政权的严重威胁,他时刻关心边庭战事,有着一腔报国疆场的热忱。面对边疆危机的加深,目睹宋廷的萎靡慵懦,他是多么渴望有如周瑜那样的豪杰,来扭转这很不景气的现状呵！这正是作者所以要缅怀赤壁之战,并精心塑造导演这一战争活剧的中心人物周瑜的思想契机。

然而,眼前的政治现实和词人被贬黄州的坎坷处境,却同他振兴王朝的祈望和有志报国的壮怀大相抵牾,所以当词人一旦从"神游故国"跌入现实,就不免思绪深沉、顿生感慨,而情不自禁地发出自笑多情、光阴虚掷的叹惋了。仕路蹭蹬,壮怀莫酬,使词人过早地自感苍老,这同年华方盛即卓有建树的周瑜适成对照。然而人生几何,何苦让种种"闲愁"萦回我心,还是放眼大江、举酒赏月吧！"一樽还酹江月",玩味着这言近意远的诗句,一位襟怀超旷、识度明达、善于自解自慰的诗人,仿佛就浮现在我们眼前。词的收尾,感情激流忽作一跌宕,犹如在高原阔野中奔涌的江水,偶遇坎谷,略作回旋,随即继续流向旷远的前方。这是历史与现状、理想与实际经过尖锐的冲突之后在作者心理上的一种反映,这种感情跌宕,更使读者感到真实,从某种意义上说,更能引起读者的思考。

这首词从总的方面来看,气象磅礴,格调雄浑,高唱入云,其境界之宏大,是前所未有的。通篇大笔挥洒,却也衬以谐婉之句,英俊将军与妙龄美人相映生辉,昂奋豪情与感慨超旷的思绪迭相递转,做到了庄中含谐,直中有曲。特别是它第一次以空前的气魄和艺术力量塑造了一个英气勃发的人物形象,透露了作者有志报国、壮怀难酬的感慨,为用词体表达重大的社会题材,开拓了新的道路,产生了重大影响。据俞文豹《吹剑录》记载,当时有人认为此词须关西大汉手持铜琵琶、铁绰板进行演唱,虽然他们囿于传统观念,对东坡词新风不免微带讥诮,但也从另一方面说明,这首词的出现,对于仍然盛行缠绵悱恻之调的北宋词坛,确有振聋发聩的作用。

（刘乃昌）

苏　轼

西江月

世事一场大梦，人生几度新凉？夜来风叶已鸣廊，看取眉头鬓上。　　酒贱常愁客少，月明多被云妨。中秋谁与共孤光，把盏凄然北望。

宋神宗元丰二年(1079)八月十八日，苏轼因"乌台诗案"入狱，九死一生。事后责授检校水部员外郎黄州团练副使，本州安置，不得签书公事。三年二月至黄州，过着近似流放的生活。此年中秋，距苏轼入狱日已近一整年，也是其受贬后的第一个中秋，皓月之下，回首往事、瞻念前程，词人不免百感交集。胡仔《苕溪渔隐丛话》后集卷三十九引《古今词话》云："东坡在黄州，中秋夜对月独酌，作《西江月》词。"词的上片写感伤，寓情于景，咏人生之短促，叹事业之无成。下片写悲愤，借景抒怀，感世道之险恶，悲人生之寥落。这些构成了苏轼贬逐生涯中人生乐章的主旋律，吟唱出一个政治上失意者郁积于心的牢骚与怨愤。

上片的起句便是一个沉重低缓的悲凉之音。"世事一场大梦，人生几度新凉"，感叹人生的虚幻与短促，发端便以悲剧气氛笼罩全词。以梦喻世事，不仅包含了因"乌台诗案"被系御史狱，以及在狱中备受凌辱等不堪回首的辛酸史，还概括了过去种种努力奋斗终随流光归于破灭的恨事。其中既有对人生旅程充满牢骚的评判，又有词人从怅念前尘到摆脱人生烦恼的感情挣扎。"人生几度新凉"有对于年华逝水的无限惋惜和悲叹。"新凉"二字照应中秋，苏轼曾云："凉天佳月即中秋"（《江月·序》）。而句中数量词兼疑问词"几度"的运用，则低回唱叹，更显示出人生的瞬间性。这与他在《东栏梨花》诗"惆怅东栏一株雪，人生看得几清明"所流露的惘惘之情是相似的。三、四句"夜来风叶已鸣廊，看取眉头鬓上"，紧承起句，进一步唱出了因时令风物而引起的人生惆怅。词人以少总多，对千品万汇的秋色秋景，只撷取了最典型的西风、落叶。中秋之际，西风飒飒、落叶萧萧，风声、叶声充斥廊庑。西风萧瑟近岁暮，草木摇落而变衰。这悲戚的秋声震动了词人易感的心弦，情融景而出，愁缘境而生。感岁时，念自身，眉头鬓发已斑，迟暮之悲不禁油然而生。词人届年四十五岁，正为用世之年华，但带罪贬谪，进身之路被堵塞，前程茫茫，那"道理贯心肝，忠义填骨髓"的浩瀚之气不得不化为壮志未酬的长叹息。

下片"酒贱常愁客少，月明多被云妨"写的是眼前景，而词人心中无数翻腾压抑之情极欲借此一吐，真可谓调感怆于融会中。负罪放逐，势利小人避之如同水火，词人曾在黄州写的《东坡》诗中叹道："我穷交旧绝。"有酒少客，门庭冷落。在酒贱与客少的矛盾中，流露了词人对世态炎凉的感愤。明月，既是写当前中秋之夜的实景，也是用以象征词人美好的理想和高洁的人格。他是一个关心和献身于政治的人，也是一个有抱负而不愿随俗浮沉的人。但月明云遮，才高人妒，忠而见谤，因谗入狱。在明月与浮云的矛盾中，抒发了词人对群小当道的愤懑。此二句与上片似断实连，由感己而愤世，又由愤世继而思及自身。于是在结拍中发出了"中秋谁与共孤光,把盏凄然北望"的悲慨。词人抚今思昔,心头怎能平静?他挚爱亲友,却长向别离!他忠于其君,却屡遭排斥!在人家宴乐、欢度佳节的时刻,他却成了一个天涯沦落人。于是词人念远怀人的无限情思,从口中唱出,充满了难耐的孤寂落寞及不被理解的苦痛凄凉。细品此结拍,我们仍能发现词人在寻求理解中有着一种人生的呼唤,这悲剧色彩的呼唤体现了他跌落进峡谷深渊后对人生和生活的热爱与追求,也激起了千百年来读者的强烈感应和共鸣。

此属吟咏节序之作,然极富诗情哲理。张炎曾在《词源》中谈道:"昔人咏节序,不惟不多,付之歌喉者,类是率俗,不过为应时纳祜之声耳。"而此调却非一般,词人当时含冤贬谪,有无数压抑亟待诉说,但身为罪人,忧谗畏讥,岂敢直抒胸臆?于是通过吟咏节序,含蓄地抒发心底之情。故词中笔笔应时,不离中秋,无论是新凉、风叶,还是贱酒、明月,均与节序有关。然词人由中秋思及人生,人生与中秋俱化。触类以感,慷慨悲歌,情深意长。词中运用比兴手法,将常见之景"酒贱常愁客少,月明多被去妨"来概括人生矛盾,言近旨远,辞浅意深,富于哲理,令人咀嚼回味。此调不用典故,不尚藻绘,只用一、二、五、六四句排偶稍事点缀,词语显得平妥精粹,情感充盈于声调,读之使人击节可叹,极易受到感染。

(吴惠娟)

西江月

玉骨那愁瘴雾，冰肌自有仙风。海仙时遣探芳丛，倒挂绿毛么凤。　　素面常嫌粉涴，洗妆不褪唇红。高情已逐晓云空，不与梨花①同梦。

〔注〕　① 梨花：王昌龄梅诗："落落寞寞路不分，梦中唤作梨花云。"东坡引用此诗。见《苕溪渔隐丛话》前集卷四十一引《高斋诗话》。近人认为《高斋诗话》所引两句不是王昌龄梅诗，而是王建的梨花诗，但《全唐诗》未收此诗，疑不能明，姑从旧说。

这首词是苏轼贬到惠州(今属广东)以后，绍圣三年(1096)十月间的作品。有的本子题作梅，也有的本子题作梅花(见龙榆生《东坡乐府笺》)。宋人释惠洪《冷斋夜话》和王楙《野客丛书》都说这首词是苏轼为悼念侍妾朝云而作。细玩词意，他们的说法是可信的。

朝云，字子霞，姓王氏，钱塘(今浙江杭州)人，能歌善舞，少归苏轼为妾，曾生一子名遯，小名榦儿，未周岁而夭。苏轼自元丰八年(1085)继室王夫人去世后，没有再娶，其他几个侍妾也都先后辞去，绍圣元年南贬时，只有朝云相从，绍圣三年七月五日死于惠州，年三十四。苏轼作有《朝云墓志铭》《悼朝云》诗及这首《西江月》词。

词的上阕写惠州梅花的风神。"玉骨那愁瘴雾"，凭空而起，

175

说惠州的梅花不怕瘴雾的侵袭。古代广东沿海是瘴气很重的地区,唐代韩愈贬为潮州(治所在今广东潮州)刺史时写的一首诗中说"好收吾骨瘴江边"(《左迁至蓝关示侄孙湘》),也可以说明这一点。惠州的梅花生长在瘴疠之乡,却不怕瘴气的侵袭,是因为它"冰肌自有仙风"。冰雪般的肌体,神仙般的风致,瘴雾对它是无能为害的,它的仙姿艳态,引起了海仙的羡爱,"海仙时遣探芳丛",经常地派遣使者来到花丛中探望,这个使者是谁呢?原来是"倒挂绿毛么凤"。这个么凤在岭南名叫"倒挂子"。东坡有诗云:"蓬莱宫中花鸟使,绿衣倒挂扶桑暾。"自注云:"岭南珍禽,有倒挂子,绿毛红喙,如鹦鹉而小,自东海来,非尘埃中物也。"

下阕追写梅花的形貌。"素面常嫌粉涴",它的天然洁白的容貌,是不屑于用铅粉来妆饰的;施了铅粉,反而掩盖了它的自然美容。张祜说虢国夫人"却嫌脂粉污颜色,淡扫蛾眉朝至尊",正是为了炫耀自己的天生国色,才摒弃粉黛而不用。"洗妆不褪唇红",说唇上的红色不因卸妆而消减,这红也是天然的红。白色的梅花中,何来红色呢?据说广南的梅花,花叶四周皆红。《鸡肋编》云:"而梅,花叶四周皆红,故有'洗妆'之句。"即使梅花谢了(洗妆),而梅叶仍有红色(不褪唇红),称得上是绚丽多姿,大可游目骋怀,然而面对着这种美景的东坡,却另有怀抱:"高情已逐晓云空,不与梨花同梦。"东坡慨叹爱梅的高尚情操已随着晓云而成空无,已不再梦见梅花,不像王昌龄梦见梨花云那样做同一类的梦了。句中"梨花"即"梨花云","云"字承前"晓云"而省。晓与朝叠韵同义,这句里的"晓云",可以认为是朝云的代称,透露出这首词的主旨所在。

这一首悼亡词是借咏梅来抒发自己的哀伤之情的,写的是梅花,而且是惠州特产的梅花,却能很自然地绾合到朝云身上来。东坡在《殢人娇·赠朝云》一词里说:"朱唇箸点,更髻鬟生彩。这些个千生万生只在。"从中可以得知朝云长得很美。当东坡南贬时,只有她不畏瘴疠,跟随着万里投荒,她不仅有美的容貌,兼有美的心灵。上阕的前两句,赞赏惠州梅花的不畏瘴雾,实质上则是怀念朝云对自己的深情。下阕的前两句,结合《殢人娇·赠朝云》一词来看,很明显,也是在写朝云。再结合末两句来看,哀悼朝云的用意,更加明朗了。

咏物词贵在空灵蕴藉,言近旨远,给人以无限深思的余地,而忌拘于形似,索寞乏神,正如刘熙载所说的"词以不犯本位为高"(《艺概·词曲概》),在这首《西江月》里,他紧紧地把握住广南梅花的特色,用夸张的描写手段,多方面烘托出它的亭亭玉立、妖娆多姿的形象,单就写花来说,已经到了绝妙的境地,更妙的是这亭亭玉立、妖娆多姿的形象,同时也就是朝云的形象,如庄周化蝶,两相契合,浑然无迹,把比兴的表现手法发展到了高度。最后两句,回荡一笔,点明了主题,凄然伤怀之情,溢于言外。广南的梅花在这首词里获得了永久的生命,朝云也随之而获得了永久的生命,两种生命同时存在于仅仅五十个字的一首小令之中,这种回天的笔力,巧妙的构思,在咏物的诗词里极为罕见。就是他本人的《悼朝云》诗,感情虽真,艺术上却显得平实少采,也不及此词的拗折多姿,具有很强的感染力量。

(李廷先)

苏　轼

临江仙

送钱穆父

一别都门三改火①,天涯踏尽红尘。依然一笑作春温。无波真古井,有节是秋筠。　　惆怅孤帆连夜发,送行淡月微云。尊前不用翠眉颦。人生如逆旅,我亦是行人。

〔注〕①改火:古时钻木取火,四时各异其木,故有改火之称。唐宋时于寒食日赐百官新火,系沿此古制。后以改火为一年,"三改火"即过了三年。

　　苏轼此词作于宋哲宗元祐六年(1091)春,时任杭州知州。钱穆父,名勰,又称钱四,吴越让王之诸孙。元祐三年九月,因坐奏开封府狱空不实,出知越州(今浙江绍兴市),见《东都事略·钱勰传》。元祐五年十月,徙知瀛州(治所在今河北河间)。见《续资治通鉴长编》卷四四九,于次年春启行,途经杭州时,作者以此词赠行。

　　词的上片写与友人久别重逢。元祐初年,苏轼在朝为起居舍人,钱穆父为中书舍人,气类相善,友谊甚笃。元祐三年穆父出知越州,都门帐饮时,苏轼曾赋诗赠别。岁月如流,此次在杭州重聚,已是别后的第三个年头了。三年来,穆父奔走于京城、吴越之间,此次又远赴瀛州,真可谓"天涯踏尽红尘"。分别虽久,可情谊弥坚，相见欢笑，一似春风入怀。更为可喜的是穆父能以道自守，保持耿介风节，借用白居易《赠元稹》诗句来说，即"无波古井水，有节秋竹竿"。作者认为，穆父出守越州，同自己一样，是由于在朝好议论政事，为言官所攻。"欲息波澜须引去，吾侪岂独坐多言"（《次韵钱越州见寄》）。自动引去，好事者就无法兴风作浪了。穆父到越州，"卧治何妨昼掩门"，"闭眼丹田夜自存"（同上），作者说他像汉代的汲黯那样，任气节，修内行，卧闺阁而治东海郡和淮阳郡，政绩为天下先。

一般的送别词，大多写行者难留而寡欢，居者惜别而悲切。而苏轼此首以辅君治国、操守风节勉励友人，为友人开释胸怀，不仅动人以情，而且还使友人从理性上受到启迪，纯一道心，保持名节。苏轼赞颂汲黯行黄老之术，无为而治，有其思想局限性，但与元祐年间罢新法、轻赋税也有关系。

作者这样称誉穆父，也寓有身世之感。元祐中期，新旧党争仍在继续，蜀党、洛党的矛盾也日益加剧。他请求出知杭州，就是为了息波澜，存名节。其《乞郡札子》云："欲依违苟且，雷同众人，则内愧本心，上负明主。若不改其操，知无不言，则怨仇交攻，不死即废。"（《东坡奏议集》卷五）他以道自守，一似古井不起波澜。他当时的《和钱四寄其弟龢》诗云："年来总作维摩病，堪笑东西二老人。"他认为，与穆父分别治钱塘江西之杭和江东之越，信念和操守是完全一致的。

词的下片写月夜送别友人。穆父所去的瀛州为僻郡，繁华不如越州，更不如开封府。特别是在熙宁年间，瀛州先是遭受旱灾，赤地千里，五谷不收。接着又连发地震，倾墙摧栋，遍地洪流。百姓南来逃荒,到元祐年间仍未恢复元气。穆父由知开封府徙越州,复徙瀛州,每况愈下,内心郁郁寡欢。早春时节,春风已绿江南岸,而河北仍然朔风凛冽。但规定的到仕期间已逼近,不得不启行。夜中分别,送行的也只能是淡月微云。

宋代州郡长官宴席,例有官妓侑酒,而送别筵上,歌妓容易动情。苏轼词中,每劝以"不用敛双蛾"(《菩萨蛮·西湖送述古》)、"红粉莫悲啼"(《好事近·黄州送君猷》),与此词的"樽前不用翠眉颦"同一机杼。其用意,一是不要增加行者与送者临歧的悲感,二是世间离别本也是常事,则亦不用哀愁。这二者似乎有矛盾,实则可以统一在强抑悲怀、勉为达观这一点上,这符合苏轼在宦途多故之后锻炼出来的思想性格。就在前几天,当得知穆父正与宗族钱道士饮酒时,作者曾遣人送去酒二壶,诗一首,今晚饮别的酒与前几天送去的相同。送去的诗有云:"金丹自足留衰鬓,苦泪何须点别肠。"词末二句言何必为暂时离别伤情。其实人生如寄,李白《春夜宴从弟桃花园序》云:"夫天地者,万物之逆旅也,光阴者,百代之过客也。"既然人人都是天地间的过客,又何必计较眼前聚散和江南江北呢?苏轼送别词的结尾,一般均为友人解忧释虑,此首从道家借用思想武器,流露出一定的消极成分。但在当时,他为友人提供一种精神力量,使友人忘情升沉得失,虽远行而能安之若素。对穆父的眷眷惜别之情,写得深至精微,宛转回互。

苏轼一生交游广阔,朋辈众多。他对友人诚挚相待,输与府藏,表现在词作中,至情由性灵肺腑中流出,贯注着真情实感。如此首以思想活动为线索,先是回顾过去的交往,情谊深厚,怀恋足珍。话别时对友人关怀备至,双方意绪契合。而展望今后,则以旷达相期。感情一波三折,委曲跌宕,写得真可谓动人心弦。此首不以情景交融取胜,景物并不是独立描写对象。着重抒情,情似说尽,而读后愈觉情之无尽。又上下片结句,均融入议论。此议论借助于形象的文学语言,不直接说理,而理在其中。这种写法引人深思,也使词作波澜层生。 （汤易水　周义敢）

苏　轼

临江仙

夜饮东坡醒复醉，归来仿佛三更。家童鼻息已雷鸣。敲门都不应，倚杖听江声。　　长恨此身非我有，何时忘却营营？夜阑风静縠纹平。小舟从此逝，江海寄余生。

宋神宗元丰三年(1080)，苏轼因乌台诗案，谪贬黄州(今湖北黄冈)，住在城南长江边上的临皋亭。后来，又在不远处开垦了一片荒地，种上庄稼树木，名之曰东坡，自号东坡居士。还在这里筑屋名雪堂。对于经受了一场严重政治迫害的苏轼来说，此时是劫后余生，内心是忿懑而痛苦的。但他没有被痛苦压倒，而是表现出一种超人的旷达，一种不以世事萦怀的恬淡精神。有时布衣芒屦，出入于阡陌之上，有时月夜泛舟，放浪于山水之间，他要从大自然中寻求美的享受，领略人生的哲理。

据叶梦得《避暑录话》记载，东坡在黄州时，"与数客饮江上，夜归，江面际天，风露浩然，有当其意，乃作歌辞，所谓'夜阑风静縠纹平。小舟从此逝，江海寄余生'者，与客大歌数过而散。翌日，喧传子瞻夜作此辞，挂冠服江边，拏舟长啸去矣。郡守徐君猷闻之，惊且惧，以为州失罪人，急命驾往谒，则子瞻鼻鼾如雷，犹未兴也。然此语卒传至京师，虽裕陵(神宗)亦闻而疑之"。可见上面这首《临江仙》在当时就很有名。

这首词写于元丰五年九月，记叙深秋之夜词人在东坡雪堂开怀畅饮，醉后返归临皋的情景。"夜饮东坡醒复醉"，一开始就点明了夜饮的地点和醉酒的程度。醉而复醒，醒而复醉，当他回临皋寓所时，自然很晚了。"归来仿佛三更"，"仿佛"二字，传神地画出了词人醉眼蒙眬的情态。这开头两句，先一个"醒复醉"，再一个"仿佛"，就把他纵饮的豪兴淋漓尽致地表现出来了。

接着，下面三句，写词人已到寓所、在家门口停留下来的情景："家童鼻息已雷鸣。敲门都不应，倚杖听江声。"人们读到这里，眼前就好像浮现出一位风神萧散的人物形象，一位襟怀旷达、遗世独立的"幽人"。你看，他醉复醒，醒复醉，恣意所适；时间对于他来说，三更，四更，无所不可；深夜归来，敲门不应，坦然处之。总的展示出一种达观的人生态度，一种超旷的精神世界，一种独特的个性和真情。

词的上片还创造了一个极其安恬的静美境界。因为夜阑更深，万籁俱寂，所以伫立门外，能听到门里家僮的鼾声；也正因为四周的极其静谧，所以词人在敲门不应的时候，能够悠悠然"倚杖听江声"。以动衬静，以有声衬无声，是常用的诗家手法，从写家僮"鼻息如雷"到进而写谛听江声，就把夜之深、夜之静完全衬托出来了，使人有身临其境之感。

清代王夫之《薑斋诗话》说："情景名为二，而实不可离。神于诗者，妙合无垠。"而这首词更做到了情、景、理三者的妙合无垠。上片这段文字，看起来只是记叙词人夜饮归来的情形，没有一句直接抒情，然而，它却使你感到词人在"倚杖听江声"时，心中会有

183

无限感慨。词中抒情主人公风神萧散的形象,还使人感受到有一种超然物外的理趣。这里面有许多没有说出来的话,留给读者去想象,去补充。对于历尽宦海风波、九死一生的苏东坡来说,现在置身于这宁静、旷阔的大自然中,会感到一种精神上的解脱,白天的忧愁和烦恼,人世的得失荣辱,刹那间被一笔勾销,进而想追求一种新的人生。

"倚杖听江声",这个富有启发性的句子很自然地引出下片的内容。下片一开始,词人便慨然长叹道:"长恨此身非我有,何时忘却营营?"这突兀而起的喟叹,是词人长期孤愤心情的喷发,正反映了他在"听江声"时心境之不平静。妙在这两句直抒胸臆的议论中充满着哲理意味。

"长恨此身非我有",是化用《庄子·知北游》"汝身非汝有也"句。"何时忘却营营",也是化用《庄子·庚桑楚》"全汝形,抱汝生,无使汝思虑营营"。本是说,一个人的形体精神是天地自然所付与,此身非人所自有。为人当守本分,保其生机,不要因世事而思虑百端,随其周旋忙碌。苏轼政治上受大挫折,忧惧苦恼,向道家思想寻求超脱之方。这两句颇富哲理的议论,饱含着词人切身的感受,带有深沉的感情,一任情性,发自衷心,因而自有一种感人的力量。以议论为词,化用哲学语言入词,冲破了传统词的清规戒律,扩大了词的表现力。这种语言上的特色正表现出词人的独特个性。正如前人所说,东坡"横放杰出,自是曲子中缚不住者"。

词人静夜沉思,豁然有悟,既然自己无法掌握命运,就当全身远祸。顾盼眼前江上景致,是"夜阑风静毂纹平",心与景会,神与物游,为如此静谧美好的大自然深深陶醉了。于是,他情不自禁地产生脱离现实社会的浪漫主义的遐想,唱道:"小舟从此逝,江海寄余生。"他要趁此良辰美景,驾一叶扁舟,随波流逝,任意东西,他要将自己的有限生命融化在无限的大自然之中。

"夜阑风静縠纹平",表面上看来只是一般写景的句子,其实不是纯粹写景,而是词人主观世界和客观世界相契合的产物。它意蕴丰富,富有启迪、暗示作用,象征着词人追求的宁静安谧的理想境界,接以"小舟"两句,自是顺理成章。苏东坡政治上受到沉重打击之后,思想几度变化,由积极用世转向消极低沉,又转而追求一种精神自由的、合乎自然的人生理想。在他复杂的人生观中,由于杂有某些老庄思想,因而在痛苦的逆境中形成了旷达不羁的性格。"小舟从此逝,江海寄余生",写得多么飘逸,又多么富有浪漫情调,这样的诗句,也只有从东坡磊落豁达的襟怀才能流出。

这首词写出了谪居中的苏东坡的真性情,反映了他的生活理想和精神追求,表现出他的独特性格。历史上的成功之作,无不体现作者的鲜明个性,因此,作为文学作品写出真情性是最难能可贵的。元好问评论东坡词说:"唐歌词多宫体,又皆极力为之。自东坡一出,情性之外,不知有文字,真有'一洗万古凡马空'气象。"元好问道出了东坡词的总的特点:文如其人,个性鲜明。也是恰好指出了这首《临江仙》词的最成功之处。　　　（高　原）

苏　轼

定风波

三月七日沙湖道中遇雨。雨具先去,同行皆狼狈,余独不觉。已而遂晴,故作此。

莫听穿林打叶声,何妨吟啸且徐行。竹杖芒鞋轻胜马,谁怕? 一蓑烟雨任平生。　　料峭春风吹酒醒,微冷,山头斜照却相迎。回首向来萧瑟处,归去,也无风雨也无晴。

此词作于宋神宗元丰五年(1082),贬谪黄州后的第三年。写眼前景,寓心中事;因自然现象,谈人生哲理。属于即景生情,而非因情造景。作者自有这种情怀,遇事便触发了。《东坡志林》说:"黄州东南三十里为沙湖,亦曰螺师店,予买田其间,因往相田。"途中遇雨,便写出这样一首于简朴中见深意、寻常处生波澜的词来。

首句"莫听穿林打叶声",只"莫听"二字便见性情。雨点穿林打叶,发出声响,是客观存在,说"莫听",就有外物不足萦怀之意。那么便怎样? "何妨吟啸且徐行",是前一句的延伸。在雨中照常舒徐行步,呼应小序"同行皆狼狈,余独不觉",又引出下文"谁怕"即不怕来。徐行而又吟啸,是加倍写;"何妨"二字逗出一点俏皮,更增加挑战色彩。首两句是全篇主脑,以下词情都是从此生发。

"竹杖芒鞋轻胜马。"先说竹杖芒鞋与马。前者是步行所用，属于闲人的。作者在两年后离开黄州量移汝州，途经庐山，有《初入庐山》诗云："芒鞋青竹杖，自挂百钱游；可怪深山里，人人识故侯。"用到竹杖芒鞋，即他所谓"我是世间闲客此闲行"（《南歌子》）者。而马，则是官员或忙人的坐骑，即俗所谓"行人路上马蹄忙"者。两者都从"行"字引出，因而具有可比性。前者胜过后者在何处？其中道理，用一个"轻"字点明，耐人咀嚼。竹杖芒鞋诚然是轻的，轻巧，轻便，然而在雨中行路用它，拖泥带水的，比起骑马的便捷来又差远了。那么，这"轻"字必然另有含义，分明是有"无官一身轻"的意思。

何以见得？封建士大夫总有这么一项信条，是达则兼济天下，穷则独善其身。苏轼因反对新法，于元丰二年被人从他的诗中寻章摘句，硬说成是"谤讪朝政及中外臣僚"，于知湖州任上逮捕送御史台狱；羁押四月余，得免一死，谪任黄州团练副使，本州安置。元丰三年到黄州后，答李之仪书云："得罪以来，深自闭塞，扁舟草屦，放浪山水间，与樵渔杂处，往往为醉人所推骂，辄自喜渐不为人识。"被人推搡漫骂，不识得他是个官，却以为这是可喜事；《初入庐山》诗的"可怪深山里，人人识故侯"，则是从另一面表达同样的意思。这种心理是奇特的，也可见他对于做官表示厌烦与畏惧。"官"的对面是"隐"，由此引出一句"一蓑烟雨任平生"来，是这条思路的自然发展。

关于"一蓑烟雨任平生"，流行有这样一种解释："披着蓑衣在风雨里过一辈子，也处之泰然。（这表示能够顶得住辛苦的生活。）"（胡云翼《宋词选》）从积极处体会词意，但似乎没有真正触及苏轼思想的实际。这里的"一蓑烟雨",我以为不是写眼前景,而是说的心中事。试想此时"雨具先去,同行皆狼狈"了,哪还有蓑衣可披?"烟雨"也不是写的沙湖道中雨,乃是江湖上烟波浩渺、风片雨丝的景象。苏轼是想着退隐于江湖!他写这首《定风波》在三月,到九月作《临江仙》词,又有"小舟从此逝,江海寄余生"之句,使得负责管束他的黄州知州徐君猷听到后大吃一惊,以为这个罪官逃走了(叶梦得《避暑录话》卷二);结合答李之仪书中所述的"扁舟草屦,放浪山水间,与樵渔杂处"而自觉可喜,他的这一种心事,在黄州的头两三年里一而再、再而三地表白出来,用语虽或不同,却可以彼此互证。再看看别人对"一蓑"的用法,如陆游《题绣川驿》的"会买一蓑来钓雨",和《舟过小孤有感》的"商略人生为何事,一蓑从此入空蒙",不俨然是苏轼"一蓑烟雨任平生""小舟从此逝,江海寄余生"那几句的翻版吗?陆游也是个宦途不得志的诗人,以放翁诗证东坡词,则"一蓑烟雨任平生"之为归隐的含义,也是可以了然的。苏轼对于张志和的《渔父》词"青箬笠,绿蓑衣,斜风细雨不须归"极为称赏,恨其曲调不传,曾改写为《浣溪沙》入歌(吴曾《能改斋漫录》卷十六)。江湖上的"斜风细雨"既令他如此向往,路上遭遇的几点雨自然就不觉得什么了。

下片到"山头斜照却相迎"三句,是写实,不须作过深的诠解;不过说"斜照相迎",也透露着喜悦的情绪。词序说:"已而遂晴,故作此。"七个字闲闲写下,却是点睛之笔。没有这个"已而遂晴",这首词他是不一定要写的。写晴,仍牵带着原先的风雨。他对于这一路上的雨而复晴,引出了怎样的感触来呢?

这就是接下去的几句:"回首向来萧瑟处,归去,也无风雨也无晴。"萧瑟,风雨声。"夜雨何时听萧瑟",是苏轼的名句。天已晴了,回顾来程中所经风雨,自有一番感触。自然界阴晴圆缺的循环,早已惯见,毋庸怀疑;宦途中风雨的袭来,却很难料定何时能有转圜,必定有雨过天晴的遭际吗? 既然如此,则如黄庭坚所说的,"病人多梦医,囚人多梦赦"(《谪居黔南十首》),遭受风吹雨打的人那是要望晴的吧,苏轼却说自己已超然物外,因此,政治上、人生道路上风雨也好,晴也好,都无所谓,都不能使我挂怀。这便是"也无风雨也无晴"的意思。如何到得政治上"也无风雨也无晴"的境界? 是"归去"! 这个词汇从陶渊明的"归去来兮"取来,照应上文"一蓑烟雨任平生"。在江湖上,即使是烟雨迷蒙,也比宦途的风雨好多了。

(陈长明)

苏　轼

定风波

常羡人间琢玉郎,天教分付点酥娘。自作清歌传皓齿,风起,雪飞炎海变清凉。　　万里归来年愈少,微笑,笑时犹带岭梅香。试问岭南应不好? 却道,此心安处是吾乡。

这首词的原序说:"王定国歌儿曰柔奴,姓宇文氏,眉目娟丽,善应对,家世住京师。定国南迁归,余问柔:'广南风土,应是不好?'柔对曰:'此心安处,便是吾乡。'因为缀词云。"宋神宗元丰二年(1079)六月,苏轼因"乌台诗案"被捕入狱,后贬为黄州团练副使。王巩字定国,从苏轼学为文,因收受苏诗而遭牵连,被贬宾州(治所在今广西宾阳县南)监盐酒税。宾州当时属广南西路,为岭南地区,僻远荒凉,生活艰苦。王巩赴岭南时,歌女柔奴同行。三年后王巩北归,出柔奴劝苏轼饮酒。苏轼作此词赞歌女,其中可见歌女性格,亦可看到苏轼的胸襟气度。

上片总写歌女,先从其主人写起:"常羡人间琢玉郎,天教分付点酥娘。""琢玉郎"一词,苏轼不是第一次用以形容王巩。早在元丰元年苏轼知徐州时,王巩去看望他,未带家眷,苏轼有《次韵王巩独眠》一诗戏之云:"居士身心如槁木,旅馆孤眠体生粟。谁能相思琢白玉,服药千朝偿一宿。"诗里用了卢仝《与马异结交诗》

190

的典:"白玉璞里琢出相思心,黄金矿里铸出相思泪。"因此"琢玉郎"就是指善于相思的多情种子。词中对王巩再一次称为"琢玉郎",是使用有关他们两人故事的"今典"。连下句"天教分付点酥娘",说是羡慕你这位多情男子,老天交付给你一位心灵手巧的"点酥娘"来了。"分付"即交付,一本作"乞与"。"乞"有"与"义,《广雅·释诂》:"乞,予也。"与"分付"意同。"点酥娘",本于梅尧臣诗。梅诗题甚长,为便于说明"点酥娘",并诗全录如下。题云:"余之亲家有女子能点酥为诗,并花果麟凤等物,一皆妙绝,其家持以为岁日辛盘之助。余丧偶,儿女服未除,不作岁,因转赠通判。通判有诗见答,故走笔酬之。"诗云:"剪竹缠金大于掌,红缕龟纹挑作网。琼酥点出探春诗,玉刻小书题在榜。名花杂果能眩真,祥兽珍禽得非广。磊落男儿不足为,女工馀思聊可赏。"这里的"点酥",大约相当于现在的裱花工艺吧。词用"点酥娘"一语,取梅诗的精神,夸赞柔奴的聪明才艺。"琢玉郎""点酥娘",属对甚工。

第三句的"自"字紧承上句,专写柔奴:"自作清歌传皓齿,风起,雪飞炎海变清凉。"她能自作歌曲,清亮悦耳的歌声从她芳洁的口中传出,令人感到如同风起雪飞,使炎暑之地一变而为清凉之乡,使政治上失意的主人变忧郁苦闷、浮躁不宁而为超然旷放,恬静安详。苏词横放杰出,往往驰骋想象,构成奇美的境界,这里对"清歌"的夸张描写,表现了柔奴歌声独特的艺术效果。"诗言志,歌咏言","哀乐之心感,而歌咏之声发"(班固《汉书·艺文志》),美好超旷的歌声发自美好超旷的心灵。这里赞其高超的歌技,更是颂其广博的胸襟。笔调空灵蕴藉,给人一种旷远清丽的美感。

下片写柔奴的北归,重点叙其答话。换头承上启下,先勾勒她的神态容貌:"万里归来年愈少。"岭南艰苦的生活她甘之如饴,心情舒畅,归来后容光焕发,更显年轻。"年愈少"多少带有夸张的成分,洋溢着词人赞美历险若夷的女性的热情。"微笑"二字,写出了柔奴在归来后的欢欣中透露出的度过艰难岁月的自豪感。"岭梅",指大庾岭上的梅花,"笑时犹带岭梅香",表现出浓郁的诗情。既写出了她北归时经过大庾岭这一沟通岭南岭北咽喉要道的情况,又以斗霜傲雪的岭梅喻人,赞美柔奴克服困难的坚强意志,为下边她的答话作了铺垫。最后写到词人和她的问答。先以否定语气提问:"试问岭南应不好?""却道",陡转,使答语"此心安处是吾乡"更显铿锵有力,警策隽永。白居易《初出城留别》中有"我生本无乡,心安是归处",《种桃杏》中有"无论海角与天涯,大抵心安即是家"等语,苏轼的这句词,受白诗的启发,但又明显地带有王巩和柔奴遭遇的烙印,有着词人的个性特征,完全是苏东坡式的警语。它歌颂柔奴身处穷境而安之若素,和政治上失意的主人患难与共的可贵精神,同时也寄寓着作者自己随遇而安、无往不快的旷达情怀。

这首词写政治逆境出以风趣轻快的笔墨,情趣和理趣融而为一,写得空灵清旷,在苏轼黄州时期创作的词中具有代表性。

（吴小林）

望江南

超然台作

春未老,风细柳斜斜。试上超然台上看,半壕春水一城花。烟雨暗千家。　　寒食后,酒醒却咨嗟。休对故人思故国,且将新火试新茶。诗酒趁年华。

　　这首词作于熙宁九年(1076)暮春,在密州(今山东诸城县)任上。作者于熙宁七年十一月至密州,"处之期年",即八年底,动工修葺园北旧台,并由其弟苏辙命其名曰"超然",这就是超然台(据苏轼《超然台记》)。作者登超然台,眺望满城烟雨,触动乡思,写下了这首词。

　　这首词为双调,比原来的单调《望江南》增加了一叠。上片写登台时所见城中景象,包括三个层次。首先以春柳在春风中的姿态——"风细柳斜斜",点明当时的季节特征:春已暮而未老。其次,以"试上"二句,直说登临远眺,而"半壕春水一城花",在句中设对,以春水、春花,将眼前图景铺排开来。然后,以"烟雨暗千家"作结。三个层次先是由一个特写镜头导入,再是大场面的铺叙,最后,居高临下,说烟雨笼罩着千家万户。于是,满城风光,尽收眼底。这是上片,写春景。下片写情,乃触景生情,与上片所写之景,关系紧密。"寒食后,酒醒却咨嗟",进一步将登临的时间点明。寒食,在清明前二日,相传为纪念介子推,从这一天起,禁火三天;寒食过后,重新点火,称为"新火"。此处点明"寒食后",揣其用意:一是说,寒食过后,可以另起"新火",二是说,寒食过后,正是清明节,应当返乡扫墓。但是,此时却欲归而归不得:一是因为公务在身,二是因为想继续进取,希望实现其"致君尧舜"的宏大志愿。此时,作者的思想处于极端矛盾的状态之中。既由眼前之景触动思归之欲望,而这种欲望又不可能得到满足,因此,他只好自我开解,进行一番自我安慰。"休对故人思故国,且将新火试新茶。""休对""且将",这是最好的解脱办法,也是最切实的解脱办法。这一办法,虽十分勉强,无可奈何,但毕竟使思想上的矛盾,暂时得到了解决。于是,"诗酒趁年华",便进一步申明:必须超然物外,忘却尘世间一切,而抓紧时机,借诗酒以自娱。"年华",指好时光,与开头所说"春未老"相应合。全词所写,紧紧围绕着"超然"二字,至此,即进入了"超然"的最高境界。这一境界,便是苏轼在密州时期心境与词境的具体体现。当然,细心玩味,似也不尽如此。这首词从"春未老"说起,既是针对时令,谓春风、春柳、春水、春花尚未老去,仍然充满春意,生机蓬勃,同时也是针对自己老大无成而发的,所谓春未老而人空老,可见心里是不自在的。从这个意义上看,苏东坡实际上并不真能"超然"。这种似是非是的境界,正是东坡精神世界的真实体现。

在作法上,作者按谱填词,也颇为讲究。《望江南》词,以单调为多,宋人喜作双调,《全宋词》中存词一百五十多首(不包括残篇)。宋人所作,成功例子并不多,而苏轼此词,却堪称典范。《望江南》词,上下两片居中两个七字句,通常是对仗句。苏轼这首词,上片两个七字句,上一句是散文句式,与下一句并不对,但下一句,"半壕春水一城花","半壕"对"一城","春水"对"(春)花",却很工整,同样收到铺排场景的艺术效果。下片两个七字句,天设地造,不仅字面对得工,而且辞义也对得工。这组对句,道出了全词的中心意思。两组对句,一组写景,一组抒情,两相照应,两相关联。上一组对句,写的是异乡之景,下一组对句,抒的是故乡之情;上下合在一起看,可知上片所写之景乃由异乡人眼中看出,而下片所抒之情则由眼前之景所触发,景与情已经融为一体。令词小调,作得如此天衣无缝,实在难得。可见,苏轼并非豪放而不拘格律的词作者。

(施议对)

苏 轼

卜算子

黄州定慧院寓居作

缺月挂疏桐，漏断人初静。谁见幽人独往来，缥缈孤鸿
影。　　　惊起却回头，有恨无人省。拣尽寒枝不肯栖，
寂寞沙洲冷。

———————

　　这首词是元丰五年(1082)十二月苏轼在黄州所作(王文诰
《苏诗总案》)。先是熙宁中，苏轼与王安石政见不合，出补外官，
他看到当时地方官吏执行新法多扰民者，心中不满，发抒于诗中，
因此激怒新党，说苏轼诽谤朝政，遂逮捕下狱，百端罗织，必欲置
之死地，即所谓"乌台诗案"。幸而神宗还算明白，终于释放苏轼
出狱，贬为黄州团练副使。苏轼自元丰三年(1080)二月至黄州，
至元丰七年六月乃量移汝州，在黄州贬所居住四年多。

　　定慧院在黄州东南。此词是苏轼在贬所抒怀之作。上半阕
叙写寓居定慧院时的寂静情况。"漏"指漏壶，是古人计时的器
具，从壶中滴水计算时间，夜深时，壶中滴水减少，仿佛断了，故
"漏断"即指夜深。这段词意是说，在院中夜深人静，月挂疏桐之
时，仿佛有个幽人独自往来，如同孤鸿之影。这个"幽人"，可能是
想象的，也可能是苏轼自指。下半阕承接上文而专写孤鸿，说这
个孤鸿惊恐不安，心怀幽恨，拣尽寒枝，都不肯栖息，只得归宿于

荒冷的沙洲。这正是苏轼贬居黄州时心情与处境的写照,用比兴之法,借孤鸿衬托,正足以表达其"幽约怨悱不能自言之情"(张惠言《词选序》语)。"拣尽寒枝不肯栖"句,南宋时曾有人认为:"鸿雁未尝栖宿树枝,惟在田野苇丛间,此亦语病也。"(《苕溪渔隐丛话前集》卷三十九)这种看法未免拘泥。金王若虚《滹南诗话》说:"东坡雁词云'拣尽寒枝不肯栖',以其不栖木,故云尔。盖激诡之致,词人正贵其如此。而或者以为语病,是尚可与言哉!"这是通达之见。

这首词虽是苏轼经历乌台诗案之后,贬居黄州,发抒其个人幽愤寂苦之情的作品,但是也曲折地反映了封建社会文字冤狱对人才的摧残,还是有一定的社会意义的。至于后人或谓此词为王氏女子而作(《能改斋漫录》卷十六),或谓为温都监女而作(《野客丛书》卷二十四)。都是好事者附会之辞,不足凭信。

这首词的艺术是很高妙的。黄庭坚评此词说:"语意高妙,似非吃烟火食人语,非胸中有万卷书,笔下无一点尘俗气,孰能至此!"(《豫章黄先生文集》卷二十六《跋东坡乐府》)评价可谓甚高。尤其"胸中有万卷书,笔下无一点尘俗气"二语,能说出苏词的真实本领,苏轼其他好词亦常有此种境界。陈廷焯评此词说:"寓意高远,运笔空灵,措语忠厚,是坡仙独至处,美成、白石亦不能到也。"(《词则·大雅集》)也推崇备至。至于这首词的章法也很奇特,前人已有道出者。胡仔说:"此词本咏夜景,至换头但只说鸿。正如《贺新郎》词'乳燕飞华屋',本咏夏景,至换头但只说榴花。盖其文章之妙,语意到处即为之,不可限以绳墨也。"(《苕溪渔隐丛话前集》卷三十九)这也可以看出苏轼在作词上的创新之处。

卜算子

　　晚近人论词多以"豪放"为贵,而推苏轼为豪放之宗。这实在是一种偏见。宋词仍是以"婉约"为主流,而苏轼词的特长是"超旷","豪放"二字不足以尽之。这首《卜算子》词以及《水调歌头》(明月几时有)、《八声甘州》(有情风万里卷潮来)、《永遇乐》(明月如霜)、《定风波》(莫听穿林打叶声)等佳什,都是超旷之作,同时也不失词的传统的深美闳约的特点。这是评赏苏词时所极应注意的。

(缪　钺)

苏　轼

贺新郎

乳燕飞华屋，悄无人、桐阴转午，晚凉新浴。手弄生绡白团扇，扇手一时似玉。渐困倚、孤眠清熟。帘外谁来推绣户？枉教人梦断瑶台曲。又却是、风敲竹。　　石榴半吐红巾蹙，待浮花浪蕊都尽，伴君幽独。秾艳一枝细看取，芳心千重似束。又恐被、西风惊绿。若待得君来向此，花前对酒不忍触。共粉泪、两簌簌。

　　自从屈原用美人香草寄托君国之思，这种手法遂一直为后世诗人袭用。杜甫以"天寒翠袖薄，日暮倚修竹"之佳人自喻，东坡在自己的作品中也多次以美人寄身世之慨。这首《贺新郎》就是这类作品。

　　词的开头安排人物出场别具匠心，用一只小燕子引路，把读者的视线引向一座梧桐深院的华屋。而"乳燕飞华屋"，描画出环境气氛之幽静。华屋，暗示这里非寻常人家。傍晚清凉，在"悄无人"的桐阴下，推出一位出浴美人来。东坡喜爱写那"冰肌玉骨、自清凉无汗"的佳人，这出浴美人更能唤起一种表里澄清、一尘不染的美感吧。

　　"手弄生绡白团扇，扇手一时似玉"，进而工笔描绘美人"晚凉新浴"之后的闲雅风姿。东坡着意给人物设置了一个道具——"生绡白团扇"，这种轻罗小扇自是适合她的华贵身份，它的洁白精美更像它的主人一样纯洁玲珑。"扇手一时似玉"，表面上写美人的手和手中的扇都如白玉浮雕似的美好,同时也暗示了美人和她的扇子同样的命运。自从汉代班婕妤(汉成帝妃,为赵飞燕谮,失宠)作团扇歌后,在古代诗人笔下,白团扇常常是红颜薄命,佳人失时的象征。上文已一再渲染"悄无人"的寂静氛围,这里又写"手弄生绡白团扇",着一"弄"字,便透露出美人内心一种无可奈何的寂寥,接以"扇手一时似玉",实是暗示"妾身似秋扇"的命运。

以上写美人心态,主要还是用环境烘托、用象征、暗示方式,隐约迷离。她究竟在想什么呢?下面东坡便通过一个梦来表现。古今中外的文学家都喜欢写梦,它最适宜表现文学主人公心灵最深层的要眇幽微的情思。东坡运用得极其巧妙而自然。夏天,又是"新浴",容易使人昏昏欲睡,自是一种生理反应。然而"渐困倚、孤眠清熟"一句,写睡眠而曰"孤",曰"清",却又使人感受到佳人处境之幽清和她内心的寂寞。瑶台,是帝王阆苑,也是天上仙宫,美人究竟做的什么梦呢?李白《清平调》写明皇与杨妃"若非群玉山头见,会向瑶台月下逢",当是欢会的好梦吧?或者她像那"肌肤若冰雪,绰约若处子"的姑射女神,与嫦娥结伴,去过着那超然物外的仙家生活了。朦胧中仿佛有人掀开珠帘,敲打门窗,又不由引起她的一阵兴奋,引起她一种期待。可是从梦中惊醒,却是那风吹翠竹的萧萧声,等待她的仍旧是一片寂寞。唐李益诗云:"开门复动竹,疑是玉人来。"(《竹窗闻风寄苗发司空曙》)东坡化用了这种幽清的意境,着重写由梦而醒、由希望而失望的怅惘;"枉教人""却又是",将美人这种感情上的波折凸显出来了。从上片整个构思来看,主要写美人孤眠。写"华屋",写"晚凉",写"弄扇",都是映衬和暗示美人的空虚寂寞,而种种情愫尽在不言之中。无可告诉的怅惘之情最后翻成瑶台一梦。

　　杜甫笔下的佳人是"日暮倚修竹",用萧萧修竹来映衬佳人。东坡则用秾艳独芳的榴花为美人写照。上片写到美人梦断瑶台,为了且散愁心,她穿过桐阴,来到了石榴花畔。"石榴半吐红巾蹙",看那半开的榴花真似揸绉的红巾!白居易有诗云"山榴花似结红巾"(《题孤山寺山石榴花示诸僧众》),东坡句由此脱化而来,但把花写得更活了,"蹙"字形象地写出了榴花的外貌特征,又带有西子含颦的风韵,耐人寻味。"待浮花浪蕊都尽,伴君幽独",这是美人观花引起的感触和情思。石榴在夏季开花,好像她是有意不与百花争春,待那些赶时髦的春花都凋谢尽了,她才蓓蕾初绽,晚花独芳。这幽独的榴花和幽独的美人是多么相似啊!因此,美人浮想联翩,想到心中所期待的远人。她似乎自言自语、无限深情地对心上人说:待那些浮花浪蕊谢尽的时候,你感到寂寞了,这里有石榴花陪伴您呀!"伴君幽独"一句中的"君",隐隐指那瑶台梦中之人,与上片意脉暗连。这两句把榴花和"浮花浪蕊"对照,写榴花的坚贞忠诚,寓意深远。

　　"秾艳一枝细看取",词中女主人公似乎又从遐想中把思绪收回来,仔细看取眼前的花儿了,这红艳秾丽的榴花多瓣重叠紧束。"芳心千重似束",不仅捕捉住了榴花外形的特征,并再次托喻美人那颗坚贞不渝的芳心。美人对着花儿"细看取",芳意重重之中,一颗多愁善感的心又飞到远处去。她由眼前之景想到将来之事。"又恐被、西风惊绿",韶华易逝,好景难驻,绿枝翠叶尚不堪秋风,何况这娇柔的红花?一个"惊"字,绾合花与人;花是如此,人何以堪!由花及人,油然而生美人迟暮之感,美好年华就要在

201

这幽寂的期待中过去了,不禁又想到了那瑶台梦中之人:"若待得君来向此,花前对酒不忍触。共粉泪、两簌簌。"美人又沉入遐想的境界中去:今日待君君不归,他日君归芳已歇。那时再到花前对酒共赏,恐不复看到这"秾艳一枝""芳心千重"的美景了。到那时难免对酒伤怀,泪珠儿、花瓣儿将一同簌簌落下了!《蓼园词选》评这结尾四句说:"是花是人,婉曲缠绵,耐人寻味不尽。"

整个下片看似只说榴花,实是句句写人。词中之榴花是美人眼中之花,着有浓郁的感情色彩。美人看花时而触景感怀,浮想联翩;时而以花自比,托花言志。有时她是站在花外观花,有时怜花惜花,亦自艾自叹,花与人合而为一了。这是别开生面的借物抒情之法。

关于这首词,前人传说纷纭。杨湜《古今词话》说:东坡知杭州时,府僚西湖宴集,官妓秀兰浴后倦卧,姗姗来迟,折一枝榴花请罪,东坡乃作此词,令秀兰歌之以侑觞。曾季狸《艇斋诗话》说:此词系东坡在杭州万顷寺作,寺有榴花树,是日有歌者昼寝云云。又陈鹄《耆旧续闻》说:有人在晁以道家见东坡此词真迹,问知为侍妾榴花作。然从词的内容看,词人为生活中某事而作,只不过借题发挥而已,这首词实是写东坡自己的情怀的。胡仔说得好:"东坡此词,冠绝今古,托意高远,宁为一娼而发耶!"(《苕溪渔隐丛话》后集卷三十九)词中美人的"瑶台梦"颇可注意,它隐隐寓含着"君臣遇合"和超然物外两种理想境界,而这正是东坡性格中的两种主要特质。可叹"浮花浪蕊"偏能惑主,他仕途多舛,壮志难酬,而年华如水,期待杳茫,乃借佳人失时之态,寄政治失意之感,此其真正托意所在乎?

(高　原)

苏 轼

洞仙歌

冰肌玉骨,自清凉无汗。水殿风来暗香满。绣帘开,一点明月窥人,人未寝,欹枕钗横鬓乱。　　起来携素手,庭户无声,时见疏星渡河汉。试问夜如何?夜已三更,金波淡,玉绳低转。但屈指西风几时来,又不道流年暗中偷换。

　　坡公的词,手笔的高超,情思的深婉,使人陶然心醉,使人渊然以思,爽然而又怅然,一时莫名其故安在。继而再思,始觉他于不知不觉中将一个人生的哲理问题,已然提到了你的面前,使你如梦之冉冉惊觉,如茗之永永回甘,真词家之圣手,文事之神工,他人总无此境。

　　即如此篇,其写作来由,老坡自家交代得清楚:"仆七岁时见眉山老尼姓朱,忘其名,年九十余,自言:尝随其师入蜀主孟昶宫中。一日大热,蜀主与花蕊夫人夜起避暑摩诃池上,作一词。朱具能记之。今四十年,朱已死,人无知此词者。但记其首两句,暇日寻味,岂《洞仙歌令》乎,乃为足之。"这说明一个七岁的孩子,听了这样一段故事,竟是何等深刻地印在了他的心灵上,引起了何等的想象和神往,而四十年后(其时东坡当谪居黄州),这位文学奇人不但想起了它,而且运用了天才的艺术本领,将只余头两句的一首曲词,补成了完篇——而且补得是那样的超妙,所以要相信古人是有奇才和奇迹出现过的。显然,东坡并不可能"体验"蜀主与花蕊夫人那样的"生活"而后才来创作,但他却"进入了角色",这种创造的动机和方法,似乎已然隐约地透露出"代言体"剧曲的胚胎酝酿。

冰肌玉骨,可与"花容月貌"为对,但实有高下之分、雅俗之别了。盛夏之时,其人肌骨自凉,全无汗染之气,可想而得。以此之故,东坡乃即接曰:水殿风来暗香满。暗香者,何香?殿里焚焙之香?殿外莲荷之香?冰玉肌骨之人,既自清凉,应亦体自生香?一时俱难"分析"。即此一句,便见东坡文心笔力,何等不凡。学文之士,宜向此等处体会,方不致只看"热闹"耳。

以下写帘开,写月照,写欹枕,写钗鬓,须知总是为写大热二字,又不可为俗见所牵,去寻什么别的,自家将精神境界降低(或根本未曾能高),却说什么昶、蕊甚至坡公只一心在"男女"上摹写,岂不可悲哉。

上片全是交代"背景"。过片方写行止,写感受,写思索,写意境,写哲理。因大热人不能寐,及风来水殿,月到天中,再也不能闭置绣帘之内,于是起身而到中庭。以其无人,乃携手同行——所携者特曰素手,此本旧词,早见古诗,不足为奇,但东坡用来,正为蜀主原语呼应:其为冰玉生凉之手,又不待"刻画",只一"素"字尽之,所以学文者若只以东坡"用传统词语"视之,便只得到"笺注家"能事,而失却艺术家心眼也。(所以好的笺注家须同时是艺术家,方可。)

既起之后,来至中庭,时已深宵,寂无人迹,闻无虫语,唯有微风时传暗香之夜气。仰而见月,于是由看月而又看银河天汉,盖时至六七月,河汉已愈显清晰。银河亦如此寂静无哗——时见流星一点,掠过其间。此笔写得又何等超妙入神!不禁令人想起孟襄阳写出"微云渡河汉,疏雨滴梧桐"时,当时一座叹为清绝。我则以为,东坡此一句,足抵孟公十字,不是秋夜之清绝,而是夏夜之静绝,大热中之静绝。写清绝之境不难,此境却实难落笔得神也。

"试问"一句,又从容传出二人携手大热中静玩夜空之景已久,已久。及闻已是三更,再观霄汉,果见月色澄辉,便觉减明,北斗玉绳,柄更低垂——真个宵深夜静,已到应该归寝之时了。但是大热不随夜色而稍减。于是又不禁共语:什么时候才得夏尽秋来,暑氛退净呢!

以上一切,皆非老尼朱氏所能传述,全出坡公自家为他二人而设身,而处地,而如觉大热,而如见星河,而如闻共语……学词者,又必须领会:汉、淡、转三韵,连写天象,时光暗转,是何等谐婉悦人,而又何等如闻微叹!

东坡既叙二人之事毕,乃于收煞全篇处,似代言,似自语,而感慨系之:当大热之际,人为思凉,谁不渴盼秋风早到,送爽驱炎?然而于此之间,谁又遑计夏逐年消,人随秋老乎?嗟嗟,人生不易,常是在现实缺陷中追求想象中的将来的美境;美境纵来,事亦随变;如此循环,永无止息——而流光不待,即在人的想望追求中而偷偷逝尽矣!当朱氏老尼追忆幼年之事,昶、蕊早已无存,而当东坡怀思制曲之时,老尼又复安在? 当后人读坡词时,坡又何处? ……是以东坡之意若曰:人宜把握现在。所以他写中秋词,

205

也说"起舞弄清影,何似在人间?""……此事古难全,但愿人长久,千里共婵娟!"(此种例句,举之不尽)故东坡一生经历,人事种种,使之深悲;而其学识性质,又使之达观乐道。读东坡词,常使人觉其悲欢交织,喜而又叹者,殆因上述缘故而然欤?

此义既明,强分"婉约""豪放",而欲使东坡归于一隅,岂不徒劳而自缚哉。 （周汝昌）

八声甘州

寄参寥子

有情风万里卷潮来,无情送潮归。问钱塘江上,西兴浦口,几度斜晖?不用思量今古,俯仰昔人非。谁似东坡老,白首忘机。　　记取西湖西畔,正春山好处,空翠烟霏。算诗人相得,如我与君稀。约它年、东还海道,愿谢公雅志莫相违。西州路,不应回首,为我沾衣。

这首词写作的时间、地点,多有异说:一、作于宋哲宗绍圣四年(1097),时苏轼谪居儋州(今属海南省),见清人王文诰《苏诗编注集成总案》卷四十一;二、作于哲宗元祐六年(1091),时苏轼由杭州知州召为翰林学士承旨,将离杭州赴汴京,见朱祖谋《东坡乐府编年本》,后龙榆生《东坡乐府笺》、曹树铭《苏东坡词》从之;三、清人黄蓼园《蓼园词选》谓作于杭州任内:"此词不过叹其久于杭州,未蒙内召耳";四、建国后又有两说:元祐六年自杭到汴京后作和元祐四年(1089)初到杭州时作。

以上五说以第二说为胜。南宋胡仔《苕溪渔隐丛话·后集》卷三十九说:"其词(即本篇)石刻后东坡自题云:'元祐六年三月六日。'余以《东坡先生年谱》考之,元祐四年知杭州,六年召为翰林学士承旨,则长短句盖此时作也。"苏轼离杭时间为元祐六年三月九日(据王宗稷《东坡先生年谱》),则此词当是苏轼离杭前三天写赠给参寥的。这是一。又南宋傅榦《注坡词》卷五此词题下尚有"时在巽亭"四字。巽亭,在杭州东南。《乾道临安志》卷二:"南园巽亭,庆历三年郡守蒋堂于旧治之东南建巽亭,以对江山之胜。"苏舜钦《杭州巽亭》诗:"公自登临辟草莱,赫然危构压崔嵬。凉翻帘幌潮声过,清入琴尊雨气来。"苏轼当时所作《次韵詹适宣德小饮巽亭》:"涛雷殷白昼。"这都说明巽亭能观潮,与本篇起句相合,而且说明苏轼可能曾游过此亭,就在巽亭小宴上与詹适诗歌唱和。这是二。词中所写景物皆为杭地,内容又系离别,这是三。故知其他四说都似未确。

参寥即僧道潜,於潜(旧县名,今并入浙江临安市)人,是当时一位著名的诗僧,与苏轼交往密切。此词乃苏轼临离杭州时的寄赠之作,为其豪迈超旷风格的代表作之一。词的上下片都以景语发端,议论继后,但融情入景,并非单纯写景;议论又伴随着激越深厚的感情一并流出,大气包举,格调高远。写景,说理,其核心却是一个情字,抒写他历经坎坷后了悟人生的深沉感慨。

上片"有情风"两句,劈头突兀而起,开笔不凡。表面上是写钱塘江潮一涨一落,但一说"有情",一说"无情",此"无情",不是指自然之风本乃无情之物,而是指已被人格化的有情之风,却绝情地送潮归去,毫不依恋。所以,"有情卷潮来"和"无情送潮归",并列之中却以后者为主,这就突出了此词抒写离情的特定场景,而不是一般的咏潮之作,如他的《南歌子·八月十八日观潮》词、《八月十五日看潮五绝》诗,着重渲染潮声和潮势,并不含有别种寓意。下面三句实为一个领字句,以"问"字领起。西兴,在钱塘江南岸,今杭州市萧山区境内。"几度斜晖",即多少次看到残阳落照中的钱塘潮呵!苏轼在宋神宗熙宁年间任杭州通判时曾作《南歌子》说:"笑看潮来潮去,了生涯。"他在杭时是经常观潮的。这里指与参寥多次同观潮景,颇堪纪念。"斜晖",一则承上"潮归",因落潮一般在傍晚时分,二则此景在我国古代诗词中往往是与离情结合在一起的特殊意象。如温庭筠《梦江南》:"梳洗罢,独倚望江楼。过尽千帆皆不是,斜晖脉脉水悠悠,肠断白蘋洲。"柳永的《八声甘州》写思乡:"渐霜风凄紧,关河冷落,残照当楼。"李清照《永遇乐》:"落日熔金,暮云合璧,人在何处。"尤其是郎士元《送李遂之越》诗结句云:"西兴待潮信,落日满孤舟",更可与苏轼本篇合读。这夕阳的余光增添多少离人的愁苦!

"不用"以下皆为议论。议论紧承写景而出:长风万里卷潮来送潮去,似有情实无情,古今兴废,亦复如此。"不用"两句应作一句读,"思量今古"用不着,"俯仰昔人非",即顷刻之间古人已成过眼云烟的感叹也用不着。王羲之《兰亭集序》云"向之所欣,俯仰之间,已为陈迹",并发出"岂不痛哉"的呼喊。苏轼对于古今变迁,人事代谢,一概置之度外,泰然处之。"谁似"两句,又进一步申述己意。苏轼时年五十六岁,垂垂老矣,故云"白首"。《庄子·天地篇》云:"有机械者必有机事,有机事者必有机心。""机心",指机诈权变的心计,忘机,则泯灭机心,无意功名利禄,达到超尘绝世、淡泊宁静的心境。苏轼在《和子由送春》诗中也说:"芍药樱桃俱扫地,鬓丝禅榻两忘机。"他是以此自豪和自夸的。

过片开头"记取"三句又写景:从上片写钱塘江景,到下片写西湖湖景,南江北湖,都是记述他与参寥在杭的游赏活动。"春

209

山"，一些较早的版本作"暮山"，或许别有所据，但从词境来看，不如"春山"为佳。前面写钱塘江时已用"斜晖"，此处再用"暮山"，不免有犯重之嫌；"空翠烟霏"正是春山风光，"暮山"，则要用"暝色暗淡""暮霭沉沉"之类的描写；此词作于元祐六年三月，恰为春季，特别叮咛"记取"当时春景，留作别后的追思，于情理亦较吻合。这样，从江山美景中直接引入归隐的主旨了。

"算诗人"两句，先写与参寥的相知之深。参寥诗句甚著，苏轼称赞他诗句清绝，可与林逋比肩。他的《子瞻席上令歌舞者求诗，戏以此赠》云"底事东山窈窕娘，不将幽梦嘱襄王。禅心已作沾泥絮，肯逐春风上下狂"，妙趣横生，传诵一时。他与苏轼肝胆相照，友谊甚笃。早在苏轼任徐州知州时，他专程从余杭前去拜访；苏轼被贬黄州时，他不远二千里，至黄与苏轼游从；此次苏轼守杭，他又到杭州卜居智果精舍；甚至在以后苏轼南迁岭海时，他还打算往访，苏轼去信力加劝阻才罢。这就难怪苏轼算来算去，像自己和参寥那样亲密无间、荣辱不渝的挚友，在世上是不多见的了。如此志趣相投，正是归隐佳侣，转接下文。

结尾几句是用谢安、羊昙的典故。《晋书·谢安传》：谢安虽为大臣，"然东山之志(即退隐会稽东山的'雅志')，始末不渝，每形于言色"。他出镇广陵时，"造泛海之装，欲须经略粗定，自江道还东，雅志未就，遂遇疾笃"。病危还京，过西州门时，"自以本志不遂，深自慨失"。他死后，其外甥羊昙一次醉中过西州门，回忆往事，"悲感不已，以马策扣扉，诵曹子建诗曰：'生存华屋处，零落归山丘。'恸哭而去"。这里以谢安自喻，以羊昙喻参寥，意思说，日后像谢安那样归隐的"雅志"盼能实现，免得老友像羊昙那样为我抱憾。顺便说明,苏轼词中常用此典,如《水调歌头》:"安石在东海,从事鬓惊秋。……一旦功成名遂,准拟东还海道,扶病入西州。雅志困轩冕,遗恨寄沧洲。"《南歌子·杭州端午》:"记取他年扶病入西州。"超然物外,寄情山水确实是苏轼重要的人生理想,也是这首词着重加以发挥的主题。

清末词学家郑文焯十分激赏此词。他在《手批东坡乐府》中评云:"突兀雪山,卷地而来,真似钱塘江上看潮时,添得此老胸中数万甲兵,是何气象雄且杰!妙在无一字豪宕,无一语险怪,又出以闲逸感喟之情,所谓骨重神寒,不食人间烟火气者。词境至此,观止矣!"可谓推崇备至。本篇语言明净骏快,音调铿锵响亮,但反映的心境仍是复杂的:有人生迍遭的悒郁,有兴会高昂的豪宕,更有了悟后的闲逸旷远——"骨重神寒,不食人间烟火气"。这种超旷的心态,又真实地交织着人生矛盾的苦恼和发扬蹈厉的豪情,使这首看似明快的词作蕴含着玩味不尽的情趣和思索不尽的哲理。

(王水照)

苏　轼

江城子

密州出猎

老夫聊发少年狂，左牵黄，右擎苍，锦帽貂裘，千骑卷平冈。为报倾城随太守，亲射虎，看孙郎①。　　酒酣胸胆尚开张，鬓微霜，又何妨。持节云中，何日遣冯唐？会挽雕弓如满月，西北望，射天狼②。

〔注〕　①孙郎：即孙权。《三国志·吴志》载："权将如吴，亲乘马射虎于庱亭，马为虎所伤，权投以双戟，虎却废。"　②天狼：星名，一名犬星，主侵掠，这里代指辽和西夏。

　　苏东坡是北宋词坛的大革新家，他作词时，正当柳永词风靡一世之际。他有志于改变《花间》以来柔媚的词风，就以柳永为对手。宋神宗熙宁八年，东坡任密州知州，曾因旱去常山祈雨，归途中与同官梅户曹会猎于铁沟，写了一首出猎词。他致书鲜于子骏说："近却颇作小词，虽无柳七郎风味，亦自是一家，呵呵。数日前猎于郊外，所获颇多。作得一阕，令东州壮士抵掌顿足而歌之，吹笛击鼓以为节，颇壮观也。"他树起了"自是一家"的旗帜，并对于自己的词有别于"柳七郎风味"，颇为得意。

　　出猎，对于东坡这样的文人来说，或许是偶然的一时豪兴，所以开篇便曰："老夫聊发少年狂。"狂者，豪情也。这首词通篇纵情

212

放笔，气概豪迈，一个"狂"字贯穿全篇。看，今日词人左手牵黄犬，右臂驾苍鹰，好一副出猎的雄姿！随从武士个个也是"锦帽貂裘"，打猎装束。"千骑卷平冈"，千骑奔驰，腾空越野，好一幅壮观的出猎场面！"为报倾城随太守，亲射虎，看孙郎"，更是显出东坡"狂"劲儿来了。"太守"，东坡也。他说：快告诉全城的人，跟随我去打猎，看我像当年孙郎那样，亲自弯弓射虎吧！如此声情口吻，可见他何等豪兴！射虎，壮举也，孙郎，三国时代的孙权，曹操就曾称赞说："生子当如孙仲谋！"孙权射虎，在风华正茂之年，词人如今也要"亲射虎"，可见其英雄豪气，不减当年孙郎，亦是"聊发少年狂"也。写到这里，我们已经看到一个意气风发的狂飙式的人物形象：太守出猎而须"报"知人民跟随去看，其狂一也；出看而须"倾城"，其狂二也；猎必射虎，其狂三也；自比孙郎，其狂四也。

以上主要写在"出猎"这一特殊场合下表现出来的词人举止神态之"狂"，下片更由实而虚，进一步写词人"少年狂"的胸怀，抒发由打猎激发起来的壮志豪情。"酒酣胸胆尚开张"，是说酒酣时胸胆还能够开阔，足见年纪虽过青年，却并不衰飒。"鬓微霜，又何妨"，鬓边添了几根头发，又有什么要紧？廉颇能饭，就大有可用！此时东坡才三十九岁，因反对王安石新法，自请外任。此时西北边事紧张，熙宁三年，西夏大举进攻环、庆二州，四年占抚宁诸城。东坡因这次打猎，小试身手，进而便想带兵征讨西夏了。"持节云中，何日遣冯唐？"就是表达这层意思。汉文帝时云中太守魏尚抗击匈奴有功，但因报功不实，获罪削职。后来文帝听了冯唐的话，派冯唐持节去赦免魏尚，仍叫他当云中太守。这是东坡借以表示希望朝廷委以边任，到边疆抗敌。一个文人要求带兵

213

打仗,并不奇怪,唐代诗人多有此志。东坡同时有《祭常山回小猎》诗说:"圣明若用西凉簿,白羽犹能效一挥。"《乌台诗案》记东坡自云:"意取(晋)西凉州主簿谢艾事。艾本书生也,善能用兵,故以此自比。若用轼为将,亦不减谢艾也。"可见当时东坡这种思想感情是真实的。"会挽雕弓如满月,西北望,射天狼。"词人最后为自己勾勒了一个挽弓劲射的英雄形象,英武豪迈,气概非凡。

这首词上片出猎,下片请战,场面热烈,情豪志壮,大有"横槊赋诗"的气概,把词中历来香艳软媚的儿女情,换成了报国立功,刚强壮武的英雄气了。这是东坡对温(庭筠)柳(永)为代表的传统词风的挑战,他以"揽辔澄清"之志,写慷慨豪雄之词,提高了词品,扩大了词境,打破了"词为艳科"的范围,把词从花间柳下、浅斟低唱的靡靡之音中解放出来,走向广阔的生活天地。凡是可以写诗的内容,无一不可以入词。词至东坡,其体始尊,从此词与诗并驾齐驱的地位逐渐得了确认。从这个角度看,东坡这首《江城子》在词的发展史上有着里程碑的意义。　　　　　(高　原)

江城子

别徐州

天涯流落思无穷！既相逢，却匆匆。携手佳人，和泪折
残红。为问东风余几许？春纵在，与谁同！　　隋堤
三月水溶溶。背归鸿，去吴中。回首彭城，清泗与淮
通。欲寄相思千点泪，流不到，楚江东。

　　苏轼于熙宁十年(1077)四月调知徐州，五月到任，历时近两
年，元丰二年(1079)三月由徐州调往湖州。这首词就是他在离徐
后赴湖州途中写的，故曰"别徐州"，又题作"恨别"。

　　况蕙风曾说："'真'字是词骨。情真，景真，所作必佳。"(《蕙
风词话》卷一)苏轼这首词的突出特点便是"真"，情真，景真，语语
真切，抒发了他对徐州风物人情无限留恋之情。

　　词以感慨起调，言天涯流落，愁思茫茫，无穷无尽。"天涯流
落"，深寓词人的身世之感。苏轼外任多年，类同飘萍，自视亦天
涯流落之人。在这之前的《醉落魄》词中，已有"人生到处萍飘泊"
"天涯同是伤沦落"的感慨；他在徐州写的《永遇乐》(明月如霜)
中，又再兴"天涯倦客"之叹。他在徐州仅两年，又调往湖州，南北
折腾，这就更增加了他的天涯流落之感。显然，这一句同时也饱
含着词人对猝然调离徐州的感慨。词以感慨起调，是比较少见

的。它是在矛盾痛苦之中,在辗转反侧、欲言不能、而又不吐不快的情况下,用千言万语凝成的一句话,竭肺腑之力,冲口而出,所以笔势凌厉、沉重。吐出这句感情激越的话之后,心情似乎平静了些,才又慢慢叙起。"既相逢,却匆匆"两句,转写自己与徐州人士的交往,相逢既晚(当时苏轼来徐州时已四十多岁),相处尤短,却匆匆离去! 对邂逅相逢的喜悦,对骤然分别的痛惜,得而复失的哀怨,溢于言表。"携手"两句,写他永远不能忘记自己最后离开这个城市时依依惜别的动人一幕。他不正面写徐州官员与友人盛大宴别场面,而是攫取一个动人的细节:别筵上的歌妓——红粉佳人。"和泪折残红",迹象与神情兼备,是抒发感情的极细微处:睹物伤怀,情思绵绵,辗转不忍离去,诸般情绪,皆在"和泪折残红"这一细节描写之中。且眼泪与残红相照,泪犹残红,残红溅泪,绸缪之至,极是渲染感情之笔。苏轼另有词《减字木兰花·彭门留别》(此调亦调离徐州时所写。彭门,即徐州。),有"玉觞无味,中有佳人千点泪"句,可与此句互参。"残红"同时也是写离徐的时间,启过拍"为问"三句。由残红而想到残春,因问东风尚余几许,其实,纵使春光仍在,而身离徐州,与谁同春! 通过写离徐后的孤单,写对徐州的依恋,且笔触一步三折,婉转抑郁,是抒发感情极深沉处。

如果说词的上片侧重"情真",那么,下片则是侧重"景真",但又并非纯写景物,而是即景抒情,继续抒发上片未了之情。过片"隋堤三月水溶溶",是写词人离徐途中的真景。苏轼是由汴河水路离开徐州的。诗集《罢徐州往南京马上走笔寄子由五首》中说:"古汴从西来,迎我向南京。东流入淮泗,送我东南行。"汴河,隋时所开,它西入黄河,南达江淮,在北宋仍是沟通京师与江淮的重要水道。沿河筑堤,世称隋堤。暮春三月,绿水溶溶,亦景亦情,柔情似水,一片纯真。"背归鸿,去吴中",亦写途中之景,而意极沉痛。春光明媚,鸿雁北归故居,而词人自己却与雁行相反,离开徐州热土,南去吴中湖州。苏轼显然是把徐州当成了他的故乡,而自叹不如归鸿。"彭城"即徐州城。"清泗与淮通"又是一真景。苏轼不忍离徐,而现实偏偏无情,不得不背归鸿而去,故于途中频频回顾,直至去程已远,回顾之中,唯见清澈的泗水由西北而东南,向着淮水脉脉流去。看到泗水,触景生情,自然会想到徐州(泗水流经徐州),词人还不禁想起他在徐州所建筑的黄楼呢!"荡荡清河堧,黄楼我所开"(《送郑户曹》)、"唯有黄楼临泗水"(《答范淳甫》),这些,不正是表现他对黄楼的感情吗?上引《罢徐州往南京……》诗下续云:"暂别还复见,依然有余情。春雨涨微波,一夜到彭城。过我黄楼下,朱栏照飞甍。"可以作为此语的补充。故歇拍三句,即景抒情,于沉痛之中交织着怅惘的情绪。徐州既相逢难再,因而词人欲托清泗流水把千滴相思之泪寄往徐州,怎奈楚江(指泗水)东流,相思难寄,怎不令词人怅然若失!托淮泗以寄泪,情真意厚,且想象丰富,造语精警;而楚江东流,又大有"自是人生长恨水长东"之意,感情沉痛、怅惘,不禁百无聊赖,黯然销魂!

此词之美,在于纯真,如上所说,情真,景真,而写景也是为了写情。真而不矜,处处赤诚,不矫揉造作,不忸怩作态。这是由于苏轼对徐州确实有深厚的感情基础。苏轼调任徐州之后,曾对徐州的山川地理、风俗民情,作过详细考察,从内心里爱上了这个南

217

北要冲、古多豪杰的地方，因而满怀激情，赞颂备至。他自己也有一套治理徐州的方略。他曾蓑衣草鞋、舍家忘身，和徐州人民一起奋战特大洪水，从而与徐州人民结下了生死与共的情谊。他曾组织人民开发徐州煤矿，揭开了徐州煤矿史的第一页。他对徐州人民相当熟悉，白叟、黄童、采桑姑、络丝娘以及人民的生活方式甚至各种农作物，都成了他诗词取材的对象，他甚至学会了徐州的一些方言土语，并且写进了他的作品，他甚至想终老徐州，尽管他当时只有四十多岁。徐州人民也爱戴这位长官，对他的人品、政绩、文学都很敬佩，男女老幼都喜欢和他接近。"旋抹红妆看使君，三三五五棘篱门，相排踏破蒨罗裙"（《浣溪沙》），写的就是徐州的村姑少女争看这位"使君"的生动场面。他的诗词，在当时就在人民中传诵。当苏轼调离徐州时，满城人民攀辕挽留，哭声填巷。正因为如此，苏轼对徐州才会那样恋恋不舍，才会写出这样一片纯情的告别词来。由于感情至真至切，所以下笔便纯是情语，而于文字则落其华芬，不假雕镂，雕镂反失其真。苏轼在这首词中所要告别的，是整个徐州，包括了徐州的广大人民，因而词中所流露的思想感情是极为可贵的。苏轼的这首词和他的其他诗词、事迹一样，至今还在徐州人民口头上流传，可谓君子之泽，历经沧桑而不竭！

（邱鸣皋）

江城子

乙卯正月二十日夜记梦

十年生死两茫茫。不思量，自难忘。千里孤坟，无处话凄凉。纵使相逢应不识，尘满面，鬓如霜。　　夜来幽梦忽还乡，小轩窗，正梳妆。相顾无言，惟有泪千行。料得年年肠断处：明月夜，短松冈。

　　苏东坡十九岁时，与年方十六的王弗结婚。王弗年轻美貌，侍翁姑恭谨，对词人温柔贤惠，恩爱情深。可惜恩爱夫妻不到头，王弗活到二十七岁就年轻殂谢了。东坡丧失了这样一位爱侣，心中的沉痛，精神上所受到的打击，是难以言说的。父亲对他说："妇从汝于艰难，不可忘也。"（《亡妻王氏墓志铭》）熙宁八年（1075），东坡来到密州，这一年正月二十日，他梦见爱妻王氏，便写下了这首传诵千古的悼亡词。

　　文学史上，悼亡诗写得最好的有潘安仁与元微之，他们的作品悲切感人。前者状写爱侣去后，处孤室而凄怆，睹遗物而伤神；后者呢，已富且贵，追忆往昔，真是贫贱夫妻百事哀呵，读之令人心痛。同是一个题目，东坡这首词的表现艺术却另具特色。这首词是"记梦"，而且明确写了做梦的日子。我们确认作者的"梦"是真实的，不是假托的。说是"记梦"，其实只有下片五句是记梦境，其他都是抒胸臆,诉悲怀的。写得真挚朴素,沉痛感人。

开头三句,单刀直入,概括性强,感人至深。如果是活着分手,即使山遥水阔,世事茫茫,总有重新晤面的希望;而今是隔着生死的界线,死者对人间世是茫然无知了,而活着的对逝者呢,不也是同样的吗?恩爱夫妻,撒手永诀,时间倏忽,转瞬十年。人虽云亡,而过去美好的情景"自难忘"呵!可是为什么在"自难忘"之上加了"不思量"?这不显得有点矛盾吗?然而并不,相反是觉得加得好,因为它真实。王弗逝世这十年间,东坡因反对王安石的新法,在政治上受压制,心境是悲愤的;到密州后,又逢凶年,忙于处理政务,生活上困苦到食杞菊以维持的地步,而且继室王润之(王弗堂妹)及儿子均在身边,哪能年年月月,朝朝暮暮都把逝世已久的妻子老记挂心间呢?不是经常悬念,但决不是已经忘却!十年忌辰,正是触动人心的日子,往事蓦然来到心间,久蓄心怀的情感潜流,忽如闸门大开,奔腾澎湃而不可遏止。如是乎有梦,是真实而又自然的。想到爱侣的死,感慨万千,远隔千里,无处可以话凄凉,话说得沉痛。如果坟墓近在身边,隔着生死,就能话凄凉了吗?这是抹煞了生死界线的痴语、情语,所以觉得格外感动人。"纵使相逢应不识,尘满面,鬓如霜。"这三个长短句,又把现实与梦幻混同了起来,把死别后的个人种种忧愤,包括在容颜的苍老、形体的衰败之中,这时他才三十九岁,已经"鬓如霜"了。"纵使相逢"句,要爱侣起死回生,这是不可能的假设,感情是深沉的也是悲痛的,表现了对爱侣的深切怀念,也把个人的变化作了形象的描绘,使这首词的意义更加深了一层。

对"记梦"来说,下片的头五句,才入了题。漂泊在外,雪泥鸿爪,凭借梦幻的翅膀忽然回到了时在念中的故乡。故乡,与爱侣共度甜蜜岁月的地方,那小室的窗前,亲切而又熟习,她呢,情态容貌,依稀当年,正在梳妆打扮。夫妻相见了,没有出现久别重逢、卿卿我我的亲昵之态,而是"相顾无言,唯有泪千行"!"无言",包括了万语千言,表现了"此时无声胜有声"的沉痛之感,如果彼此申诉各自的别后种种,相忆相怜,那将从何说起?一个梦,把过去拉了回来,但当年的美好情景,并不存在。这是把现实的感受融入了梦中,使这个梦境也令人感到无限凄凉。

结尾三句,又从梦境落到现实上来。"明月夜,短松冈",多么凄清幽独的环境呵。作者料想长眠地下的爱侣,在年年伤逝的这个日子,为了眷恋人世、难舍亲人,该是柔肠寸断了吧?这种表现手法,有点像杜工部的名作《月夜》。不说自己如何,反说对方如何,使得诗词意味,更加蕴蓄有味。　　　　　　(臧克家)

苏　轼

蝶恋花

花褪残红青杏小,燕子飞时,绿水人家绕。枝上柳绵吹
又少,天涯何处无芳草!　　墙里秋千墙外道,墙外行
人,墙里佳人笑。笑渐不闻声渐悄,多情却被无情恼。

———————————

在词史上,苏轼是豪放派的代表作家。他的词横放杰出,清
旷雄奇,"歌之曲终,觉天风海雨逼人"(陆游《跋东坡七夕词后》)。
然而这样的作品不多,就数量而言,大都比较婉约。所以南宋王
灼在《碧鸡漫志》中说:"东坡先生以文章余事作诗,溢而作词曲,
高处出神入天,平处尚临镜笑春。"这两种风格似乎都融合在这首
词中,它清婉雅丽,深笃超迈,具有一种扣人心弦的艺术魅力。

此词上阕写暮春景色与伤春情绪,然却作旷达之语。这在一
般的婉约词或豪放词中是看不到的。夫伤春与旷达,本是互不相
关,甚至是相互对立的两种感情,然而词人却通过一系列艺术形
象和流利的音律把它们统一起来。起句"花褪残红青杏小",既写
了衰亡,也写了新生,是对立的统一。残红褪尽,青杏初生,反映
了自然界的新陈代谢,但它给予人的艺术感染却有几分悲凉。
二、三两句则把视线离开枝头,移向广阔的空间,心情也自然随之
轩敞。晏殊《破阵子》云:"燕子来时新社,梨花落后清明。"此处
"燕子飞时"一语,正点明了节序是在春社(立春后第五个戊日),

与起句所写的景色恰相符合。燕子在村头盘旋飞舞，给画面带来了盎然春意，增添了动态美。于是起句投下的悲凉阴影，似乎被冲淡了一些。"绿水人家"，写环境的优美。这句中的"绕"一作"晓"，明人俞仲茅《爰园词话》说："余谓'绕'字虽平，然是实境；'晓'字无飯着。试通咏全章便见。"沈际飞也说："合用'绕'字，若'晓'字，少着落。"但《诗人玉屑》卷二十一引《词语》却以为"晓"字好，与"绕"字相比，有"霄壤"之别。其实就词意而言，"晓"字虽虚，仅能点明时间；"绕"字虽实，却描绘了具体的形象，令人产生优美的联想；而村上人家，绿水环抱，也于中可见。所以这个字万万改它不得。

"枝上"二句先一跌，后一扬，在跌宕腾挪之中，表现了深挚的感情，旷达的襟抱。"枝上柳绵吹又少"，与起句"花褪残红青杏小"，本应同属一组，但如果接连描写，不用"燕子"二句穿插，则词中的音调和感情将一直在低旋律上进行。现在把它分开来，便可以在伤感的调子中注入疏朗的气氛。絮飞花落，最易撩人愁绪。这里不是说枝上柳絮被吹得满天飞扬，也不是说柳絮已被吹尽，而是说越吹越少。着一"又"字，则又表明词人之看絮飞花落，非止一次。伤春之感，惜春之情，自然见于言外。因此清人王士禛评曰："'枝上柳绵'，恐屯田(柳永)缘情绮靡，未必能过。"(《花草蒙拾》)可见这是道地的婉约风格。相传苏轼谪居惠州(今属广东省)，一年深秋，命侍儿朝云歌此词。朝云歌喉将啭，泪满衣襟。东坡问其故，回答说："奴所不能歌者，是'枝上柳绵吹又少，天涯何处无芳草'也。"东坡翻然大笑曰："是吾政悲秋，而汝又伤春矣。"(《词林纪事》引《林下偶谈》)这则故事，再一次证明了这两句

223

写得多么深婉感人。

下阕写人，"尤为奇情四溢"（《蓼园词选》评）。如果说上阕是在写景中寄托伤春之感，那么下阕则是通过人的关系、人的行动，表现对爱情以至整个人生的看法。"墙里秋千"，自然是指上面所说的那个"绿水人家"。由于绿水之内，环以高墙，所以墙外行人只能看到露出的秋千。不难想象，此刻发出笑声的佳人是在荡着秋千。在艺术描写上有一个藏和露的关系。如果把墙里女子荡秋千的欢乐场面写得袒露无遗，势必索然寡味。现在词人只露出墙头的秋千架，露出佳人的笑声，而佳人的容貌与动作，则全部隐藏起来，让"行人"与读者一起去想象，在想象中产生无穷意味。可以说，一堵围墙，挡住了视线，却挡不住姑娘们的笑声，挡不住行人的感情。词人（还有读者）想象的翅膀，更可以飞越围墙，创造出一个瑰丽的诗的境界。这种写法，可谓绝顶高明。自"花间"以来，写女性的小词，或写其体态妖娆、服饰华丽，或写其相悦相思、离愁别恨；然而"类不出乎绮怨"。东坡此词同样是写女性，情景生动而不流于艳，感情真率而不落于轻，在词史上是难能可贵的。从结构来看，下阕从第一句到第四句，词意流走，一气呵成，直到结尾，才作一停顿。诚如作者平时所说的"大略如行云流水，初无定质，但常行于所当行，常止于不可不止，文理自然，姿态横生"（《答谢民师书》）。其具体方法则是用的"顶真格"，即过片第二句的句首"墙外"，紧接第一句句末的"墙外道"，第四句句首的"笑"，紧接前一句句末的"笑"，这样就像火车之有挂钩一般，车头一动，后面的各节车厢便滚滚向前，不可遏止。

这首词中充满了矛盾：一是思想与现实的矛盾，二是情与情的矛盾,三是情与理的矛盾。而上下句之间、上下阕之间,往往体现出这种错综复杂的矛盾。例如上片结尾二句,"枝上柳绵吹又少",感情极为低沉;"天涯何处无芳草",则又表现得颇为乐观。这就反映出情与情的矛盾。"天涯"一句,语本屈原《离骚》"何所独无芳草兮,尔何怀乎故宇",是卜者灵氛劝屈原的话,其思想与词人在《定风波》中所说的"此心安处是吾乡"是一致的,可是在现实中,词人却屡遭迁谪,此语仅足自慰而已。这种状况在胸怀旷达的词人来说能够泰然处之,而侍儿朝云则不能忍受,所以她唱到这里就情不自禁地掉下泪来。下结"多情却被无情恼",不仅写出了情与情的矛盾,也写出了情与理的矛盾。佳人欢笑,行人多情,结果是佳人洒下一片笑声,杳然而去;行人凝望秋千,烦恼顿生。俞陛云《宋词选释》评此段曰:"多情而实无情,是色是空,公其有悟耶?"所云切中肯綮。词人虽然写的是感情,但其中也渗透着人生哲理,这些都是值得我们仔细吟味的。　　　　　（徐培均）

苏　轼

行香子

清夜无尘,月色如银。酒斟时、须满十分。浮名浮利,
虚苦劳神。叹隙中驹,石中火,梦中身。　　　虽抱文
章,开口谁亲。且陶陶、乐尽天真。几时归去,作个闲
人。对一张琴,一壶酒,一溪云。

　　这首词的写作时间不可确考,从其所表现的强烈退隐愿望来
看,应是苏轼在元祐时期(1086—1093)的作品。当时宋哲宗年
幼,高太后主持朝政,罢行新法,起用旧派,苏轼受到特殊恩遇。
但是政敌朱光庭、黄庆基等人曾多次以类似"乌台诗案"之事欲再
度诬陷苏轼,因高太后的保护,他虽未受害,但却使他对官场生活
无比厌倦,感到"心形俱悴",产生退隐思想。苏轼曾在诗中表示:
"老病思归真暂寓,功名如幻终何得。从来自笑画蛇足,此事何殊
食鸡肋"(《与叶淳老侯敦夫张秉道同相视新河》);"那知老病浑无
用,欲向君王乞镜湖"(《次韵子由使契丹至涿州见寄》)。两诗为
元祐五、六年间知杭州时作,此词思想与之相近,就是他把酒对月
之时抒写其退隐之意的。

　　作者首先描述了抒情环境:夜气清新,尘滓皆无,月光皎洁
如银。此种夜的恬美,只有月明人静之后才能感到,与日间尘世
的喧嚣判若两个世界。把酒对月常是诗人的一种雅兴:美酒盈

尊,独自一人,仰望夜空,遐想无穷。唐代诗人李白月下独酌时浮想翩翩,抒写了狂放的浪漫主义激情。苏轼正为政治纷争所困扰,心情苦闷,因而他这时没有"把酒问青天",也没有"起舞弄清影",而是严肃地思索人生的意义。月夜的空阔神秘,阒寂无人,正好冷静地来思索人生,以求解脱。苏轼以博学雄辩著称,在诗词里经常发表议论。此词在描述了抒情环境之后便进入玄学思辨了。作者曾在作品中多次表达过"人生如梦"的主题思想,但在这首词里却表达得更明白、更集中。他想说明:人们追求名利是徒然劳神费力的,万物在宇宙中都是短暂的,人的一生只不过如"隙中驹,石中火,梦中身"一样地须臾即逝。作者为说明人生的虚无,从古代典籍里找出了三个习用的比喻。《庄子·知北游》云:"人生天地之间,若白驹之过郤(隙),忽然而已。"古人将日影喻为白驹,意为人生短暂得像日影移过墙壁缝隙一样。《文选》潘岳《河阳县作》李善《注》引古乐府诗"凿石见火能几时"和白居易《对酒》的"石火光中寄此身",亦谓人生如燧石之火。《庄子·齐物论》言人"方其梦也,不知其梦也,梦之中又占其梦焉,觉而后知其梦也;且有大觉而后知此其大梦也,而愚者自以为觉"。唐人李群玉《自遣》之"浮生暂寄梦中身"即表述庄子之意。苏轼才华横溢,在这首词上片结句里令人惊佩地集中使用三个表示人生虚无的词语,构成博喻,而且都有出处。将古人关于人生虚无之语密集一处,说明作者对这一问题是经过长期认真思索过的。上片的议论虽然不可能具体展开,却概括集中,已达到很深的程度。

下片开头,以感叹的语气补足关于人生虚无的认识。"虽抱文章,开口谁亲"是古代士人"宏材乏近用",不被知遇的感慨。苏轼在元祐时虽受朝廷恩遇,而实际上却无所作为,"团团如磨牛,步步踏陈迹",加以群小攻击,故有是感。他在心情苦闷之时,寻求着自我解脱的方法。善于从困扰、纷争、痛苦中自我解脱,豪放达观,这正是苏轼人生态度的特点。他解脱的办法是追求现实享乐,待有机会则乞身退隐。"且陶陶、乐尽天真"是其现实享乐的方式。"陶陶",欢乐的样子。《诗·王风·君子阳阳》:"君子陶陶,……其乐只且!"只有经常在"陶陶"之中才似乎恢复与获得了人的本性,忘掉了人生的种种烦恼。但最好的解脱方法莫过于远离官场,归隐田园。看来苏轼还不打算立即退隐,"几时归去"很难逆料,而田园生活却令人十分向往。弹琴,饮酒,赏玩山水,吟风弄月,闲情逸致,这是我国文人理想的一种生活方式。他们恬淡寡欲,并无奢望,只需要大自然赏赐一点便能满足,"一张琴,一壶酒,一溪云"就足够了。这多清高而又富有诗意!

苏轼是一位思想复杂和个性鲜明的作家。他在作品中既表现建功立业的积极思想,也经常流露人生虚无的消极思想。如果仅就某一作品来评价这位作家,都可能会是片面的。这首《行香子》的确表现了苏轼思想消极的方面,但也深刻地反映了他在政治生活中的苦闷情绪,因其建功立业的宏伟抱负在封建社会是难以实现的。苏轼从青年时代进入仕途之日起就有退隐的愿望。其实他并不厌弃人生,他的退隐是有条件的,须得像古代范蠡、张良、谢安等杰出人物那样,实现了政治抱负之后功成身退。因而"几时归去,作个闲人",这就要根据政治条件而定了。事实上,他在一生的政治生涯中并未功成名遂,也就没有实现退隐的愿望,临到晚年竟被远谪海南。

全词在抒情中插入议论,它是作者从生活感受中悟出的人生认识,很有哲理意义,我们读后不致感到其说得枯燥。此词在题材内容和表现方式等方面都与传统婉约词相异,是东坡词中风格旷达的作品。据宋人洪迈《容斋四笔》所记,南宋绍兴初年就有人略改动苏轼此词,以讽刺朝廷削减给官员的额外赏赐名目,致使当局停止讨论施行。可见它在宋代文人中甚为流传,能引起一些不满现实的士大夫的情感共鸣。

(谢桃坊)

苏　轼

阳关曲

中秋月

暮云收尽溢清寒,银汉无声转玉盘。此生此夜不长好,明月明年何处看。

就在产生那首卓绝千古的中秋兼怀胞弟的词章(《水调歌头》)之后不久,苏轼兄弟便得到了团聚的机会。熙宁九年(1076)冬苏轼得到移知河中府的命令,离密州南下。次年春,苏辙自京师往迎,兄弟同赴京师。抵陈桥驿,苏轼奉命改知徐州。四月,苏辙又随兄来徐州任所,住到中秋以后方离去。七年来,兄弟第一次同赏月华,而不再是"千里共婵娟"。苏辙有《水调歌头》(徐州中秋)记其事,苏轼则写下这首小词,题为"中秋月",自然也写"人月圆"的喜悦;调寄《阳关曲》,则又涉及别情。

月到中秋分外明,是"中秋月"的特点。首句便及此意。但并不直接从月光下笔,而从"暮云"说起,用笔富于波折。盖明月先被云遮,一旦"暮云收尽",转觉清光更多。没有这层"面纱"先衬托一下,便显不出如此效果。句中并无"月光""如水"等字面,而"溢"字,"清寒"二字,都深得月光如水的神趣,全是积水空明的感觉。月明星稀,银河也显得非常淡远。"银汉无声"并不只是简单的写实,它似乎说银河本来应该有声(李贺就有"银浦流云学水声"的诗句)的，但由于遥远，也就"无声"了，天宇空阔的感觉便由此传出。"江天一色无纤尘"，最引人注目、惹人喜爱的，是"皎皎空中孤月轮"。今宵它显得格外团圞，恰如一面"白玉盘"似的。李白《古朗月行》:"小时不识月，呼作白玉盘。"这比喻写出月儿冰清玉洁的美感，而"转"字不但赋予它神奇的动感，而且暗示它的圆。两句并没有写赏月的人，但全是赏心悦目之意，而人自在其中。没有游赏情事的具体描写，词境转觉清新空灵。

明月团圞，诚然可爱，更值兄弟团聚，共度良宵，这不能不令词人赞叹"此生此夜"之"好"了。从这层意思说，"此生此夜不长好"大有佳会难得，当尽情游乐，不负今宵之意。不过，恰如明月是暂满还亏一样，人生也是会难别易的。兄弟分离在即，又不能不令词人慨叹"此生此夜"之短。从这层意思说，"此生此夜不长好"又直接引出末句的别情。但这里并未像"今夜清尊对客，明夜孤帆水驿，依旧照离忧"(苏辙《水调歌头》)那样挑明此意，结果其意味反而更加深远。说"明月明年何处看"，当然含有"未必明年此会同"的意思，即有"离忧"在焉。同时，"何处看"不仅就对方发问，也是对自己发问。作者长期外放，屡经迁徙。"明年何处"，实寓行踪萍寄之感。这比子由词的含义也更多一重。末二句意思衔接，对仗天成。"此生此夜"与"明月明年"作对，字面工整，假借巧妙。"明月"之"明"与"明年"之"明"义异而字同，借来与二"此"字对仗，实是妙手偶得。叠字唱答，再加上"不长好""何处看"一否定一疑问作唱答，便产生出悠悠不尽的情韵。

全词避开情事的实写，只在"中秋月"上着笔。从月色的美好写到"人月圆"的愉快，又从今年此夜推想明年中秋，归结到别情。

形象集中,境界高远,语言清丽,意味深长。

　　此作诗词集皆收入。除文辞外,声律上也有特色。他后来有《书彭城观月诗》一文,引录原诗后说:"余十八年前中秋夜与子由观月彭城作此诗,以《阳关》歌之。"《阳关曲》原以王维《送元二使安西》诗为歌词,苏轼此词与王维诗平仄四声,大体相合,等于词家之依谱填词,故此词也反映了苏轼"通词乐,知音律"的一面。

(周啸天)

浣溪沙

游蕲水清泉寺，寺临兰溪，溪水西流。

山下兰芽短浸溪，松间沙路净无泥，萧萧暮雨子规啼。　　谁道人生无再少？门前流水尚能西，休将白发唱黄鸡。

　　这首小词是苏轼贬居黄州时期，于元丰五年(1082)三月游蕲水清泉寺时所作。蕲水，县名，即今湖北浠水县，距黄州不远。《东坡志林》卷一云："黄州东南三十里为沙湖，亦曰螺师店，予买田其间，因往相田得疾。闻麻桥人庞安常善医而聋，遂往求疗。……疾愈，与之同游清泉寺。寺在蕲水郭门外二里许，有王逸少洗笔泉，水极甘，下临兰溪，溪水西流。余作歌云。"这里所指的歌，即这首《浣溪沙》，除第五句"门前"作"君看"外，其余文字完全相同。

　　东坡为人胸襟坦荡旷达，善于因缘自适。他因诗中有所谓"讥讽朝廷"语，被罗织罪名入狱，"乌台诗案"过后，于元丰三年二月贬到黄州。初时虽也吟过"饮中真味老更浓，醉里狂言醒可怕"(《定惠院寓居月夜偶出》)那样惴惴不安的诗句，但当生活安顿下来之后，樵夫野老的帮助，亲朋故旧的关心，州郡长官的礼遇，山川风物的吸引，促使他拨开眼前的阴霾，敞开了超旷爽朗的心扉。

这首乐观的呼唤青春的人生之歌,当是在这种心情下吟出的。

上阕三句,写清泉寺幽雅的风光和环境。山下小溪潺潺,岸边的兰草刚刚萌生娇嫩的幼芽。松林间的沙路,仿佛经过清泉冲刷,一尘不染,异常洁净。傍晚细雨潇潇,寺外传来了杜鹃的啼声。这一派画意的光景,涤去官场的恶浊,没有市朝的尘嚣。它优美,洁净,潇洒……充满诗的情趣,春的生机。它爽人耳目,沁人心脾,诱发诗人爱悦自然、执著人生的情怀。

环境启迪,灵感生发,风水相遭,兴会飙举。于是词人在下阕迸发出使人感奋的议论。这种议论不是抽象的,概念化的,而是即景取喻,以富有情韵的语言,摅写有关人生的哲理。"谁道"两句,以反诘唤起,以借喻回答。"人生长恨水长东",光阴犹如昼夜不停的流水,匆匆向东奔驶,一去不可复返,青春对于人只有一次,正如古人所说:"花有重开日,人无再少时。"这是不可抗拒的自然规律。然而,在某种意义上讲,人未始不可以老当益壮,自强不息的精神,往往能焕发出青春的光彩。谁说青春不能回复呢?你看门前的流水不是也能向西奔流吗!东坡在作此词稍后就吟过"我老多遗忘,得君如再少"(《吊李台卿》)的诗句。可见在特定的条件下,人是未尝不可以"再少"的。

人们惯用"白发""黄鸡"比喻世事匆促,光景催年,发出衰飒的悲吟。白居易当年在《醉歌》中唱道:"谁道使君不解歌,听唱黄鸡与白日。黄鸡催晓丑时鸣,白日催年酉前没。腰间红绶系未稳,镜里朱颜看已失。"苏轼也曾化用乐天诗,吟过"试呼白发感秋人,令唱黄鸡催晓曲"(《与临安令宗人同年剧饮》)之句。此处作者反其意而用之,希望人们不要徒发自伤衰老之叹。"谁道人生无再少?""休将白发唱黄鸡!"这与另一首《浣溪沙》中所云"莫唱黄鸡并白发",用意相同。这并非仅为自我宽慰。应该说,这是不服衰老的宣言,这是对生活、对未来的向往和追求,这是对青春活力的召唤。在贬谪生活中,能一反感伤迟暮的低沉之调,唱出如此催人自强的爽健歌曲,这体现出苏轼执着生活、旷达乐观的性格。

(刘乃昌)

苏 轼

浣溪沙

籁籁衣巾落枣花,村南村北响缲车。牛衣古柳卖黄瓜。　　酒困路长惟欲睡,日高人渴漫思茶。敲门试问野人家。

词者,具名曲子词,即今日所说的"唱词儿"是也。初起民间,后落于文士之手,遂为雅制。然而花间酒畔,艳丽为多。创新境者,李后主、柳耆卿、苏东坡,皆另辟鸿蒙,沾溉百世。然能创新境犹易,创奇境更难。所谓奇,非荒诞怪谲之意,但出人意表,全在常流想外,使人激赏赞叹,此即奇境。在词境中夐乎未有,乍开耳目,不禁称奇叫绝者,如坡公此作,可谓奇甚。

常说天风海雨,一洗绮罗香泽之习,足令诵者胸次振爽,为之轩朗寥廓——此犹是不寻常之为奇者也。若坡公此等词,则唯以最寻常最普通最不"值得"入咏的景物风光写之为词,此真奇外之奇!

可知千古未有之奇境,正在无奇之中。

试看他首句即奇:花落衣上,籁籁有声,何花也而具此斤两?曰:枣花。枣花者,无丽色,无浓馨,形状屑细,最不惹人注目,而经东坡一写,其体琐而质重,纷纷而飘落于过路人,使之衣巾皆满,飒飒如闻声响。此境已极可喜矣。此籁籁之枣花声,旋即为另一嘈嘈之妙音所夺——又何音也？曰缲车。昔者农家，耕织两重，盖衣食双营，皆由己手，而采桑育蚕，缲丝纺织，则妇女之重要功课。当枣花洒落之时，正缲丝忙迫之际，家家户户，响彻村周，范石湖所谓"缲车嘈嘈似风雨"，足资想象。行人至此，不禁驻足。为欲追凉，先寻老柳，——却见绿荫覆地，早有著牛衣之卖瓜人占尽清凉福地矣。

以上，写尽村农风物。

过片以下，便笔端一换，专属行人。农家缲丝，时在初夏，时大麦已然登场，天已甚热。酒困、途长，日高人倦，触暑烦劳之状跃然纸上。看来，古柳下之黄瓜，早已试过，了不济事，唯念茶浆，方能解渴。然而又何处可得甘露？当此之时，乃知农野之人家，远胜于大士之洞府，于是叩其门而求焉——古所谓"乞浆"，正此义此情也。

在《全宋词》中，月露风花，比比皆是，寻此奇境，唯有坡公，所以为千古独绝。

然而，东坡又何为而写此词耶？盖他自家那时正做"使君"——元丰元年，东坡在知徐州任上，地方春旱，因至城东二十里石潭乞雨；既得喜雨，故复至石潭谢焉，于路中作此等小词五章，此其第四也。一片为民忧喜之心情，于此写之。其境之奇，其笔之奇，方知并非无故。

（周汝昌）

237

减字木兰花

竞　渡

红旗高举,飞出深深杨柳渚。鼓击春雷,直破烟波远远回。　　欢声震地,惊退万人争战气。金碧楼西,衔得锦标第一归。

　　相传伟大诗人屈原在农历五月初五这一天投汨罗江自杀,人民为了纪念他,每逢端午节,常举行竞渡,象征抢救屈原生命,以表达对爱国诗人的尊敬和怀念。这一活动,后来实际上已成为民间的一种风俗。南朝宗懔的《荆楚岁时记》,已有关于竞渡的记载。宋耐得翁《都城纪胜》一书,专门记载南宋京城杭州的各种情况,其"舟船"条有云:"西湖春中,浙江秋中,皆有龙舟争标,轻捷可观。"可见当时龙舟竞渡夺标,春秋季均有,已不限于端午节。本篇提到"杨柳渚",写的还是春夏之际的活动。

　　龙舟竞渡时,船上有人高举红旗,还有人擂鼓,鼓舞划船人的士气,以增加竞渡的热烈气氛,本篇就是描写龙舟竞渡夺标的实况。上片写竞渡。比赛开始,"红旗高举,飞出深深杨柳渚。"一群红旗高举的龙舟,从柳荫深处的小洲边飞驶而出。"飞出"二字用得生动形象,令人仿佛可以看到群舟竞发的实况,这时各条船上的鼓手都奋力击鼓,鼓声犹如春雷轰鸣。龙舟冲破浩渺烟波,向前飞驶,再从远处转回。"直破烟波远远回"句中的"直破"二字写出了船的凌厉前进的气势。下片写夺标。一条龙舟首先到达终点,"欢声震地",岸上发出了一片震地的欢呼声,健儿们争战夺标的英雄气概,简直使千万人为之惊骇退避。"金碧楼西,衔得锦标第一归",锦标,是高竿上悬挂的给予竞渡优胜者的赏物。白居易《和春深二十首》之十五:"齐桡争渡处,一匹锦标斜",是锦缎;《东京梦华录》卷七《驾幸临水殿观争标锡宴》条:"军校执一竿,上挂以锦彩、银碗之类,谓之'标竿'。……两行舟鸣鼓并进,捷者得标。"则还有其他物品。"衔"是从龙舟的龙形生发出来的字眼,饶有情趣。唐卢肇《及第后江宁观竞渡》诗云"向道是龙刚(偏也)不信,果然衔得锦标归",是此句所本。

本篇采取白描手法,注意通过色彩、声音来刻画竞渡夺标的热烈紧张气氛。红色的旗帜,浓绿的杨柳,白茫茫的烟波,金碧楼台,多么丰富多彩的色调! 鼓击如春雷,欢声震动地面,又是多么喧闹热烈的声响! 除写气氛的热烈紧张外,词中还反映了人们热烈紧张的精神状态。龙舟飞驶,鼓击春雷,这是写参与竞渡者的紧张行动和英雄气概。欢声震地,是写群众的热烈情绪。衔标而归,是写胜利健儿充满喜悦的形象与心情。绚丽的色彩,喧闹的声音,人们紧张的行动,热烈的情绪,所有这些,在读者面前展示出一个动人的场面,真实地再现了当日龙舟竞渡、观者如云的情景。全词风格雄壮,虎虎有生气,生动地表现了人们参加节日盛会的热烈情绪和争取胜利的英雄气概。

龙舟竞渡在我国古代虽很流行,但诗词中反映不多,因此,黄裳这首《减字木兰花》词,就显得弥足珍贵了。　　　　(王运熙　施绍文)

239

黄庭坚

念奴娇

八月十七日，同诸生^①步自永安城楼，过张宽夫园待月。偶有名酒，因以金荷酌众客。客有孙彦立，善吹笛。援笔作乐府长短句，文不加点。

断虹霁雨，净秋空，山染修眉新绿。桂影扶疏，谁便道，今夕清辉不足？万里青天，姮娥何处，驾此一轮玉。寒光零乱，为谁偏照醽醁？　　年少从我追游，晚凉幽径，绕张园森木。共倒金荷，家万里，难得尊前相属。老子平生，江南江北，最爱临风笛。孙郎微笑，坐来声喷霜竹。

〔注〕　① 原作"诸甥"，据《苕溪渔隐丛话后集》卷三十一改。山谷诸甥洪朋、洪刍、洪炎、徐俯，皆能诗，而山谷戎州诗未及诸人。

　　黄山谷的个性、学养一似东坡，豪放不羁，豁达大度，即使处在最恶劣的环境中，依然谈笑风生，不改其乐。山谷一生和东坡一样，一直被卷在党争的旋涡里。哲宗绍圣年间，他被贬涪州别驾黔州安置，后改移戎州(今四川宜宾)安置。有一年(据任渊《山谷诗集注》附《年谱》，当是哲宗元符二年[1099])八月十七日，与一群青年人一起赏月、饮酒，有个朋友名叫孙彦立的，善吹笛，月光如水，笛声悠扬。此情此境，山谷意兴方浓，援笔写下上面这首

《念奴娇》词,文不加点。胡仔评曰:"或以为可继东坡赤壁之歌云。"

词的开头三句描写开阔的远景:雨后新晴,秋空如洗,彩虹挂天,青山如黛,何等美好的境界!词人不说"秋空净",而曰"净秋空",笔势飞动,写出了烟消云散、玉宇为之澄清的动态感。"山染修眉新绿",写远山如美女的长眉,反用《西京杂记》卓文君"眉色如望远山"的故典,已是极妩媚之情态,而一个"染"字,更写出了经雨水洗刷的青山鲜活的生命力。词人由天际画秋,展示出一幅高旷的极富色彩感的仲秋景象,衬托出作者快意的情怀。

接着写赏月。此时的月亮是刚过中秋的八月十七的月亮,为了表现它清辉依然,词人用主观上的赏爱弥补自然的缺憾,突出欣赏自然美景的愉悦心情,他接连以三个带有感情色彩的问句发问道:谁能说月中桂影很浓,今夜的月色便不够美满?晴空万里,嫦娥呵,你在哪里驾驶这圆圆的一轮玉盘?月亮呵,你又为谁偏照这尊中美酒、而散发皎洁的光辉?三个问语如层波叠浪,极写月色之美和自得其乐的骚人雅兴。嫦娥驾驶玉轮是别开生面的奇想。历来诗人笔下的嫦娥都是"姮娥孤栖","嫦娥倚泣"的形象,山谷却把她从寂寞清冷的月宫中解放出来了,让她兴高采烈地驾驶一轮玉盘,驰骋长空,多么富有浪漫主义的色彩,多么富有豪迈的诗情!

下面,转而写月下游园、欢饮和听曲之乐。"年少从我追游,晚凉幽径,绕张园森木",用散文句法入词,信笔挥洒,恍惚使人看到洒脱不羁的词人,后面跟着一帮子愉快的年轻人,正在张园密茂的树林中溜达。"共倒金荷,家万里,难得尊前相属",让我们把金色的荷叶杯斟满，大家来干一杯吧！离家万里，难得有今宵开怀畅饮呀！举起酒杯时，忽然，在词人心灵上掠过一抹阴影，流露出一种身世之感，但这只是一刹那，个性倔强的词人感到今天能和青年朋友们共饮，难得一欢。他不肯沉吟，马上把笔调一转，振作精神，以豪迈刚健之气高唱道：

"老子平生，江南江北，最爱临风笛！"文似看山喜不平，"家万里"是一抑，"老子平生……"又一扬，没有深谷焉见山之高也，行文至此，起伏跌宕，把词人豪迈激越之情推向顶峰。这三句是词中最精彩之笔，《世说新语》记载东晋庾亮在武昌时，于气佳景清之秋夜，登南楼游赏，庾亮曰："老子于此处兴复不浅。"老子，犹老夫，语气间隐然有一股豪气在。山谷说自己这一生走南闯北，偏是最爱听那临风吹奏的曲子。这句话意味深长，似在隐指自己漂泊颠踬的一生，然而这又算得了什么呢，我生平最爱的就是那种高亢激越的旋律啊！"最爱临风笛"句，雄浑潇洒，豪情满怀，表现出词人处逆境而不颓唐的乐观心情。这里的"笛"字，陆游《老学庵笔记》卷二谓"泸、戎间谓笛为独，故鲁直得借用"。山谷是依戎州方音押韵。有些本子改作"曲"字，以求完全合于本韵，但是在文意上就嫌稍隔一层了。

最后一笔带到那位善吹笛的孙彦立："孙郎微笑，坐来声喷霜竹。"孙郎感遇知音，喷发奇响，那悠扬的笛声回响不绝。以声结情，使人神远。

这首词通篇洋溢着豪迈乐观的情绪，词中出现的形象如断虹、秋空、万里青天、明月、森木等等，大都是巨大的，色彩鲜明的，其本身就具有一种高远的意境。在这首词中没有落木萧萧的衰飒景象,而是表现出一种豪迈的气派。词中写游园、饮酒、听曲,也都自有一种豪气充斥其间。笔墨淋漓酣畅,颇见作者洒脱旷放的为人,《宋史》本传说:"庭坚泊然不以迁谪介意,蜀士慕从之游,讲学不倦。"这首词不正是他这种豪放性格的生动写照吗? 正如东坡之有赤壁词,山谷也在这首词中真实地写出了他自己。

（高　原）

定风波

次高左藏使君韵

万里黔中一漏天，屋居终日似乘船。及至重阳天也霁，催醉，鬼门关外蜀江前。　　莫笑老翁犹气岸，君看，几人黄菊上华颠？戏马台南追两谢，驰射，风流犹拍古人肩。

此词为作者在黔州贬所的作品。唐置黔中郡，后改黔州，治所在今四川彭水，在宋时是边远险阻的处所。绍圣二年(1095)黄庭坚以修《神宗实录》不实的罪名，贬为涪州(今重庆市涪陵区)别驾，黔州安置，开始他生平最艰难困苦的一段生活。当时他的弟弟知命有诗云："人鲊瓮中危万死，鬼门关外更千岑。问君底事向前去，要试平生铁石心。"(《戏答刘文学》)写出他在穷困险恶的处境中，不向命运屈服的博大胸怀。这种心境见于词体创作，则一变早年多写艳情的故态，转而深于感慨了。此阕通过重阳即事，抒发了一种老当益壮、穷且益坚的乐观奋发精神。

全词分四层写。上片首二句写黔中气候，以明贬谪环境之恶劣。黔中秋来阴雨连绵，遍地是水，人终日只能困居室内，不好外出活动。不说苦雨，而通过"一漏天""似乘船"的比喻，形象生动地表明秋霖不止叫人不堪其苦的状况。"乘船"而风雨喧江，就有覆舟之虞。所以"似乘船"的比喻不仅是足不出户的意思,还影射着环境的险恶。联系"万里"二字,又有去国怀乡之感。这比使用"人鲊瓮中危万死"的夸张说法来得蕴藉耐味。下三句是一转,写重阳放晴,登高痛饮。说重阳天霁,用"及""也"二虚词呼应斡旋,有不期然而然、喜出望外之意。久雨得晴,是一可喜;适逢佳节,是二可喜。逼出"催醉"二字。"鬼门关外蜀江前"回应"万里黔中",点明欢度重阳的地点。"鬼门关"即石门关,在今重庆市奉节县东,两山相夹如蜀门户,"天下之至险也"(陆游《入蜀记》)。但这里却是用其险峻来反衬一种忘怀得失的胸襟,大有"鬼门关外莫言远,五十三驿是皇州"(作者《竹枝词》)的意味。如果说前二句起调低沉,此三句则稍稍振起,已具几分傲兀之气了。

过片三句承上意写重阳赏菊。古人在重阳节有簪菊的风俗(杜牧《九日齐山登高》:"尘世难逢开口笑,菊花须插满头归。"),但老翁头上插花却不合时宜,即所谓"几人黄菊上华颠"。作者却借这种不入俗眼的举止,写出一种"气岸遥凌豪士前,风流肯落他人后"(李白《流夜郎赠辛判官》)的不伏老的气概。"君看""莫笑"云云,全是自负口吻。这比前写纵饮就更进一层,词情再扬。但高潮还在最后三句。这里用了一个典故:晋时刘裕北征至彭城,九月九日会将佐群僚于戏马台(台为项羽所筑,在今江苏铜山县南),赋诗为乐,当时名诗人谢瞻、谢灵运各赋诗一首(诗见《文选》卷二十)。"两谢"即指此二人。此三句说自己重阳节不但照例饮酒赏菊,还要骑马射箭,吟诗填词,其气概直追古时的风流人物(如在戏马台赋诗之两谢)。末句中的"拍肩"一词出于郭璞《游仙诗》"右拍洪崖肩",即追踪的意思。下片分两层推进,从"莫笑老翁犹气岸"到"风流犹拍古人肩"彼此呼应,一气呵成,将豪迈气概表现到极致。

　　全词结构是一抑三扬(催醉——簪菊——驰射);铸词造句新警生动,用典亦自然贴切。作者虽身经忧患,却气度开张,绝不作衰飒乞怜语,至今读来犹凛然有生气。　　　　(周啸天)

清平乐

春归何处？寂寞无行路。若有人知春去处，唤取归来同住。　　春无踪迹谁知？除非问取黄鹂。百啭无人能解，因风飞过蔷薇。

对黄庭坚的词，历代毁誉不一。宋代陈师道说："今代词手，惟秦七、黄九耳，唐诸人不逮也。"(《苕溪渔隐丛话后集》卷三十二引)晁补之说："黄鲁直间作小词，固高妙，然不是当家语，自是着腔子唱好诗。"(同上)清代陈廷焯更指斥说："黄九于词，直是门外汉。"(《白雨斋词话》卷一)这些话虽各执一端，但都有一定的道理。因为黄庭坚现存近两百首词中，品类很杂，高下悬殊，不可一概而论。只是这首《清平乐》，传诵至今，向来获得好评。

在古代诗词中，以"惜春"为主题的作品何止千百篇。因此词人写这类作品，必须取新的角度和用新的手法方能取胜。

此词好就好在写得新颖、曲折，风格清奇，语言轻巧，词味隽永。它赋予抽象的春以具体的人的特征。词人因春天的消逝而感到寂寞，感到无处觅得安慰，像失去了亲人似的。这样通过词人的主观感受，反映出春天的可爱和春去的可惜，给读者以强烈的感染。

若词人仅限于这样点明惜春的主题，那也算不了什么高手。

此词高妙处,在于它用曲笔渲染,跌宕起伏,饶有变化。好像荡秋千,既跌得深、猛,又荡得高、远。此词先是一转,希望有人知道春天的去处,唤她回来,与她同住。这种奇想,表现出词人对美好事物的执著和追求。

下片再转。词人从幻想中回到现实世界里来,察觉到无人懂得春天的去向,春天不可能被唤回来。但词人仍存一线希望,希望黄鹂能知道春天的踪迹。为什么呢?因为黄鹂常和春天一同出现,它也许能得知春的讯息。这样,词人又跌入幻觉的艺术境界里去了。

末两句写黄鹂不住地啼叫着。它宛转的啼声,打破了周围的寂静。但词人从中仍得不到解答,心头的寂寞感更加重了。只见黄鹂趁着风势飞过蔷薇花丛。蔷薇花开,说明夏已来临。词人才终于清醒地意识到:春天确乎是回不来了。

像这样一首短词,几经曲折,含蕴着一层深似一层的感情。词人从惜春到寻春,从希望到失望,从不断追寻到濒于绝望;终于怀着无可告慰的心情,为美好事物的消逝陷入沉思中去了。

黄庭坚在诗词创作中,常喜欢掉书袋,发议论,甚至堆砌典故,化用前人辞句,并自诩为"夺胎换骨""点铁成金"。这首词却无此类弊病。仅结尾与欧阳修《蝶恋花》(庭院深深深几许)词末句"泪眼问花花不语,乱红飞过秋千去",意境稍嫌重复。但这充其量只是"偷意",仍不失为一种高格。

有人认为这首词"结语暗寓身世,大有佳人空谷,自伤幽独之感",不妨聊备一说。但从全词看,这种说法显然跟通篇的主题不合。一首词不能是上半写"惜春",下半又变成写"自惜"。如果这样写,势必造成主题的不统一。

读这首词,感情的波澜常会随着词人笔底的波澜一同跳动,一同变化。使人觉得:春天是可爱的,要珍惜春天,别让她轻易流逝!

(蔡厚示)

虞美人

宜州见梅作

天涯也有江南信,梅破知春近。夜阑风细得香迟,不道
晓来开遍向南枝。　　玉台弄粉花应妒,飘到眉心住。
平生个里愿杯深,去国十年老尽少年心。

　　徽宗崇宁二年(1103),黄庭坚因写过一篇《承天院塔记》,被
人挑剔、锻炼出"幸灾谤国"的罪名,被除名,羁管宜州(今属广
西)。他冬天从鄂州起程,次年五、六月始达宜州贬所。此词即作
于三年的冬天。当时作者已是六十岁的老人了。

　　宜州地近海南,去京国数千里,说是"天涯"不算夸张。到贬
所居然能看到江南常见的梅花,作者很诧异:"天涯也有江南信,
梅破知春近。""梅破知春",这不仅是以江南梅花多在冬末春初开
放,意谓春天来临;而且是侧重于地域的联想,意味着"天涯"也无
法隔断"江南"与我的联系(作者为江西修水人,地即属江南)。
"也有"——居然也有,是始料未及、喜出望外的口吻,显见环境比
预料的好。"也"字用法,与作者初贬黔州时作《定风波》"及至重
阳天也霁"的"也"字同妙。表现出一种豁达乐观的情怀。

　　紧接二句则由"梅破"——含苞欲放,写到梅开。梅花开得那
样早,那样突然,夜深时嗅到一阵暗香,没能想到什么缘故,及至

"晓来"才发现向阳的枝头已开繁了。虽则"开遍",却仅限于"向南枝",不失为早梅,令人感到新鲜,喜悦。"得香"在"夜阑(其时声息俱绝,暗香易闻)风细(恰好传递清香)"时候,不及想到,是由于"得香迟"的缘故。此处用笔细致。如果说"也有"表现出第一次意外(居然有梅),"不道"则表现出又一次意外(梅开何早),作者惊喜不迭之情,溢于言表。

于是这个天涯待罪的垂老之人,已满怀江南之春心。一个久已忘却的关于梅花的浪漫故事,不期然而然地回到记忆中来了。《太平御览·时序部》引《杂五行书》:"宋武帝女寿阳公主人日卧于含章殿檐下。梅花落公主额上,成五出花,拂之不去。"这就是"玉台弄粉花应妒,飘到眉心住"的典故由来。多少诗人词客用它,但此词用来却有独特意味。由此表现出一个被贬的老人观梅以致忘怀得失的心情,暗伏下文"少年心"三字。想起故事的人,自己进入了角色,体味到那以梅试妆的少女娇羞喜悦的心情。这是何等浪漫的情味!所以,此处用事之妙不仅是切题而已。

从绍圣元年(1094)初次贬谪算起,到此已经整整十年,是多么不平静的十年。作者并不能一味浪漫,纯然超脱,他必须正视这个现实,虽则是无情的现实。想到往日赏梅,对着如此美景("个里",此中,这样的情景中),总想把酒喝个够;但现在不同了,经过十年的贬谪,宦海沉沦之后,不复有少年的兴致了。结尾在词情上是一大兜转,"老"加上"尽"的程度副词,更使拗折而出的郁愤之情得到充分表现。用"愿杯深"来代言兴致好,亦形象有味。

全词通过梅花,把天涯与江南、垂老与少年、去国十年与平生作了一个令人不知不觉的对比,有力表现出作者对当局横加的政治迫害的不满,有不胜今昔之慨。另一方面,作品又表现出天涯见梅的喜悦,朝花夕拾的欣慰,使得这首抒愤之作饶有兴味,而无消沉之感。

（周啸天）

望江东

江水西头隔烟树,望不见江东路。思量只有梦来去,更
不怕、江拦住。　　灯前写了书无数,算没个、人传与。
直饶寻得雁分付,又还是秋将暮。

　　这首词所写的,是梦幻与现实的矛盾,是人物性格的冲动的
激情与冷静的沉思的结合,是心灵的自剖,这些,又寄托在深刻的
离愁之中。这首词对离情的描写,通过多种意境来体现,白天与
黑夜,思念与期待,沉思与呼喊,都错综地融合在一起。

　　词的开篇"江水西头隔烟树,望不见江东路"句,在展现一片
迷蒙浩渺的艺术境界中,反映出主人公对远方亲人的怀念。她极
目瞭望,茫无所见;"江水""烟树""江东路"等客观自然意象,揭示
了人物的思想感情。"隔"字把在遥望一片浩渺江水、迷蒙远树时
的失望惆怅的心境呈现出来,既反映了客体的真实和美,又表现
了主体的情思意绪。"望不见江东路"是这种情思的继续。接着,
作者把特定的强烈的感情深化,把满腔的幽怨化为深沉的情思:
"思量只有梦来去,更不怕、江拦住。"梦,梦是遂愿的手段。在现
实生活中无从获得的东西,就企望在梦中得到。"思量",是主人
公在遥望中沉思获得了顿悟,"只有梦来去",这是一种复杂的情
绪。她在瞭望大江被江树拦阻所引起的感受是什么呢? 就像"隔

烟树""望不见江东路"一样,在雾霭迷蒙的客观美的衬托下,显示出一种仿佛、模糊的潜意识,渴望离别重逢,只有在梦中才能自由地来去;"更不怕、江拦住",从"江水西头隔烟树"到"不怕江拦住"是一个回合,似乎可以冲破时空,跨越浩浩的大江,实现自己的愿望,飞到思念中的亲人身边。但这是依靠梦来实现的。况且这个"梦"还没有做,只是在"思量",即打算着做。作者没有写她是否做成了这样的梦。既然是"日有所思",可以设想这样的梦是做成了吧。梦是自由的,然而又是虚幻的。在梦里会见了亲人,梦醒后回到现实,一切美好的情景又将归于乌有了。

画饼还是不能充饥,她又把思绪带回现实生活的无穷思念和孤独之中。词的下阕,通过灯前写信的细节,进一步细腻精微地表达主人公感情的发展。梦中相会终是空虚的,她要谋求实在的交流与联系。"灯前写了书无数",以倾诉对远方亲人的怀念深情,但在"算没个、人传与"的一念中,又使她陷入失望的深渊。"直饶寻得雁分付","直饶"在宋代语言中,有"纵使"的意思。词中的主人公想到所写的信无人传递,一转念间,鸿雁传书又燃烧起她的希望,"分付"即交付,要把灯下深情的书信交与飞雁;然而又一想,纵然"寻得"传书的飞雁,"又还是秋将暮",雁秋暮才来,已为时太晚!灯下写信这一感情细腻的刻画,把女主人公的直觉、情绪、思想、梦境、幻境等全部精神活动,在"写了书"又"没人传","寻得雁"又"秋将暮"那回环曲折的描摹过程中用"算""直饶""还是"等表现心里嘀咕的词语,向读者作了深度的心灵的开掘。黑格尔在《美学》第一卷中曾说过:"在艺术里,感性的东西是经过心灵化了,而心灵的东西也借感性化而显现出来。"山谷在这首《望江东》中,把离情别绪中的"心理流"写得回肠荡气,他采用遐想中的意识的流动,表现人物的热烈的思念和失落感,写得何等精细,何等生动。在艺术形象的创造中,体现了深刻鲜明的主题,因此,这首词获得了历代读者的欣赏。《望江东》调,宋词只此一首,即以其中"望不见江东路"句而得名,有可能是山谷所创制。

(唐玲玲)

李之仪

卜算子

我住长江头,君住长江尾。日日思君不见君,共饮长江水。　　此水几时休,此恨何时已。只愿君心似我心,定不负相思意。

李之仪这首《卜算子》,明白如话,复叠回环,深得民歌的神情风味,同时又具有文人词构思新巧、深婉含蕴的特点,可以说是一种提高和净化了的通俗词。

词以长江起兴。开头两句,"我""君"对起,而一住江头,一住江尾,见双方空间距离之悬隔,也暗寓相思之情的悠长。重叠复沓的句式,加强了咏叹的情味,仿佛可以感触到女主人公深情的思念与叹息,而江山万里的悠远广阔背景,和在遥隔中翘首思念的女子形象也宛然在目。

三、四两句,从前两句直接引出。江头江尾的万里遥隔,引出了"日日思君不见君"这一全词的主干;而同住长江之滨,则引出了"共饮长江水"。如果各自孤立起来看,每一句都不见出色,但联起来吟味,便觉笔墨之外别具一段深情妙理。这就是两句之间含而未宣、任人体味的那层转折。可以理解为这样一种转折关系:日日思君而不得见,却又共饮一江之水。这"共饮"不免更反托出离隔之恨,相思之苦。也可以理解为另一种转折关系:尽管

256

思而不见，毕竟还能共饮长江之水。这"共饮"又似乎多少能稍慰相思离隔之恨。两种看来矛盾的理解，实际上恰恰是怀着远隔之恨的双方在"共饮长江水"时可以次第浮现的想法。词人只淡淡道出"不见"与"共饮"的事实，隐去它们之间的转折关系的内涵，任人揣度吟味，反使词情分外深婉含蕴。毛晋盛赞这几句为"古乐府俊语"（《姑溪词跋》），当是有感于其清俊中见深婉含蕴的特点。诗词意蕴的不确定性和多向性，往往是使它耐人寻味的一个原因，而这种不确定性和多向性，又往往是生活本身的丰富性的反映。

"此水几时休，此恨何时已。"换头仍紧扣长江水，承上"思君不见"进一步抒写别恨。长江之水，悠悠东流，不知道什么时候才能休止，自己的相思离别之恨也不知道什么时候才能停歇。用"几时休""何时已"这样的口吻，一方面表明主观上祈望恨之能已，另一方面又暗透客观上恨之无已。江水永无不流之日，自己的相思隔离之恨也永无销歇之时。古乐府《上邪》说："山无陵，江水为竭，冬雷震震夏雨雪，天地合，乃敢与君绝。"敦煌曲子词《菩萨蛮》说："要休且待青山烂，水面上秤锤浮，直待黄河彻底枯，白日参辰现，北斗回南面。"都是用一系列绝不可能发生的事来强调分离之绝不可能，其中包括"江水为竭""黄河彻底枯"这样的"条件"。李词这两句正师其遗意，却以祈望恨之能已反透恨之不能已，变民歌、民间词之直率热烈为深挚婉曲，变重言错举为简约含蓄，这和作者论词"自有一种风格，稍不如格，便觉龃龉"的主张是一致的。

写到这里，似乎只能慨叹"人生长恨水长东"了。但词人却从

"此恨何时已"中翻出一层新的意蕴："只愿君心似我心，定不负相思意。"恨之无已，正缘爱之深挚。"我心"既是江水不竭，相思无已，自然也就希望"君心似我心"，我定不负相思之意。从"此恨何时已"翻出"定不负相思意"，是感情的深化与升华。江头江尾的遥隔在这里反而成为感情升华的条件了。词人主张写词要"妙见于卒章，语尽而意不尽，意尽而情不尽"，这首词的结拍正是写出了隔绝中的永恒之爱，给人以江水长流情长在的感受。

全词以长江水为贯串始终的抒情线索，以"日日思君不见君"为主干。分住江头江尾，是"不见君"之因；"此恨何时已"，是"不见君"之果；"君心似我心""不负相思意"是虽有恨而无恨，有恨者"不见君"，无恨者不相负。悠悠长江水，既是双方万里阻隔的天然障碍，又是一脉相通、遥寄情思的天然载体；既是悠悠相思、无穷别恨的触发物与象征，又是双方永恒相爱与期待的见证。随着词情的发展，它的作用也不断变化，可谓妙用无穷。这样新巧的构思，和深婉的情思、明净的语言、复沓的句法的结合，构成了这首词特有的灵秀隽永、玲珑晶莹的风神。　　　　　（刘学锴）

望海潮

梅英疏淡，冰澌溶泄，东风暗换年华。金谷俊游，铜驼巷陌，新晴细履平沙。长记误随车。正絮翻蝶舞，芳思交加。柳下桃蹊，乱分春色到人家。　　西园夜饮鸣笳。有华灯碍月，飞盖妨花。兰苑未空，行人渐老，重来是事堪嗟！烟暝酒旗斜。但倚楼极目，时见栖鸦。无奈归心，暗随流水到天涯。

　　这首词，宋本《淮海居士长短句》无题，汲古阁本《淮海词》题为《洛阳怀古》。细玩词意，乃是感旧而非怀古；且作词之地也为汴京而非洛阳。至其作期，则在绍圣元年(1094)春，即朝局大变，旧党下台，新党再起，他因此贬官即将离京之时。

　　秦观曾于元丰五年(1082)及八年两度入京应试，但只是在元祐五年(1090)制举及第之后，才留京供职达五年之久，得以参与当时名公的文酒之会，而元祐七年的赐宴，则是他印象最深的一次。《淮海集》载《西城宴集》诗序云："元祐七年三月上巳，诏赐馆阁官花酒，以中浣日游金明池、琼林苑，又会于国夫人园。会者三十有六人。"这是当时罕有的盛举，所以作者后来贬谪处州(州治在今浙江丽水)，作《千秋岁》词，还提及"忆昔西池会，鹓鹭同飞盖"，而致慨于"日边清梦断，镜里朱颜改"。此刻更是记忆犹新，怎生舍得不在贬官去国之时,重游其地,让两年前的这件事再现心头,形诸笔墨呢?

这首词的结构有些特别。一般的词,都从换头处改变作意,如上片写景,下片写情,或上片写今,下片写昔等。此词也是以今昔对比,但它是先写今,再写昔,然后又归到今。忆昔是全篇的重点,这一部分通贯上下两片,而不从换头处换意。

上片起头三句,写初春景物。梅花渐渐地稀疏,结冰的水流已经溶解,在东风的煦拂之中,冬天悄悄地走了,春天不声不响地来了。"暗换年华",指的当然是眼前自然界的变化,但对于自己荣辱穷通所关至巨的政局变化即寓其中。此种双关的今昔之感,直贯结句思归之意。

从"金谷俊游"以下,一直到下片"飞盖妨花"为止,共十一句,都是写的旧游,而以"长记"两字领起,"误随车"固在"长记"之中,即前三句所写在金谷园中、铜驼路上的游赏,也同样在内。但由于格律关系(此词四、五句要实对,如柳永的"东南形胜"一首亦作"烟柳画桥,风帘翠幕"),就把"长记"这样作为领起的字移后了。所以读时不可误会,以为"金谷"三句是写今而非忆昔。只要仔细一点,就不难看出,此三句所写都是欢娱之情,与下片后半所写今日的感伤心绪很不和谐,显然不是一时之事。

在汴京居住达五年之久,"长记"之事,当然可说者甚多,而这首词写的只是两年前春天的那一次游宴。金谷园是西晋石崇的花园,在洛阳西北。铜驼路是西晋都城洛阳皇宫前一条繁华的街道,以宫前立有铜驼而得名。故人们每以金谷、铜驼代表洛阳的名胜古迹。但在本篇里,西晋都城洛阳的金谷园和铜驼路,却是用以借指北宋都城汴京的金明池和琼林苑,而非实指。与下面的西园也非实指曹魏邺都(在今河北临漳西)曹氏兄弟的游乐之地,而是指金明池(因为它位于汴京之西)同。古人诗词中出现的名胜古迹名称,或为实指,或以借喻,要根据诗中情事,具体分析,不可一概而论。如骆宾王《艳情代郭氏答卢照邻》"铜驼路上柳千条,金谷园中花几色",或系实指;刘禹锡《杨柳枝》"金谷园中莺乱飞,铜驼陌上好风吹",亦为实指。而元人雅琥《汴梁怀古》云:"荆榛无月泣铜驼",则显然是以洛阳之典来咏汴梁,与秦词全然相同了。总之,这"金谷"三句,乃是说前年上巳,适值新晴,游赏幽美的名园,漫步繁华的街道,缓踏平沙,非常轻快。

由于记起当年在大道之上,名园之中,"细履平沙",因而连带想起最令人难忘的"误随车"那件事来。"误随车"出韩愈《游城南十六首》中的《嘲少年》:"直把春偿酒,都将命乞花。只知闲信马,不觉误随车。"而李白的《陌上赠美人》:"白马骄行踏落花,垂鞭直拂五云车。美人一笑褰珠箔,遥指红楼是妾家。"以及张泌的《浣溪沙》:"晚逐香车入凤城,东风斜揭绣帘轻,慢回娇眼笑盈盈。

消息未通何计是? 便须佯醉且随行,依稀闻道太狂生。"则都可作随车的注释。不过有有意之随与无心之误的区别而已。士女倾城,春游极盛,在那种"车如流水马如龙"的盛况之下,"误随车"是完全可能的。尽管那次只是"误随",但却引起了词人温馨的遐思,使他对之长远地保持着美好的记忆,在心里萦回不已,难以忘怀。

"正絮翻蝶舞"四句,写春景。时间已由初春到了艳阳天,所以春色也就更其浓丽了。"絮翻蝶舞""柳下桃蹊",正面形容浓春。春天的气息到处洋溢着,人在这种环境之中,自然也就"芳思交加",即心情充满着青春的欢乐了。而且,这浓丽的春光并非作者所能独占,而是被纷纷地送到了沿着"柳下桃蹊"住着的许多人家。这个"乱"字下得极好,它将春色无所不在,乱哄哄地呈现着万紫千红的图景出色地反映了出来。

换头"西园"三句,从美妙的景物写到愉快的饮宴,时间则由白天到了夜晚,以见当时的尽情欢乐。西园借指西池。曹植的《公宴》写道:"清夜游西园,飞盖相追随。明月澄清景,列宿正参差。"曹丕《与吴质书》云:"白日既匿,继以朗月。同乘并载,以游后园。舆轮徐动,参从无声;清风夜起,悲笳微吟。"又云:"从者鸣笳以启路,文学托乘于后车。"词用二曹诗文中意象,写日间在外面游玩之后,晚间又到国夫人园中饮酒、听乐。各种花灯都点亮了,使得明月也失去了她的光辉;许多车子在园中飞驰,也不管车盖擦损了路旁的花枝。写来使人觉得灯烛辉煌,车水马龙,如在目前。"碍"字和"妨"字,不但显出月朗花繁,而且还显出灯多而交映,车众而并驰的盛况。

以上十一句写旧游。把过去写得愈热闹就愈衬出现在的凄凉、寂寞。"兰苑"二句,暗中转折,逼出"重来是事堪嗟",点明怀旧之意,与上"东风暗换年华"相呼应。(兰苑即指金谷、西园之类。是事,犹言每事。)追忆前游,是事可念,而"重来"旧地,则"是事堪嗟",感慨深至。

当年西园夜饮,何等意气!今天酒楼独倚,何等消沉!烟暝旗斜,暮色苍茫,既无飞盖而来的俊侣,也无鸣笳夜饮的豪情,极目所至,已经看不到絮、蝶、桃、柳这样一些春色,只是"时见栖鸦"

而已。这时候,当然早已没有了交加的芳思,而宦海风波,仕途蹉跌,也使得词人不得不离开汴京,于是归心也就自然而然地同时也是无可奈何地涌上心头来了。

这首词的主旨是感旧,感时之意即寓其中;由感旧而思归,则盛衰之意自见,故以今昔对照为其基本表现手段。它用大量的篇幅写旧游之乐以反衬今日之牢落衰老,所以感染力特强。这也就是周济《宋四家词选》所说的"两两相形"。如酒楼和金谷、铜驼、西园、兰苑,"烟暝旗斜"和"华灯碍月,飞盖妨花","倚楼"和"随车","栖鸦"和"蝶舞","归心"和"芳思","暗随"与"乱分","天涯"和"人家",无往而非两两相形,以见今昔之殊,而抒盛衰之感。

(程千帆　沈祖棻)

263

秦　观

满庭芳

山抹微云，天连衰草，画角声断谯门。暂停征棹，聊共引离尊。多少蓬莱旧事，空回首，烟霭纷纷。斜阳外，寒鸦万点，流水绕孤村。　　销魂，当此际，香囊暗解，罗带轻分。谩赢得、青楼薄幸名存。此去何时见也，襟袖上、空惹啼痕。伤情处，高城望断，灯火已黄昏。

有不少词调，开头两句八个字，便是一副工致美妙的对联。宋代名家，大抵皆向此等处见功夫，逞文采。诸如"做冷欺花，将烟困柳"，"叠鼓夜寒，垂灯春浅"……一时也举他不尽。这好比名角出台，绣帘揭处，一个亮相，风采精神，能把全场"笼罩"住。试看那"欺"字、"困"字、"叠"字、"垂"字……词人的慧性灵心、情肠意匠，早已颖秀葩呈，动人心目。

然而，要论个中高手，我意终推秦郎。比如他的"碧水惊秋，黄云凝暮"，何等神笔！至于这首《满庭芳》的起拍开端"山抹微云，天连衰草"，更是雅俗共赏，只此一个出场，便博得满堂碰头彩，掌声雷动——真好看煞人！

这两句端的好在何处？

大家先就看上了那"抹"字。好一个"山抹微云"！"抹"得奇，新鲜，别有意趣！

"抹"又为何便如此新奇别致,博得喝彩呢?

须看他字用得妙,有人说是文也而通画理。

抹者何也?就是用别一个颜色,掩去了原来的底色之谓。所以,唐德宗在贞元时阅考卷,遇有词理不通的,他便"浓笔抹之至尾"(煞是痛快)!至于古代女流,则时时要"涂脂抹粉",罗虬写的"一抹浓红傍脸斜",老杜说的"晓妆随手抹",都是佳例,其实亦即用脂红别色以掩素面本容之义。

如此说来,秦郎所指,原即山掩微云,应无误会。

但是如果他写下的真是"山掩微云"四个大字,那就风流顿减,而意致无多了。学词者宜向此处细心体味。同是这位词人,他在一首诗中却说:"林梢一抹青如画,知是淮流转处山。"同样成为名句。看来,他确实是有意地运用绘画的笔法而将它写入了诗词,人说他"通画理",可增一层印证。他善用"抹"字,一写林外之山痕,一写山间之云迹,手法俱是诗中之画,画中之诗,其致一也。只单看此词开头四个字,宛然一幅"横云断岭"图。

出句如彼,且看他对句用何字相敌?他道是:"天连衰草。"

于此,便有人嫌这"连"字太平易了,觉得还要"特殊"一点才好。想来想去,想出一个"黏"字来。想起"黏"字来的人,起码是南宋人了,他自以为这样才"炼字"警策。大家见他如此写天际四垂,远与地平相"接",好像"黏合"了一样,用心选辞,都不同常俗,果然也是值得击节赞赏!

我却不敢苟同这个对字法。

何以不取"黏"字呢?盖少游时当北宋,那期间,词的风格还是大方家数一派路子,尚无十分刁钻古怪的炼字法。再者,上文

265

已然着重说明：秦郎所以选用"抹"并且用得好，全在用画入词，看似精巧，实亦信手拈来，自然成趣。他断不肯为了"敌"那个"抹"字，苦思焦虑，最后认上一个"黏"，以为"独得之秘"——那就是自从南宋才有的词风，时代特征是不能错乱的。"黏"字之病在于：太雕琢——也就显得太穿凿；太用力——也就显得太吃力。艺术是不以此等为最高境界的。况且，"黏"也与我们的民族画理不相贴切，我们的诗人赋手，可以写出"野旷天低"，"水天相接"。这自然也符合西洋透视学；但他们还不致也不肯用一个天和地像是黏合在一起这样的"修辞格"，因为画里没有这样的概念。其间的分际，是需要仔细审辨体会的：大抵在选字功夫上，北宋词人宁肯失之"出"，而南宋词人则有意失之"入"。后者的末流，就陷入尖新、小巧一路，专门在一二字眼上做扭捏的功夫；如果以这种眼光去认看秦郎，那就南其辕而北其辙了。

　　以上是从艺术角度上讲根本道理。注释家似乎也无人指出：少游此处是暗用寇準的"倚楼无语欲销魂，长空黯淡连芳草"的那个"连"字。岂能乱改他字乎？

　　说了半日，难道这个精彩的出场，好就好在一个"抹"字上吗？少游在这个字上享了盛名，那自是当然而且已然，看他的令婿在宴席前遭了冷眼时，便"遽起，叉手而对曰：'某乃山抹微云女婿也！'"可见其脍炙之一斑。然而，这一联八字的好处，却不会"死"在这一两个字眼上。要体会这一首词通体的情景和气氛，上来的这八个字已然起了一个笼罩全局的作用。

　　"山抹微云"，非写其高，写其远也。它与"天连衰草"，同是极目天涯的意思——这其实才是为了惜别伤怀的主旨，而摄其神理。懂了此理，也不妨直截地说极目天涯就是主旨。

然而，又须看他一个山被云遮，便勾勒出一片暮霭苍茫的境界；一个衰草连天，便点明了暮冬景色惨淡的气象。整个情怀，皆由此八个字里而透发，而"弥漫"。学词者于此不知着眼，翻向一二小字上去玩弄，或把少游说成是一个只解"写景"和"炼字"的浅人，岂不是见小而失大乎？

八字既明，下面全可迎刃而解了："画角"一句，加倍点明时间。盖古代傍晚，城楼吹角，所以报时，正如姜白石所谓"正黄昏，清角吹寒，都在空城"，正写那个时间。"暂停"两句，才点出赋别、饯送之本事——词笔至此，能事略尽，于是无往不收，为文必转，便有回首前尘、低回往事的三句，稍稍控提，微微唱叹。妙在"烟霭纷纷"四字，虚实双关，前后相顾。——何以言虚实，言前后？试看纷纷之烟霭，直承"微云"，脉络晓然，乃实有之物色也，而昨日前欢，此时却忆，则也正如烟云暮霭，分明如在，而又迷茫怅惘，全费追寻了。此则虚也。双关之趣，笔墨之灵，允称一绝。

词笔至此，已臻妙境，而加一推宕，含情欲见，而无用多申，只将极目天涯的情怀，放在眼前景色之间，就又引出了那三句使千古读者叹为绝唱的"斜阳外，寒鸦万点，流水绕孤村"。又全似画境，又觉画境亦所难到。叹为高手名笔，岂虚誉哉。

词人为何要在上片歌拍之处着此"画"笔？有人以为与正文全"不相干"。真的吗？其实"相干"得很。莫把它看作败笔泛墨、凑句闲文。少游写此，全在神理，泯其语言，盖谓：天色既暮，归禽思宿，人岂不然？流水孤村，人家是处，歌哭于斯，亦乐生也。而自家一身微官濩落，去国离群，又成游子，临歧城郊帐饮，哪不

267

执手哽咽乎？

我很小时候，初知读词，便被它迷上了！着迷的重要一处，就是这归鸦万点，流水孤村，真是说不出的美！调美，音美，境美，笔美。神驰情往，如入画中。后来才明白，词人此际心情十分痛苦，他不是死死刻画这一痛苦的心情，却将它写成了一种极美的境界，令人称奇叫绝。这大约就是我国大诗人大词人的灵心慧性、绝艳惊才的道理了吧？

我常说：少游这首《满庭芳》，只须着重讲解赏析它的上半阕，后半无须婆婆妈妈，逐句饶舌，那样转为乏味。万事不必"平均对待"，艺术更是如此。倘昧此理，又岂止笨伯之讥而已。如今只有两点该当一说：

一是青楼薄幸。尽人皆知，此是用"杜郎俊赏"的典故：杜牧之，官满十年，弃而自便，一身轻净，亦万分感慨，不屑正笔稍涉宦场一字，只借"闲情"写下了那篇有名的"十年一觉扬州梦，赢得青楼薄幸名"，其词意怨甚，愤甚，亦谑甚矣！而后人不解，竟以小杜为"冶游子"。人之识度，相去不亦远乎。少游之感慨，又过乎牧之之感慨。少游有一首《梦扬州》，其中正也说是"离情正乱，频梦扬州"，是追忆"殢酒为花，十载因谁淹留？"，忘却此义，讲讲"写景""炼字"以为即是懂了少游词，所失不亦多乎哉。

二是结尾。好一个"高城望断"。"望断"二字是我从一开头就讲了的那个道理，词的上片整个没有离开这两个字。到煞拍处，总收一笔，轻轻点破，颊上三毫，倍添神采。而灯火黄昏，正由山有微云——到"纷纷烟霭"（渐重渐晚）——到满城灯火，一步一步，层次递进，井然不紊，而惜别停杯，留连难舍，维舟不发……也就尽在"不写而写"之中了。

作词不离情景二字,境超而情至,笔高而韵美,涵咏不尽,令人往复低回,方是佳篇。雕绘满眼,意纤笔薄,乍见动目,再寻索然。少游所以为高,盖如此才真是词人之词,而非文人之词、学人之词……所谓当行本色,即此是矣。

有人也曾指出,秦淮海,古之伤心人也。其语良是。他的词,读去乍觉和婉,细按方知情伤,令人有凄然不欢之感。此词结处,点明"伤情处",又不啻是他一部词集的总括。我在初中时,音乐课教唱一首词,使我十几岁即为之动魂摇魄——

　　西城杨柳弄春柔,动离忧,泪难收。犹记多情,曾为

系归舟。碧野朱桥当日事,人不见,水空流。……

每一吟诵,追忆歌声,辄不胜情,"声音之道,感人深矣",古人的话,是有体会的。然而今日想来,令秦郎如此长怀不忘、字字伤情的,其即《满庭芳》所咏之人之事乎? 　　　　　(周汝昌)

秦　观

江城子

西城杨柳弄春柔,动离忧,泪难收。犹记多情曾为系归舟。碧野朱桥当日事,人不见,水空流。　　韶华不为少年留。恨悠悠,几时休?飞絮落花时候一登楼。便做春江都是泪,流不尽,许多愁。

　　这是一首暮春怀人之作。上片是由杨柳勾起的回忆,下片是抒情中所作的比兴修辞,均自然而具特色。

　　杨柳在词中扮演了一个重要角色,首句便是"西城杨柳弄春柔"。这柳色,通常能使人联想到青春及青春易逝,又可以使人感春伤别。"弄春柔"的"柔"字,便有百种柔情,"弄"字则有故故撩拨之意。赋予无情景物以有情,寓拟人之法于无意中。(试比较张先"云破月来花弄影"的名句。)"杨柳弄春柔"的结果,便是惹得人"动离忧,泪难收"。这"泪"字,是词中又一个关键字,说详后。以下写因柳而有所感忆:"犹记多情曾为系归舟。碧野朱桥当日事,人不见,水空流。"这里已给读者足够的暗示,这杨柳不是任何别的地方的杨柳,而是靠近水驿的长亭之柳,所以当年曾系归舟,曾有离别情事在这地方发生。那时候,一对情侣或挚友,就踏过红色的板桥,眺望春草萋萋的原野,在这儿话别。一切都记忆犹新,可是眼前呢,风景不殊,人儿已天各一方了。"水空流"三字表达的惆怅是深长的。在写"泪"之后写到"水",似不经意,其实已为下片煞拍的设喻作了伏笔,这正是词中机杼所在。

好景不长,凡人都有这类感慨。过片却特别强调"韶华不为少年留",那是因为少年既是风华正茂,又特别善感的缘故,所谓既得之,患失之。"恨悠悠,几时休?"两句无形中又与前文的"泪难收""水空留"唱和了一次,这样,一个巧妙的比喻已水到渠成。只需要一个适当的诱因,于是便有"飞絮落花时候一登楼"的描写。"一登楼",可见不常登楼。而不登则已,"一登"就在这杨花似雪的暮春时候,真正是感如之何? 感如之何? 这就逼出最后的妙喻:"便做春江都是泪,流不尽,许多愁。"它妙就妙在一下子将从篇首开始逐渐写出的泪流、水流、恨流挽合作一江春水,滔滔不尽地向东奔去,使读者沉浸在感情的洪流中。这比喻不是突如其来的,而是逐渐汇合的,说它水到渠成,也就是说它自然而具特色。

至此,读者便会感到这比喻又显然受到李后主"问君能有几多愁,恰似一江春水向东流"名句的影响,甚至可以说是从此翻新的。那么它新在何处呢? 细味后主之句作问答语,感情是哀痛而澎湃汹涌的;少游之句改作假设语("便做……"),语气就微婉得多,表达的感情则较缠绵伤感。前者之美是"阳刚"的,后者却稍近"阴柔";都是为具体的情感内容所制约,故各得其宜。

(周啸天)

271

秦　观

鹊桥仙

纤云弄巧,飞星传恨,银汉迢迢暗渡。金风玉露一相逢,便胜却人间无数。　　柔情似水,佳期如梦,忍顾鹊桥归路。两情若是久长时,又岂在朝朝暮暮。

　　"七夕"是一个美好而又充满神话色彩的节日。杜牧《七夕》诗云:"天阶夜色凉如水,卧看牵牛织女星。"相传这天夜晚(阴历七月初七)是分居银河两侧的牛郎织女,一年一度相会的日子。织女是织造云锦的巧手,所以,这天夜晚,天空的云彩特别好看。旧时风俗,少女们要于此夜陈设瓜果,朝天礼拜,向织女"乞巧"。这个汉魏以来就流传着的美丽神话,引起了古往今来多少诗人的咏叹。其中能长久地脍炙人口,传诵不衰的绝唱,则要推秦少游这首《鹊桥仙》了。

　　词一开始即写"卧看牵牛织女星"时初秋夜空美景:"纤云弄巧",轻柔多姿的云彩,变化出许多优美巧妙的图案,显示出织女的手艺真是精巧无伦啊!可是,这样美好的人儿,却不能与自己心爱的人共同过美好的生活。"飞星传恨",那些闪亮的星星仿佛都在传递着他们的离愁别恨,正在飞驰长空。这两句写云,写星星,都具有人的情意,那"纤云"着意"弄巧",似乎为这对爱侣的团聚而高兴;而"飞星"也在为他们传情递意而奔忙,这种写法可谓

"化景物为情思"了。

接着写织女渡银河。《古诗十九首》云:"河汉清且浅,相去复几许? 盈盈一水间,脉脉不得语。""盈盈一水间",近在咫尺,似乎连对方的神情语态都宛然在目。这里,秦观却写道:"银汉迢迢暗渡",以"迢迢"二字形容银河的辽阔,牛女相距之遥远。这样一改,感情深沉了,突出了相思之苦。迢迢银河水,把两个相爱的人隔开,相见多么不容易!"暗渡"二字既点"七夕"题意,同时紧扣一个"恨"字,他们踽踽宵行,千里迢迢来相会,那深情挚意真像长河秋水源远流长啊!

按说接下来就是写牛女相会的场面了。可是高明的词人不作实写,却宕开笔墨,以富有感情色彩的议论赞叹道:"金风玉露一相逢,便胜却人间无数!"一对久别的情侣在金风玉露之夜,在碧落银河之畔相会了,这是多么美好幸福的时刻,天上一次相逢,就抵得上人间千遍万遍呀! 词人热情歌颂了一种理想的圣洁而永恒的爱情。"金风玉露"用李商隐《辛未七夕》诗:"恐是仙家好别离,故教迢递作佳期。由来碧落银河畔,可要金风玉露时。"用以描写七夕相会的时节风光,同时还另有深意,词人把这次珍贵的相会,映衬于金风玉露、冰清玉洁的背景之下,显示出这对爱侣心灵的高尚纯洁。

"相见时难别亦难",以上写"佳期相会",下面便是"依依惜别"。"柔情似水",那两情相会的情意啊,就像悠悠无声的流水,是那样的温柔缠绵。而一夕佳期竟然像梦幻一般倏然而逝,才相见又分离,怎不令人心碎!"柔情似水","似水"照应"银汉迢迢",即景设喻,十分自然。"佳期如梦",除言相会时间之短,还写出爱侣相会时的复杂心情。平日他俩只有梦中相见,此时真的相会,却又"乍见翻疑梦"了!"忍顾鹊桥归路",转写分离,刚刚借以相会的鹊桥,转瞬间又成了和爱人分别的归路。不说不忍离去,却说怎忍看鹊桥归路,婉转语意中,含有无限惜别之情,含有无限辛酸眼泪。

作者写这几句词,似乎他的感情已和词中主人公融成一片,进入"不知何者为我,何者为物"的化境了。回顾佳期幽会,疑真疑假,似梦似幻,及至鹊桥言别,恋恋之情,已至于极。词笔至此忽又空际转身,爆发出高亢的音响:"两情若是久长时,又岂在朝朝暮暮!"这掷地作金石声的警句,使全篇为之一振。

"多情自古伤离别",固然是人之常情,而秦观这两句词却揭示了爱情的真谛:爱情要经得起长久分离的考验,只要能彼此真诚相爱,即使终年天各一方,也比朝夕相伴的庸俗情趣可贵得多。这两句又是感情色彩很浓的议论,它与上片的议论遥相呼应,也与上片同样结构,叙事和议论相间,从而形成全篇连绵起伏的情致。而更可贵的是:词的命意超绝。正如明人沈际飞评曰:"(世人咏)七夕,往往以双星会少离多为恨,而此词独谓情长不在朝暮,化朽腐为神奇!"诚然,这种正确的恋爱观,这种高尚的精神境界,远远超过了古代同类作品,是十分难能可贵的。

就全篇而言,这首写神话故事的词,句句是天上,句句写双星,而又句句写人间,句句写人情,天人合一,成为千古抒情绝唱。其抒情,悲哀中有欢乐,欢乐中有悲哀,悲欢离合,起伏跌宕。词中有写景,有抒情,有议论,虚实兼顾,融情、景、理于一炉。有趣的是,婉约词家在写作上常以议论为病,而今作为婉约派大师的秦少游,直接在这篇名作中抒发了议论:"金风玉露一相逢,便胜却人间无数","两情若是久长时,又岂在朝朝暮暮"。这些自然流畅的句子,近于散文,却更显得婉约蕴藉,余味盎然。这说明议论运用得好,也能赢得极好的艺术效果的。 (高 原)

秦　观

千秋岁

水边沙外,城郭春寒退。花影乱,莺声碎。飘零疏酒盏,离别宽衣带。人不见,碧云暮合空相对。　　忆昔西池会,鹓鹭同飞盖。携手处,今谁在? 日边清梦断,镜里朱颜改。春去也,飞红万点愁如海。

　　据秦瀛《淮海先生年谱》,哲宗绍圣二年乙亥(1095),少游"尝游(处州)府治南园,作《千秋岁》词"。然吴曾《能改斋漫录》及曾敏行《独醒杂志》俱谓作于衡阳,面呈孔毅甫。按少游于绍圣三年由处州(今浙江丽水)削秩徙郴州,岁暮抵贬所,其经衡阳已届秋冬,与词中所写春景不合。故此词应作于处州,至衡阳始录呈孔毅甫。因为词中感情极其悲伤,所以孔毅甫读后说:"秦少游气貌,大不类平时,殆不久于世矣。"(见《独醒杂志》)

　　这首词的特点是把今与昔、政治上的蹭蹬与爱情上的失意交织在一起,因而短短一首小词,具有极大的思想容量与强烈的艺术魅力,在《淮海词》中是少有的佳篇。

　　上片着重写"今"。词人于绍圣元年贬监处州酒税。据府志云,处州城外有大溪,岸边多杨柳。起首二句即写眼前之景,将时令、地点轻轻点出。春去春回,往往引起古代词人的咏叹。王观《卜算子》云:"若到江南赶上春,千万和春住。"黄庭坚《清平乐》

云："春无踪迹谁知，除非问取黄鹂。"然而少游这里却把春天的踪迹看得明明白白："水边沙外，城郭春寒退。"浅浅春寒，从溪水边、城郭旁，悄悄地退却了。二月春尚带寒，"春寒退"即三月矣，于是词人写道："花影乱，莺声碎。""暮春三月，江南草长，杂花生树，群莺乱飞"（丘迟《与陈伯之书》），正是这个时候。这两句词从字面上看，好似出自唐人杜荀鹤《春宫怨》诗"风暖鸟声碎，日高花影重"，然而词人把它浓缩为两个三字句，便觉高度凝练。其中"碎"字与"乱"字，用得尤工。莺声呖呖，以一"碎"字概括，已可盈耳；花影摇曳，以一"乱"字形容，几堪迷目。白居易有诗云："乱花渐欲迷人眼，浅草才能没马蹄。"俱以"乱"字状花之纷繁，可谓各极其妙。因为这两句特别好，所以南宋范成大守处州时建莺花亭以纪之，并题了五首诗。后世题咏者，亦代不乏人。

　　以上几句写春深景色，似乎洋溢着对大自然的热爱，可是词人的着眼点却是在转瞬的春归。到了"飘零"句以下，词情更加伤感了。所谓"飘零疏酒盏"者，谓远谪处州，孑然一身，不复有"飞觞酒以花"之情兴也；"离别宽衣带"者，谓离群索居，腰围瘦损，衣带宽松也。《古诗十九首》云："相去日以远，衣带日以缓。"当为后一句所本，因此明人沈际飞评曰："两句是汉魏人诗。"（《草堂诗余正集》卷二）少游此词基调本极哀怨，此处忽然注入汉魏诗风，故能做到柔而不靡。歇拍二句进一步抒发离别后的惆怅情怀。所谓"碧云暮合"，说明词人所待之人，迟迟不来。这一句是从江淹《拟休上人怨别》诗"日暮碧云合，佳人殊未来"化出，表面上似写怨情，而所怨之人又宛似女性，然细按全篇，却又不似。朦胧暧昧，费人揣摩，这正是少游词的微妙之处，即清人周济所云"将身世之感,打并入艳情,又是一法"(见《宋四家词选》评其《满庭芳》"山抹微云"阕)。说得通俗一点,便是将政治上的蹭蹬与爱情上的失意交织起来。因此读来不觉枯燥乏味,而是深感蕴藉含蓄,耐人涵泳。

上片写今,过片则转而写昔。时间不同了,场景变化了,而词人的潜在意识却一直是贯串的。因为看到处州城外如许春光,词人便情不自禁地勾起对昔日西池宴集的回忆。西池,即金明池,《东京梦华录》卷七谓在汴京城西顺天门外街北,自三月一日至四月八日闭池,虽风雨亦有游人,略无虚日。《淮海集》卷九《西城宴集》诗注云:"元祐七年三月上巳,诏赐馆阁花酒,以中浣日游金明池、琼林苑,又会于国夫人园。会者二十有六人。"这是一次盛大而又愉快的集会,在词人一生中留下了难忘的印象。"鹓鹭同飞盖"一句,把二十六人同游西池的盛况作了高度的概括。鹓鹭者,谓朝官之行列整齐有序,犹如天空中排列飞行的鹓鸟与白鹭。飞盖者,状车辆之疾行,语本曹植《公宴诗》:"清夜游西园,飞盖相追随。"阳春三月,馆阁同人乘着车辆,排成长队,驰骋在汴京西城门外通向西池的大道上,多么欢乐;然而曾几何时,景物依稀——这儿也有水边,也有繁花,也在城外,而从游者则贬官的贬官,远谪的远谪,俱皆风流云散,无一幸免,令人多么痛心!"携手处,今谁在",这是发自词人肺腑的情语,我们仿佛听到他在哭泣着呼唤,哭泣着诉说。这对元祐党祸无异是痛心疾首的控诉。然而词人表达这种感情时也不是浅述直露,这从"日边"一联可以看出。"日边清梦",语本李白《行路难》其一:"闲来垂钓碧溪上,忽复乘舟梦日边。"王琦注云:"《宋书》:伊挚将应汤命,梦乘船过日月之旁。"少游将之化而为词,说明自从迁谪以来,他对哲宗皇帝一直抱有幻想。他时时刻刻梦想回到京城,恢复昔日供职史馆的生活。可是日复一日,年复一年,他的梦想如同泡影。于是他失望了,感到回到帝京的梦已不可能实现。梦断难寻,这是多么惨痛的遭际;然而表达得又是如此委婉曲折。接着"镜里朱颜改"一句,更联系自身。无情的岁月,使词人脸上失去红润的颜色。词人一会儿谈政治理想的破灭,一会儿又说个人容颜的衰老,反复缠绵,宛转凄恻,简直催人泪下。

词的结尾是全词感情的高潮,也是全篇的警策。开头说"春寒退",暗示夏之将至;到此又说"春去也",明点春之即归。两者从时间上或许尚有些少距离,而从词人心理上则是无甚差别的。盖四序代谢,功成者退,春至极盛时,敏感的词人便知其将被取代了。词人从眼前想到往昔,又从往昔想到今后,深感前路茫茫,人生叵测,一种巨大的痛苦在噬啮他的心灵,因此不禁发出"春去也,飞红万点愁如海"的呼喊。这不仅是说自然界的春天正在逝去,同时也在暗示生命的春天也将一去不复返了。"飞红"句颇似从杜甫《曲江对酒》诗中"一片花飞减却春,风飘万点正愁人"化来,然其以海喻愁,却是一个了不起的创造。从全篇来讲,这一结句也极有力。近人夏闰庵(孙桐)云:"此词以'愁如海'一语生色,全体皆振,乃所谓警句也。"(俞陛云《宋词选释》引)忧愁有如浩瀚的大海,少游谪恨之深之广,可以想见了。

总之,此词写昔是为了衬今,春深是为了衬春去,点染艳情是为了突出政治理想的破灭,最终落在一个无边无际的愁字上。全篇自然浑成,哀感顽艳,有一唱三叹之妙。

(徐培均)

279

秦　观

踏莎行

雾失楼台，月迷津渡，桃源望断无寻处。可堪孤馆闭春寒，杜鹃声里斜阳暮。　　驿寄梅花①，鱼传尺素②，砌成此恨无重数。郴江幸自③绕郴山，为谁流下潇湘去？

〔注〕　① 驿寄梅花：《荆州记》："吴陆凯与范晔善，自江南寄梅花诣长安与晔，并赠诗曰：'折梅逢驿使，寄与陇头人。江南无所有，聊赠一枝春。'"　② 鱼传尺素：古诗《饮马长城窟行》："客从远方来，遗我双鲤鱼，呼儿烹鲤鱼，中有尺素书。"　③ 幸自：本自，本来是。

此词毛晋汲古阁本《淮海词》调下附注谓作于郴州旅舍，时间略晚于《阮郎归》(湘天风雨破寒初)，大约作于绍圣四年(1097)春三月，其时，由于新旧党争，秦观先贬杭州通判，再贬监处州酒税，最后又被人罗织罪名，贬徙郴州，并削去了所有的官爵和俸禄。接二连三的贬官，少游内心的悲苦绝望可想而知。他来到郴州后，写下了这首词，以委婉曲折的笔法，抒写了谪居之恨，成为蜚声词坛的千古绝唱。

开篇三句"雾失楼台，月迷津渡，桃源望断无寻处"，写一个意想中的夜雾笼罩一切的凄凄迷迷的世界：楼台在茫茫大雾中消失；渡口被朦胧的月色所隐没；那当年陶渊明笔下的桃花源(在郴州以北的武陵),更是云遮雾障,无处可寻了。为什么说这是意想中的景象呢?因为紧接着的两句是"可堪孤馆闭春寒,杜鹃声里斜阳暮"。词人闭居孤馆,哪里还能看得到"津渡"呢?而从时间上来看,上句写的是雾濛濛的月夜,怎么到了下句,时间又倒退到"斜阳暮"——残阳如血的黄昏时刻了呢?显然,这两句是实写诗人不堪客馆寂寞,而头三句则是虚构之景了。这里词人运用因情造景的手法,景为情而设。细细体味这开头三句是意味深长的。"楼台",令人联想到的是一种巍峨美好的形象,而如今被漫天的雾吞噬了;"津渡",可以使人产生指引道路、走出困境的联想,而如今在朦胧夜色中迷失不见了;"桃源",令人联想到《桃花源记》中"黄发垂髫,并怡然自乐"的一片乐土,而如今在人间再也找不到了。这开头三句,分别下了"失""迷""无"三个否定词,接连写出三种曾经存在过或在人们的想象中存在过的事物的消失,表现了一个屡遭贬谪的失意者的怅惘之情和对前途的渺茫之感。清人黄了翁在《蓼园词话》中说:"雾失月迷,总是被谗写照。"这是深得词人之心的。

　　正因为词人此时此刻的处境是苦难不可脱,仙境不可期,极端的失望和伤心,因而写下了声情凄厉、感人肺腑的诗句:"可堪孤馆闭春寒,杜鹃声里斜阳暮。"这两句开始正面实写词人羁旅郴州客馆不胜其悲的现实生活。一个"馆"字,已暗示羁旅之愁。说"孤馆"则进一步点明客舍的寂寞和客子的孤单。而这座"孤馆"又紧紧封闭于春寒之中,置身其间的词人其心情之凄苦就可想而知了。此时此刻,又传来杜鹃的阵阵悲鸣;那惨淡的夕阳正徐徐西下,这景象益发逗引起词人无穷的愁绪。杜鹃一声声"不如归去"的鸣声，曾经勾引起多少游子的归思。李白《宣城见杜鹃花》写道："一叫一回肠一断，三春三月忆三巴。""斜阳"，在诗词中也是引起乡愁的。崔颢《黄鹤楼》诗云："日暮乡关何处是？烟波江上使人愁。"以少游一个羁旅之身，所居住的是寂寞孤馆，所感受的是料峭春寒，所听到的是杜鹃啼血，所见到的是日暮斜阳，此情此境，他怎能忍受得了呢？所以，这两句以"可堪"二字领起。"可堪"者，岂堪也，词人被深"闭"在这重重凄厉的氛围中，他实在不堪忍受呀！

王国维评价这两句词说："少游词境最凄婉，至'可堪孤馆闭春寒，杜鹃声里斜阳暮'，则变为凄厉矣。"他还认为这两句是一种"有我之境"，就是说，这两句在景物描写上充满了诗人自我的感情色彩，刻画了诗人的自我形象，使人感到其中有诗人自我在，在情与景的结合上是极其自然的。

"驿寄梅花，鱼传尺素，砌成此恨无重数。"过片连用两则友人投寄书信的典故，极写思乡怀旧之情。"驿寄梅花"，见于《荆州记》记载；"鱼传尺素"，是用古乐府《饮马长城窟》诗意，意指书信往来。少游是贬谪之人，北归无望，亲友们的来书和馈赠，实际上并不能给他带来丝毫慰藉，而只能徒然增加他别恨离愁而已。因此，书信和馈赠越多，离恨也积得越多，无数"梅花"和"尺素"，仿佛堆砌成了"无重数"的恨。词人这种感受是很深切的，而表现这种感情的手法又是新颖绝妙的。"砌成此恨无重数"，说恨可以堆砌。有这一"砌"字，那一封封书信，一束束梅花，便仿佛成了一块块砖石，层层垒起，以至于达到"无重数"的极限。这种写法，不仅把抽象的微妙的感情形象化，而且也可使人想象词人心中的积恨也如砖石垒成的城墙那般沉重坚实而无法消解了。

词人正是在如此深重、结郁难排的苦恨中，迸发出结尾二句："郴江幸自绕郴山，为谁流下潇湘去？"从表面上看，这两句似乎是即景抒情，写词人纵目郴江，抒发远望怀乡之思。郴江，发源于湖南省郴县黄岭山，即词中所写的"郴山"。郴江出山后，向北流入耒水，又北经耒阳县，至衡阳而东流入潇水湘江。本来是自然山川的地理形势，一经词人点化，那山山水水都仿佛活了，有了人的思想感情。这两句由于分别加入了"幸自"和"为谁"两个字，无情的山水也好像变得有情了，仿佛词人在对郴江说：郴江啊，您本来生活在自己的故土，和郴山欢聚在一起，究竟为了谁而竟自离乡背井，"流下潇湘去"呢？又好像词人面对着郴江自怨自艾，慨叹自己的身世：自己好端端一个读书人，本想出来为朝廷做一番事业，正如郴江原本是绕着郴山转的呀，谁会想到如今竟被卷入一场政治斗争的漩涡中去呢？这结尾两句，意蕴丰富，因为在词人笔下的郴江之水，已经注入了作者对自己离乡远谪的深长怨恨，富有象征性了。词人诘问离开郴山一去不返的郴江江水"为谁流下潇湘去"，可以说正是他对自己的不幸命运的一种反躬自问。

就全篇而论，秦少游这首《踏莎行》词，它的开头三句"雾失楼台，月迷津渡，桃源望断无寻处"和结尾两句"郴江幸自绕郴山，为谁流向潇湘去"都是采用象征性的表现手法，"驿寄梅花，鱼传尺素，砌成此恨无重数"三句，是用典抒情。而从现实的景物正面抒写其贬谪之情的，只有"可堪孤馆闭春寒，杜鹃声里斜阳暮"这两句，王国维在《人间词话》中特别赞赏，因为这两句完全符合他主张的"以自然之眼观物,以自然之舌言情"的鉴赏标准。"郴江幸自绕郴山,为谁流向潇湘去"两句,写得比较隐晦曲折,往往不容易为一般人理解。苏东坡在苏门四学士中,"最善少游",二人"同升而并黜",因此,这"郴江幸自绕郴山"两句,最能引起东坡强烈的共鸣,曾叹曰:"少游已矣,虽万人何赎!"以至书于扇面,永志不忘。

王国维和苏东坡对这首词的鉴赏,由于二人看问题的角度不同,各有所爱,却都不失为各有一得。应当看到,正是写实和象征的多种手法的综合运用,才构成这首词凄迷幽怨、含蕴深厚的艺术特色,才使这首词成为一件完美的艺术精品。应该说,词中各句都是写得精彩的,而"可堪孤馆闭春寒,杜鹃声里斜阳暮"两句和"郴江幸自绕郴山,为谁流向潇湘去"两句,更好,各有艺术特点。诗词作法本无定式,少游为表现其内心不能直言的深曲幽微的逐客之恨,使用写实、象征多种手法开拓词的意境,获得了成功。这对词的艺术发展是有意义的,应该肯定的。它正表现了作为北宋一代词手、婉约派大家秦少游高超的艺术才能。

(高　原)

浣溪沙

漠漠轻寒上小楼，晓阴无赖似穷秋。淡烟流水画屏幽。
自在飞花轻似梦，无边丝雨细如愁。宝帘闲挂小银钩。

　　在秦观《淮海词》中，长调应推《满庭芳》(山抹微云)为冠，小令则似应以这首《浣溪沙》为压卷了。论诗要讲境界，论词也应当讲境界。王国维在《人间词话》中说："境界有大小，然不以是而分高下。'细雨鱼儿出，微风燕子斜'，何遽不若'落日照大旗，马鸣风萧萧'；'宝帘闲挂小银钩'，何遽不若'雾失楼台，月迷津渡'也。"他认为此词结句境界虽小，然艺术性却高。其实就通篇来说，何尝不能作如此评价？

　　这首词的特点就在于描绘了一个精美无比的艺术境界。作者以高超的手法，将自然与艺术巧妙地媾合，仿佛在现实社会中另建一个世界，让人们神游其中，流连忘返，得到充分的艺术享受。在这境界之中，仿佛有人。然而词人并未正面刻画这个人物的形象，而是着力于刻画人物的心灵，人物的情绪。在刻画人物心灵和情绪的时候，他也没有具体地描绘人物的思想活动过程，而是借助于气氛的渲染和环境的烘托，让人们通过环境与心灵的结合、情与景的交融，感其人宛在，感到一种轻轻的寂寞和淡淡的哀愁。

　　词的起调很轻,恍如风送清歌,悠然而来,把人们不知不觉地引入词中所规定的境界。"漠漠轻寒上小楼",韵律何其婉妙幽雅! 漠漠者,弥漫、轻淡也。李白《菩萨蛮》云:"平林漠漠烟如织,寒山一带伤心碧。"韩愈《同水部张员外曲江春游寄白二十二舍人》诗云:"漠漠轻阴晚自开,青天白日映楼台。"皆其意,然此词更似韩诗首句。轻寒者,薄寒也,有别于严寒和料峭春寒。无边的薄薄春寒无声无息地侵入了小楼,这是通过居住在楼中的人物感受写出来的,故我们可以感到其人宛在。时届暮春,天气为什么这样冷呢? 下一句补充说:"晓阴无赖似穷秋。"原来是一大早起来就阴霾不开,所以天气冷得像秋天一般。穷秋者,九月也。南朝鲍照《白纻歌》云:"穷秋九月荷叶黄,北风驱雁天雨霜。"唐人韩偓《惜春》诗亦云:"节过清明却似秋。"词境似之。春阴寒薄,不能不使人感到抑郁,因诅咒之曰"无赖"。无赖者,令人讨厌、无可奈何之憎语也。南朝徐陵《乌栖曲》云:"唯憎无赖汝南鸡,天河未落犹争啼。"以无赖喻节序,亦见于杜甫诗,如《绝句漫兴九首》之一云:"无赖春色到江亭。"此词云景色"无赖",正是人物心情无聊之反映。以上二句,一云"小楼",一云"晓阴",时间地点在写景和抒情中自然而然地交代得清清楚楚。至"淡烟流水画屏幽"一句,则专写室内之景。词人枯坐小楼,畏寒不出,举目四顾,唯见画屏上一幅《淡烟流水图》,迷蒙淡远,此又一境界也。楼外天色阴沉,室内光景清幽,在在令人不欢,于是一股淡淡的春愁油然而生。

　　在轻悠的音乐节奏中,词过渡到下片。明人沈际飞说:"后叠精研,夺南唐席。"(《草堂诗余续集》评)也就是说下片写得特别精彩研炼,竟超过了南唐二主。这个评价毫不为过。尤其过片一联,轻灵杳渺,意境不凡。从前片意脉来看,主人公在小楼中坐久,不堪寂寞,于是出而眺望外景。"自在飞花轻似梦,无边丝雨细如愁",写望中所见所感,境界略近唐人崔橹《过华清宫》诗所写的"湿云如梦雨如尘"。词人在《八六子》中也写过相似的句子:"那堪片片飞花弄晚,蒙蒙残雨笼晴。正销凝,黄鹂又啼数声。"所不同的是此处以纤细的笔触把不可捉摸的情绪描绘为清幽可感的艺术境界。据梁令娴《艺蘅馆词选》记载,梁启超曾赞之为"奇语"。今人沈祖棻《宋词赏析》分析说:"它的奇,可以分两层说。第一,'飞花'和'梦','丝雨'和'愁',本来不相类似,无从类比。但词人却发现了它们之间有'轻'和'细'这两个共同点,就将四样原来毫不相干的东西联成两组,构成了既恰当又新奇的比喻。第二,一般的比喻,都是以具体的事物去形容抽象的事物,或者说,以容易捉摸的事物去比譬难以捉摸的事物。……但词人在这里却反其道而行之。他不说梦似飞花,愁如丝雨,而说飞花似梦,丝雨如愁,也同样很新奇。"分析得非常精辟,确是道出了这一奇语的特点。但从境界着眼,这两句还特别具有一种音乐美、诗意美和画境美。细细吟味,它的音律多么谐婉,诗意多么浓郁,而那画境又是多么清幽。词人正是运用这样谐婉的音律,浓郁的诗意和清幽的画境,构成一个凄清婉美、轻灵杳渺的艺术境界。清人陈廷焯称之曰"宛转幽怨,温韦嫡派"(见《词则·大雅集》卷二眉批),确为有识之见。

《浣溪沙》一调,下片由两对偶句接一单句结偶句给人以工整稳定之感,而单句则显示出摇曳不定的情韵,因此要写好这个结句是颇费工力的。陈廷焯对此深有体会,他曾说:"《浣溪沙》结句,贵情余言外,含蓄不尽。如吴梦窗之'东风临夜冷于秋',贺方回之'行云可是渡江难',皆耐人玩味。"(《白雨斋词话》卷一)少游此词的结句亦深得个中妙谛,并能变摇曳为稳定,化动态为静态,饶有余味。有人以为"银钩闲挂,表示帘已垂下",然此句系主动宾结构,"挂"字系被动词,就是说宝帘已被银钩高高挂起,然着一"闲"字、"小"字,便融情入景,韵味悠然。其意境仿佛李璟《摊破浣溪沙》中的"手卷真珠上玉钩",而闲雅则过之。李词点明人物之动作,秦词则写帘栊自挂,而将人物感情隐于这一静景之中,形成一种恬静悠闲的境界。全词以此境作结,倍觉含蓄有味。

(徐培均)

虞美人

碧桃天上栽和露,不是凡花数。乱山深处水萦回,可惜一枝如画为谁开？　　轻寒细雨情何限,不道春难管。为君沉醉又何妨,只怕酒醒时候断人肠。

　　这是一首托物寓怀、自伤身世的小词。词中所咏的幽独不凡的花,实即词人高洁品格与不幸遭际的一种象征。

　　首句用晚唐诗人高蟾《下第后上永崇高侍郎》"天上碧桃和露种"句,只是把"种"改为"栽",并稍易语序,以就声律而已。首句连下句赞美花的仙品,说它像天上和露栽种的碧桃,不是凡花俗卉一般。上句正面见意,下句反面强调,正反相济,先极力一扬。

　　接下来两句"乱山深处水萦回,可惜一枝如画为谁开"却突作转折,极力一抑,显示这仙品奇葩托身非所。乱山深处,见处地之荒僻,因此,它尽管具有仙品高格,在萦回盘绕的溪边显得盈盈如画,却没有人来欣赏。陆游《卜算子·咏梅》有"驿外断桥边,寂寞开无主"之句,意蕴与此略似,而此篇咏叹的意味更浓,音情也摇曳多姿。

　　"轻寒细雨情何限,不道春难管。"过片两句,写花在暮春的轻寒细雨中动人的情态和词人的惜春的情绪。细雨如烟,轻寒恻恻,这盈盈如画的花显得更加脉脉含情,无奈春天就要消逝,此花很快就得不到春的照管。花的含情无限之美和青春难驻的命运在这里构成无法解决的矛盾。这就逗出了结末两句。

"为君沉醉又何妨,只怕酒醒时候断人肠!"君,这里指花。因为怜惜花的寂寞无人赏,更同情花的青春难驻,便不免生出为花沉醉痛饮,以排遣愁绪的想法。"只怕"二字一转,又折出新意:想到酒醒以后,面对的将是春残花落的情景,岂不更令人肠断?这一转折,将惜花伤春之意更深一层地表达了出来。

托物自寓之作,大多含蓄不露,但也有直接点到自己的,如骆宾王《在狱咏蝉》尾联:"无人信高洁,谁为表予心?"李商隐《蝉》尾联:"烦君最相警,我亦举家清。"物、我之间或合或分。这首词的结拍二句也是如此。前六句咏花,即以自寓;后二句"君"我分举,但从我对花的同情中自可看出同命相怜。因此无论分、合,花都不妨看作词人身世遭际的象征。

这首词在表现上的显著特点,是基本上不用赋法,避免作正面的描绘刻画,纯以唱叹之笔,于虚处传神,所以特富于风致情韵。

(刘学锴)

290

半死桐

（思越人，又名鹧鸪天）

重过阊门万事非，同来何事不同归？梧桐半死①清霜后，头白鸳鸯失伴飞。　　　　原上草，露初晞，旧栖新垅两依依。空床卧听南窗雨，谁复挑灯夜补衣！

〔注〕　① 梧桐半死：晋崔豹《古今注·草木》：“合欢树，似梧桐。枝叶繁，互相交结。”则所谓“合欢树”似即连理梧桐。古诗文中例以“梧桐半死”比喻丧偶。唐刘肃《大唐新语》载安定公主初嫁王同皎，同皎死，复嫁崔铣。后夏侯铦论此事，有“公主初昔降婚，梧桐半死”语。又，白居易《为薛台悼亡》诗：“半死梧桐老病身。”

　　有宋一代，诗坛是个“被爱情遗忘的角落”，爱情的花朵，几乎都开放在词的园林里。而宋词中所吟咏的爱情，又几乎是清一色的婚外之恋——文士和妓女们的卿卿我我，言及夫妻伉俪之情的作品微乎其微。究其原因，殆为封建社会讲究门当户对，并不以两性爱情为婚姻的第一要义之故。但是，先结婚后谈恋爱，在长期同甘共苦的生活中培养出浓郁情感的例子总还是有的。谓予不信，请看贺铸为其妻赵氏夫人所作的这首悼亡词。

　　词人一生屈居下僚，经济上不很宽裕，其诗集中叹贫之辞斑斑可见，宋程俱《贺公墓志铭》和叶梦得《贺铸传》里也都有相应的记载。而赵夫人虽是皇族公爵家的千金小姐，但嫁给词人后却能够不惮劳苦，勤俭持家，且对丈夫十分体贴，因此夫妻感情甚笃。

哲宗元符元年(1098)六月后至徽宗建中靖国元年(1101)九月前,词人为母亲服丧,停官闲居苏州,中间曾于元符三年(1100)冬北上过一次。赵夫人很可能就去世于词人北行之前,而本篇则作于北行返后。汉枚乘《七发》载龙门有桐,其根半死半生,斫以制琴,声音为天下之至悲。故唐李峤《天官崔侍郎夫人吴氏挽歌》曰:"琴哀半死桐。"贺铸以"半死桐"题篇,正取其悼亡之意以寄托深沉的哀思。

本篇起二句用赋,直抒胸臆。"阊门"是苏州城西门。词人回到苏州,一想起和自己相濡以沫的妻子已长眠地下,不禁悲从中来,只觉得一切都不顺心,遂脱口而出道:"重过阊门万事非。"接以"同来何事不同归"一问,问得十分奇怪——赵夫人又何尝愿意先词人而去呢? 实则文学往往是讲"情"而不讲"理"的,极"无理"之辞,正是极"有情"之语。作者撕肝裂肺的哀毁,已然全部包含在这泪尽继之以血的一声呼天抢地之中了。

三、四两句转而用比。唐孟郊《列女操》云:"梧桐相待老,鸳鸯会双死。"贺词即以这连理树的半死、双栖鸟的失伴来象征自己的丧偶。"清霜"二字,以秋天霜降后梧桐枝叶凋零,生意索然,比喻妻子死后自己也垂垂老矣。"头白"二字一语双关,鸳鸯头上有白毛(李商隐《石城》诗:"鸳鸯两白头。"),而词人此时已届五十,也到了满头青丝渐成雪的年龄。这两句很形象、很艺术地刻画出了作者本人的孤独和凄凉。

宋孙光宪《北梦琐言》记江淮间名娼徐月英送别情人诗云:"惆怅人间万事违,两人同去一人归。生憎平望亭前水,忍照鸳鸯相背飞。"又宋赵令畤《侯鲭录》载:蔡确丞相谪新州,有一侍妾相从,善弹琵琶。又豢养一只鹦鹉,能言语。蔡确每唤此妾,即叩响板,鹦鹉便为之传呼。妾死后,一日误触响板,鹦鹉犹传言。蔡大恸,得病不起。曾有诗云:"鹦鹉言犹在,琵琶事已非。伤心瘴江水,同渡不同归。"贺词上阕,明显是从徐月英、蔡确二诗中夺胎而出。然而徐、蔡二诗今已湮没无闻,贺词却成为千古绝唱。原因何在? 发人深思。笔者以为,这一方面固然是由于贺铸有着更高的艺术才华,因而能够点石成金,"掇拾人所遗弃,少加隐括,皆为新奇"(叶梦得《贺铸传》评贺词词语);而另一方面同时也是最重要的一方面,我们不能不承认,贺词中所倾注着的感情较之上述二诗更为悲痛与深沉。七言四句已无法承受如此沉重的负荷了,于是乃益以下阕五句,进一步加以申诉。

过片"原上草,露初晞"六字,承上启下,亦比亦兴。汉乐府丧歌《薤露》曰:"薤上露,何易晞! 露晞明朝更复落,人死一去何时归?"贺词本此。用原草之露初晞暗指夫人的新殁,是为比,紧接上片,与"梧桐"二句共同构成"博喻";同时,原草晞露又是荒郊坟场应有的景象,是为兴,有它导夫先路,下文"新垅"二字的出现就不显得突兀。

以后三句重又回复到赋体。因言"新垅",顺势化用陶渊明《归田园居》五首其四"徘徊丘垅间,依依昔人居"诗意,牵出"旧栖"。下文即很自然地转入到自己在"旧栖"中的长夜不眠之思——"空床卧听南窗雨,谁复挑灯夜补衣!"这是全词的最高潮,也是全词中最感人的两句。词人二十九岁时在磁州(今河北磁县一带)都作院(管理军器制造的机构)供职时曾写过一首《问内》诗:"庚伏厌蒸暑,细君弄针缕。乌绨百结裘,茹茧加弥补。劳问

293

'汝何为,经营特先期?''妇功乃我职,一日安敢隳? 尝闻古俚语,君子毋见嗤。瘿女将有行,始求燃艾医。须衣待僵冻,何异斯人痴? 蕉葛此时好,冰霜非所宜。'"说的是妻子早在大伏天就忙着给自己补裰冬天穿的破衣服了。问她为何如此性急,她却振振有词地说出一番道理:俗传古时候有个人临到女儿快出嫁了,才去请大夫医治姑娘颈上的肿瘤。冰天雪地等衣服穿时再来缝缝补补,岂不是也一样的傻么? 全诗通过一件生活小事引出夫妻间的一段对话,活脱脱地写出了妻子的贤惠与勤劳,写出了伉俪之爱的温馨。糟糠夫妻,情逾金石,无怪乎词人当此雨叩窗棂,一灯如豆,空床辗转之际,最最不能忘怀的就是妻子"挑灯夜补衣"的纯朴形象! 全词到此戛然而止,就把这哀婉凄绝的一幕深深地楔入了千万读者的心扉,铁石人也不容不潸然泪下了。

在文学史上,贺铸的这首悼亡词是和晋潘岳《悼亡》三首、唐元稹《遣悲怀》三首、宋苏轼《江城子·乙卯正月二十日夜记梦》等同题材作品并传不朽的。它们同以真挚、沉痛见称,俱有永恒的魅力。但是,如果细细地从思想性和艺术性两方面来分析,似乎还可以论短长。就艺术而言,潘诗为五古,浑厚拙朴是其所善,稍不足者略嫌铺张,一题洋洋洒洒数百言,长歌之号咷,反不及唏声之抽咽更能哀感顽艳;元诗为七律,形式易得板滞,其作情气深婉,读来不觉雕琢,已属难能可贵,但总不能尽去痕迹,臻于化境;苏、贺二篇得力于词体长在言情,样式上先沾了光,故尔更见回肠荡气;而苏词三、四、五、七言交错,一唱三叹,又较基本为七言句式的贺词更胜一筹。从思想内容看,元诗、贺词反映出了他们夫妇之间患难与共、甘苦同尝的感情基础,这一要素,恰恰是潘、苏的作品中所缺少的;无诗其一云:"顾我无衣搜荩箧,泥他沽酒拔金钗。野蔬充膳甘长藿,落叶添薪仰古槐。"回忆贫贱夫妻当时情事,真切动人,可惜末尾"今日俸钱过十万,与君营奠复营斋"二句庸俗,损伤了全诗的格调;而贺词结句不惟有声彻天,有泪彻泉,情趣也远比元诗来得纯洁,宜其为冠。要之,苏、贺二词长于潘、元之诗,堪称古代悼亡篇章中的双璧。论艺术性苏词差胜,评思想性贺作稍优,"梅须逊雪三分白,雪却输梅一段香"(宋卢梅坡《雪梅》诗)!

(钟振振)

贺　铸

踏莎行

杨柳回塘，鸳鸯别浦，绿萍涨断莲舟路。断无蜂蝶慕幽香，红衣脱尽芳心苦。　　返照迎潮，行云带雨，依依似与骚人语。当年不肯嫁春风，无端却被秋风误。

這是一首咏物詞。詞中隐然將荷花比作一位幽洁贞静、身世飘零的女子，借以寄寓才士沦落不遇的感慨。

起二句寫荷花生長的處所。回塘，是曲折回环的堤岸；别浦，江河支流的水口。兩句互文同指，先画出一個绿柳环绕、鸳鸯游憩的池塘，見荷花所處環境的優美。水上鸳鸯，双栖双宿，常作為男女愛情的象征，則又與水中荷花的幽獨適成對照，對於表現它的命運是一種反衬。回塘，别浦，又以見水面之小，處境之僻，為下兩句作伏線。

接下來一句"绿萍涨断莲舟路"。因為水面不甚寬廣，池塘中很容易長滿绿色的浮萍，連采蓮小舟來往的路也被遮断了。蓮舟路断，則荷花只能在回塘中自開自落，無人欣賞與采摘。句中"涨"字、"断"字，都用得真切形象，顯現出池塘中绿萍四合、不見水面的情景。

"断无蜂蝶慕幽香，红衣脱尽芳心苦。"這兩句寫荷花寂寞地開落、無人欣賞。断无，即絕無。不但蓮舟路断，無人采摘，甚至

296

连蜂蝶也不接近，"无蜂蝶"也包含了并无过往游人，荷花只能在寂寞中逐渐褪尽红色的花瓣，最后剩下莲子中心的苦味。这里俨然将荷花比作亭亭玉立的美人，"红衣""芳心"，都明显带有拟人化的性质。"幽香"形容它的高洁，而"红衣脱尽芳心苦"则显示了她的寂寞处境和芳华零落的悲苦心情。这两句是全词的着力之笔，也是将咏物、拟人、托寓结合得天衣无缝的化工之笔。既切合荷花的形态和开花结实过程，又非常自然地绾合了人的处境命运。唐代诗人陆龟蒙《白莲》诗云："无情有恨何人觉？月晓风清欲堕时。"寄寓的感情与贺铸这两句词类似，但陆诗纯从虚处传神，贺词则形神兼备，虚实结合，二者各具机杼。

"返照迎潮，行云带雨"，过片两句，宕开写景。夕阳的余辉，照映在浦口的水波上，闪耀着粼粼波光，像是在迎接晚潮；流动的云彩，似乎还带着雨意，偶尔有几滴溅落在荷塘上。这是描绘夏秋之间傍晚雨后初晴的荷塘景象，在暮色苍茫中带点郁闷的色彩，形象地烘托了"红衣脱尽"的荷花黯淡苦闷的心境。

"依依似与骚人语。"荷花在晚风中轻轻摇曳，看上去似乎在满怀感情地向骚人雅士诉说自己的遭遇与心境。这仍然是将荷花暗比作美人。着一"似"字，不但说明这是词人的主观感觉，且将咏物与拟人打成一片，显得非常自然。这一句是从屈原《离骚》"制芰荷以为衣兮，集芙蓉以为裳"引申、生发而成，"骚人"指屈原，推而广之，可指一切怜爱荷花的诗人墨客。说荷花"似与骚人语"，曲尽它的情态风神，显示了它的幽洁高雅。蜂蝶虽不慕其幽香，骚人却可听它诉说情怀，可见它毕竟还是不乏知音。

"当年不肯嫁春风，无端却被秋风误。"嫁春风，语本李贺《南

297

园》:"嫁与东风不用媒。"而韩偓《寄恨》"莲花不肯嫁春风"句则为贺词直接所本。桃杏一类的花,竞相在春天开放,而荷花却独在夏日盛开,"不肯嫁春风",正显示出它那不愿趋时附俗的幽洁贞静个性。然而秋风一起,红衣落尽,芳华消逝,故说"被秋风误"。"无端"与"却",含有始料所未及的意蕴。这里,有对"秋风"的埋怨,也有自怨自怜的感情,而言外又隐含为命运所播弄的嗟叹,可谓恨、悔、怨、嗟,一时交并,感情内涵非常丰富。这两句同样是荷花、美人与词人三位而一体,咏物、拟人与自寓的完美结合。作者巧妙地将荷花开放与凋谢的时节与它的生性品质、遭际命运联系在一起,一方面表现出美人、君子不愿趋时媚俗的品质和在出处问题上的严肃不苟态度,另一方面又显示出他们年华虚度、失时零落的悲哀。这种感情,在封建社会知识分子中具有普遍性。

咏物词一般多托物喻人,情意结构大都为物与人两层,这首词却多了以荷花喻美人这一中间环节。读来非但不感到叠床架屋,而且分外感到其情采意境的优美。荷花与才士之间,如直接设喻,往往只能取品质操守之贞直这一点,"红衣""芳心"的形容,"不肯嫁春风"的叙写便很难用上,词的情采意境就不免受到影响了。这一篇运用多层情意结构,也显示了词体柔婉曲折的特点。

(刘学锴)

青玉案

凌波不过横塘路,但目送、芳尘去。锦瑟华年谁与度?月桥花院,琐窗朱户,只有春知处。　　飞云冉冉蘅皋暮,彩笔新题断肠句。若问闲情都几许?一川烟草,满城风絮,梅子黄时雨!

　　这首词说来好笑,原是贺方回退居苏州时,因看见了一位女郎,便生了倾慕之情,写出了这篇名作。这事本身并不新奇,好像也没有"重大意义",值不得表彰。无奈它确实写来美妙动人,当世就已膺盛名,历代传为名篇——这就不容以"侧艳之词"而轻加蔑视了。

　　方回在苏州筑"企鸿居",大约也是因此而作。何以言之?试看此词开头就以子建忽睹洛神为比,而《洛神赋》中"翩若惊鸿"之句,脍炙千古,企鸿者,岂不是企望此一惊鸿般的宓妃之来临也?可知他为此人,倾心眷慕,真诚以之,而非轻薄文人一时戏语可以并论。闲话且置,如今只说子建当日写那洛神,道是"凌波微步,罗袜生尘",其设想异常,出人意表,盖女子细步,轻盈而风致之态如见,所以贺方回上来便用此为比。姑苏本是水乡,横塘恰逢水境——方回在苏州盘门之南十余里处筑企鸿居,其地即是横塘。过,非"经过""越过"义,在古用"过",皆是"来到""莅临"之谓。方回原是渴望女郎芳步，直到横塘近处，而不料翩然径去，怅然以失！——此《青玉案》之所为作也。美人既远，木立如痴，芳尘目送，何以为怀。此芳尘之尘字，仍是遥遥承自"凌波"而来，波者，原谓水面也，而乃美人过处，有若陆行，亦有微尘细馥随之！人不可留，尘亦难驻，目送之劳，惆怅极矣！——全篇主旨，尽于开端三句。

以下全是想象——古来则或谓之"遐思"者是。

义山诗云"锦瑟无端五十弦，一弦一柱思华年"。以锦瑟之音繁，喻青春之岁美（生活之丰盛）。词人用此，而加以拟想，不知如许华年，与谁同度？以下月桥也，花院也，琐窗也，朱户也，皆外人不可得至之深闺密居，凡此种种，毕竟何似？并想象也无从耳！于是无计奈何，而结以唯有春能知之！可知，不独目送，亦且心随。

下片说来更是好笑：词人一片痴情，只成痴立——他一直呆站在那里，直立到天色已晚，暮霭渐生。这似乎又是暗与"日暮碧云合，佳人殊未来"的江淹名句有脱化关系。本是极可笑的呆事，却写得异样风雅。然后，则自誉"彩笔"，毫不客气，说他自家为此痴情而写出了这断肠难遣的词句。纵笔至此，方才引出全曲煞拍一问三叠答。闲愁，是古人创造的一个可笑也可爱的异名，其意义大约相当或接近于今日的所谓"爱情"。剧曲家写鲁智深，他是"烦恼天来大"，而词人贺方回的烦恼却也曲异而工则同——他巧扣当前的季节风物，一连串举出了三喻，作为叠答：草、絮、雨，皆多极之物，多到不可胜数。方回自问自答说：我这闲愁闲恨，共有几多？满地的青草，满城的柳絮，满天的梅雨——你去数数看倒是有多少吧！这已巧妙地答毕，然而尚有一层巧妙，同时呈现，即词人也是在说：我这愁恨，已经够多了，偏又赶上这春末夏初草长絮飞、愁霖不止的时节，越增我无限的愁怀恨绪！你看，词人之巧，一至于此。若识此义，也就不怪词人自诩为"彩笔""新题"了。

贺方回因此一词而得名"贺梅子"。看来古人原本风趣开明。若在后世，一定有人又出而"批判"之，说他种种难听的话，笑骂前人，显示自己的"正派"与"崇高"。晚近时代，似乎再也没有听说哪位诗人词人因哪个名篇名句而得享别名，而传为佳话——这难道不也是令人深思的一个文坛现象吗？　　　　　　　（周汝昌）

贺　铸

六州歌头

少年侠气，交结五都①雄。肝胆洞，毛发耸。立谈②中，死生同。一诺千金重③。推翘勇，矜豪纵。轻盖拥，联飞鞚，斗城④东。轰饮酒垆，春色⑤浮寒瓮，吸海垂虹⑥。间呼鹰嗾犬，白羽⑦摘雕弓，狡穴⑧俄空。乐匆匆。　　似黄粱梦。辞丹凤⑨，明月共，漾孤篷。官冗从⑩，怀倥偬，落尘笼。簿书丛，鶡弁如云众⑪，供粗用，忽奇功。笳鼓动，渔阳弄⑫，思悲翁⑬。不请长缨，系取天骄种⑭，剑吼⑮西风。恨登山临水，手寄七弦桐⑯，目送归鸿。

〔注〕①五都：汉、魏、唐各有五都，此泛指北宋的各大都市。　②立谈：谓站立而谈，喻时间短暂。汉扬雄《解嘲》："或七十说而不遇，或立谈间而封侯。"　③一诺千金重：《史记·季布栾布列传》："楚人谚曰：'得黄金百斤，不如季布一诺。'"李白《叙旧赠江阳宰陆调》："一诺许他人，千金双错刀。"　④斗城：汉长安城的俗呼，因其城按南斗、北斗形状设计建筑，故名。见《三辅黄图》。此借指北宋东京。　⑤春色：唐吕岩《七言》诗："杖头春色一壶酒。"　⑥垂虹：南朝宋刘敬叔《异苑》："晋义熙初，晋陵薛愿，有虹饮其釜澳，须臾嗡响便竭。愿辇酒灌之，随投随涸。"　⑦白羽：白羽箭。　⑧狡穴：《战国策·齐策》："狡兔有三窟。"　⑨辞丹凤：唐东方虬《昭君怨》："掩泪辞丹凤。"丹凤，即丹凤城。宋赵次公注杜甫《夜》诗曰："秦穆公女吹箫，凤降其城，因号丹凤城。"诗词中用以喻指京都。　⑩冗从：《汉书·枚乘传》颜师古注："散职之从王者也。"按贺铸出任监临城酒税、滏阳都作院、徐州宝丰监等差遣时，官阶为右班殿直至西头供奉之间的低级侍卫武官，其性质略相当于汉代之

302

"冗从"。 ⑪ 鹖弁如云众：汉李陵《答苏武书》："猛将如云。"鹖弁，本义为武将的官帽，此代指武官。 ⑫ 渔阳弄：军乐曲。隋薛道衡《奉和月夜听军乐应诏》诗："鼓曲喧《渔阳》。" ⑬ 思悲翁：《晋书·乐志》："汉时有《短箫铙歌》之乐，其曲有《朱鹭》《思悲翁》……多序战阵之事。"此处一语双关，"悲翁"又是自呼。贺诗《答致仕吴朝请潜登黄鹤楼见招》："城隅黄鹤莫登临，端使悲翁动楚吟。"可证。古人每中年称"老"称"翁"。贺铸元祐三年诗中屡自称"老生"、"老夫"。 ⑭ 天骄种：《汉书·匈奴传》："胡者，天之骄子也。"后人因以称北方少数民族。 ⑮ 剑吼：晋王嘉《拾遗记》："帝颛顼有曳影之剑……未用之时，常于匣里如龙虎之吟。" ⑯ 七弦桐：七弦琴。桐木为制琴的最佳材料，故以"桐"代"琴"。

　　《东山词》中的压卷之作,恐怕非这首闪耀着爱国主义光辉的《六州歌头》莫属了。关于它的创作背景,向有二说。二说都把它系在徽宗宣和七年(1125),亦即词人七十四岁,临死的那一年。不过一说为抗金而作,一说为抗辽而作,又略有分歧。据笔者考证,此词实作于哲宗元祐三年(1088)秋,时词人年三十七岁,在和州(今安徽和县一带)管界巡检(负责地方上训治甲兵、巡逻州邑、擒捕盗贼等事宜的武官)任;而词的要旨,则与抗夏有关(详见拙撰《贺铸〈六州歌头〉系年考辨》,载《中华文史论丛》1982 年第四辑)。

　　西夏党项族是中华民族大家庭中的成员之一。北宋开国初,其首领李彝兴接受了宋太祖授予的太尉官衔,李氏在其所统辖的地区,建立了少数民族地方政权。仁宗景祐五年(1038)十月,李元昊建国称帝,号为"大夏",随后即不断来扰,掳掠汉民族的人口、财物。这给汉族和党项族人民都带来了深重的灾难。缺乏战斗力的宋军屡战屡北,朝廷只好向西夏岁纳大批银、绢,换取屈辱的和平。熙宁、元丰间,神宗在位,王安石等新党人物执政,变法

303

革新,整军抗战,苟安局面,一度改观。不料神宗死后,旧党上台,尽反王安石变法时之所为,又恢复了对西夏的投降姿态。哲宗元祐元年春,司马光提出把米脂等西北要塞拱手让与西夏。刘挚、苏辙、范纯仁等随声附和。文彦博更主张连同熙河路全部地区以及兰州等战略要地一齐奉送。一时间,投降空气甚嚣尘上。身为下级军官的贺铸,人微言轻,又在远离京城的地方上供职,自然不可能有机会登陛廷对,慷慨陈词,留下彪炳史册的忠言谠论;但他将自己"报国欲死无战场"的一腔抑塞不平之气,吐而为词,表达了人们迫切要求抗战、反对投降的强烈呼声,在以轻音乐为主的北宋乐章磁带上,录下了振聋发聩的一声雷鸣。

下面,就让我们去追寻这一道闪电运行的轨迹吧。

和北宋绝大多数著名词家不同,贺铸出身一个七代担任武职的军人世家,其本人的仕宦生涯,也从武弁开始。熙宁初,词人十七八岁时离开家乡卫州共城(今河南辉县),来到东京,靠着门荫,当上了一名低级侍卫武官。至熙宁八年(1075)出监临城(今河北临城)酒税日止,他在京都度过了六七年倜傥逸群的侠少生活。上阕,就是对这段生活经历的追忆。

"少年侠气,交结五都雄。"此二句即李白《赠从兄襄阳少府皓》诗之所谓"结发未识事,所交尽豪雄"也,为整个上阕的总摄之笔。以下,便扣紧"侠""雄"二字来作文章。"肝胆洞"至"矜豪纵"凡七句,概括地传写自己与伙伴们的"侠""雄"品性:他们肝胆相照,极富有血性和正义感,听到或遇到不平之事,即刻怒发冲冠;他们性格豪爽,侪类相逢,不待坐下来细谈,便订为生死之交;他们一言既出,驷马难追,答允别人的事,决不反悔;他们推崇的是出众的勇敢，并且以豪放不羁而自矜。"轻盖拥"至"狡穴俄空"凡九句,则具体地铺叙自己和侪侣们的"侠""雄"行藏:他们轻车簇拥,联镳驰逐,出游京郊;他们闹嚷嚷地在酒店里豪饮,似乎能把大海喝干;他们间或带着鹰犬到野外去射猎,一霎间便荡平了狡兔的巢穴。上两个层次,既有点,又有染;既有虚,又有实;既有抽象,又有形象:这就立体地向我们展现了一轴弓刀武侠的生动画卷。夏敬观《手批东山词》赞曰:"雄姿壮彩,不可一世。"无限神往,可谓情见乎辞了。

上阕末句"乐匆匆"三字、下阕首句"似黄粱梦"四字,是全词文义转折、情绪变换的关掖。青年时代的侠雄生活朝气蓬勃、龙腾虎掷,虽然欢快,可惜太短促了,好像唐传奇《枕中记》里的卢生,做一场黄粱梦。寥寥七字,将上阕的赏心乐事连同那兴高采烈的气氛收束殆尽,骤然转入对自己二十四岁至三十七岁这十三年来南北羁宦、沉沦屈厄的生活经历的陈述,急泪迸流,一发而不可收。

"辞丹凤"至"忽奇功"凡十句,大意谓自己离开京城到外地供职,乘坐一叶孤舟漂泊在旅途的河流上,唯有明月相伴。官品卑微,情怀愁苦,落入污浊的官场,如鸟在笼,不得自由。像自己这样的武官成千上万,但朝廷重文轻武,武士们往往被支到地方上去打杂,劳碌于案牍间,不能够杀敌疆场,建功立业。十来年的郁积,一肚皮的牢骚,不吐不快。因此这十句恰似黄河决堤,一浪赶过一浪。起先还只是嗟叹个人的怀才不遇,继而扩大到替包括自己在内的众多武士呐喊不平,终于把锋芒指向了埋没人才的封建统治阶级上层。随着词人激愤情绪的一步步高昂,词的主题也在不断地深化。

至"笳鼓动"六句,全词达到了最高潮。元祐三年三月,夏人攻德靖砦,同年六月,又犯塞门砦。这消息传到僻远的和州,大约已经是秋天了。如果说,在太平时节,军人不能得到重用,还情有可原的话,那么,现在正是国家和民族的多事之秋,英雄总该有用武之地了吧?然而,朝中投降派当道,爱国将士们依然壮志难酬。词人痛心地写道:军乐吹奏起来了,边疆上发生了战事。想我这悲愤的老兵啊,却无路请缨,不能生擒对方的酋帅,献俘阙下,就连随身的宝剑也在秋风中发出愤怒的吼声!一"吼"字,吼出了军人们报效无门的满腔义愤,真是掷地能作金石声!千载之下,生气犹凛凛然。至此,一个飞鹰走狗的五陵侠少,已经完成了他向"位卑未敢忘忧国"的仁人志士的转变,形象更高大、更丰满了;词中表达的思想感情,也升华到了爱国主义的境界。

最后三句,紧承上文,由浪峰沿自然之势作降落滑行,变激烈为悲凉,在火山喷薄后的平静中结束了全篇。"登山"句截用宋玉《九辩》"登山临水兮送将归"。"手寄"句似从嵇康《酒会》诗"但当体七弦,寄心在知己"句化出。而与下"目送"句联属,又是翻用嵇康《赠兄秀才入军》诗"目送征鸿,手挥五弦"。句句都与送别有关。因此,本篇很可能是写来为一位友人赠行的,谓自己既不得遂凌云之志,只好满怀恨恨然之情,游山逛水,拊琴送客,以此来作为宣泄了。

读完这首词,我们很容易联想到乐府古题《结客少年场行》。宋郭茂倩《乐府诗集》引《乐府解题》曰:"结客少年场,言轻生重义,慷慨以立功名也。"又按曰:"言少年时结任侠之客,为游乐之场,终而无成,故作此曲也。"贺词显然是用此古题而赋自己的真情实事,其内容与情调亦近似于《乐府诗集》所录自汉迄唐屡见不鲜的《结客少年场行》《少年行》《白马篇》《游侠篇》《壮士篇》诸作。不同的是,上举各篇一般都是因古题而制文,且均为第三人称口吻。当然,个中也有些优秀作品寄托着作者本人靖边报国的赤诚,但假托他人,又何如以自己的喉管直吁胸中浩气呢?贺词的真切感人之处,恰在于此。

自唐五代以迄北宋,文人词中多倚红偎翠之作,极少直接反映国家和民族的大事件。北宋开国伊始,就不断遭受到北方少数民族政权的军事威胁。可是在北宋词人笔下,涉及爱国、抗战内容的词作,今仅见十余首,只占现存北宋词总数的千分之二三。而像贺铸这样以戎马报国为主题,并用第一人称唱出的壮歌,又只苏轼一首《江城子·密州出猎》可为伯仲。"会挽雕弓如满月,西北望,射天狼!"苏词壮则壮矣,却没有贺词中那一股抑塞郁愤之气以及对投降派的强烈控诉。当然,苏词作于抗战派执政的熙宁年间,我们不应撇开具体的历史背景去吹毛求疵。但元祐时期投降派猖獗一时,《东坡乐府》中却不见指斥之作,无论是未作抑或曾作而佚,都不能不说是一件憾事。因此,贺铸此词在北宋词坛上就显得格外珍贵了。说它是"铁树之花",似乎并不过分。事实上,靖康以前,忧时愤事而能与后来岳飞、张元幹、张孝祥、陆游、辛弃疾、陈亮、刘过、刘克庄等抗衡的爱国词作,特此一篇而已。它自是由苏轼向南宋辛派嬗变的重要枢纽,在词史上有着不可忽略的特殊地位。

就艺术造诣而言,本篇不但以笔力雄健警拔、神采飞扬腾矗

307

见长,"不为声律所缚,反能利用声律之精密组织,以显示其抑塞磊落,纵恣不可一世之气概"(龙榆生《论贺方回词质胡适之先生》),也是一大特色。本调长达三十九句、一百四十三字,宋人所作,用韵较疏,或间入数部别韵;而贺词却平上去三声通叶,连珠炮也似一气用韵三十四句,句短韵密,急管繁弦,读来恰如天风海雨飘然而至,惊涛骇浪此伏彼起,激越的声情在跳荡的旋律中得到了体现,两者臻于完美的统一。龙榆生赞美贺铸"在东坡、美成间,特能自开户牖,有两派之长而无其短"(同上)。如果这是指苏轼词豪放而往往不屑守律,周邦彦词调谐音协而多儿女情、少英雄气,贺铸词却能熔东坡之豪杰与美成之律吕于一炉,虽作壮词也不隳音乐声韵之道,甚且要求更加严格的话,他的意见是有一定道理的。

(钟振振)

摸鱼儿

东皋寓居

买陂塘、旋栽杨柳，依稀淮岸湘浦。东皋嘉雨新痕涨，沙嘴鹭来鸥聚。堪爱处，最好是、一川夜月光流渚。无人独舞。任翠幄张天，柔茵藉地，酒尽未能去。　　青绫被①，莫忆金闺②故步。儒冠曾把身误。弓刀千骑成何事？荒了邵平瓜圃③。君试觑，满青镜、星星鬓影今如许！功名浪语。便似得班超④，封侯万里，归计恐迟暮。

〔注〕　① 青绫被：汉代尚书郎入直(值夜)，官供新青缣白绫被。　② 金闺：即金马门，汉武帝时学士草拟文稿的地方。　③ 邵平瓜圃：秦时的东陵侯邵平在秦亡后隐居长安城东种瓜。后泛指退隐。　④ 班超：汉扶风安陵(今陕西咸阳东北)人。他曾投笔从戎，平定西域三十六国，封定远侯，回京时已七十一岁，不久即死。

晁补之政治上接近苏轼，是苏门四学士之一，随着元祐党人地位的变化而沉浮宦海。崇宁二年(1103)，被免官回到故乡(山东巨野)，自号归来子，于东皋修葺归来园，过着陶渊明式的隐士生活。这首词就是此时所作。

词的上片写景，表现了归隐的乐趣。陂塘杨柳，野趣天成，仿佛淮水两岸，湘江之滨。东皋新雨，草木葱茏，溪水的涨痕清晰可辨,沙洲上聚集着白鹭、鸥鸟,一片静穆明净的景色。然而最令人神往的,莫过于明月映照着溪流,将那一川溪水与点点沙洲裹上了一层银装。以"一川"(满地、一片)形容夜月,可见月色朗洁,清辉遍照。"光流渚"三字则将宁谧的月色写得流动活跃,水与月浑然一体,那滔滔汩汩流动着的,真不知是溪水还是月光。纯是一幅动静谐和的江天月夜图。面对着此景,词人翩然起舞,头上是浓绿的树幕,脚底有如茵的柔草,偌大的世界好像只剩下他一个人,他尽情地领略这池塘月色,酒尽了还不忍离开。

晁补之擅长丹青,他曾说:"画写物外形,要物形不改;诗传画外意,贵有画中态。"可见他的诗词也追求"诗中有画"的境界。从这里绘色绘影的描写中,也可见到他的画师手段。词中用了由大及细,由抽象到具体的写法,先说园内景色如淮岸湘浦,是大处落墨,总述全貌。接着写雨至水涨,鸥鹭悠闲,是水边常见景物,但已见其明丽清幽。最后以"堪爱处""最好是"引出野居幽栖的最佳景象。这正如画中高手,尺幅之中,既有淋漓的泼墨,也有精细的工笔,两相映带,显出超群轶伦的技艺。

下片即景抒情,以议论出之,表现了厌弃官场、激流勇退的情怀。词人直陈胸臆,以为做官拘束,不值得留恋,儒冠误身,功名亦难久恃,这一句是从杜甫《奉赠韦左丞丈》"儒冠多误身"句化出。他深感今是昨非,对自己曾跻身官场、虚掷时日表示后悔。词人开函对镜,已是白发种种,益见功名如过眼云烟,终为泡影。末句说显赫如班超,也只能长期身居西域,到了暮年才得还乡。言外之意,仕途的不足恋便显然可见了。

这里借议论抒怀,情真意挚,气势豪迈,连用典故而能流转自如，一气贯注。他这种驾驭文字、典故的能力，及整首词畅达的气势，很像他的老师苏轼，所以王灼《碧鸡漫志》中说："晁无咎、黄鲁直皆学东坡，韵制得七八。"刘熙载《艺概》中说："无咎词堂庑颇大。人知辛稼轩《摸鱼儿》'更能消几番风雨'一阕，为后来名家所竞效。其实辛词所本，即无咎《摸鱼儿》'买陂塘、旋栽杨柳'之波澜也。"说明了这首词对辛弃疾的影响。 （王镇远）

满庭芳

夏日溧水无想山作

风老莺雏,雨肥梅子,午阴嘉树清圆。地卑山近,衣润费炉烟。人静乌鸢自乐,小桥外、新绿溅溅。凭栏久,黄芦苦竹,疑泛九江船。　　　年年,如社燕,飘流瀚海,来寄修椽。且莫思身外,长近尊前。憔悴江南倦客,不堪听急管繁弦。歌筵畔,先安簟枕,容我醉时眠。

　　哲宗元祐八年(1093),周邦彦三十八岁,为溧水(今属江苏)令。溧水县背靠无想山。这首词是他在溧水任上写的,通过不同的景物来写出哀乐无端的感情,有中年伤于哀乐的感慨。

　　一开头写春光已去,但他没有伤春,反而在欣赏初夏的风光。雏莺在风中长成了,梅子在雨中肥大了。这里化用杜牧"风蒲燕雏老"(《赴京初入汴口》)及杜甫"红绽雨肥梅"(《陪郑广文游何将军山林》)诗意。"午阴嘉树清圆",则是用刘禹锡《昼居池上亭独吟》"日午树阴正"句意,"清圆"二字绘出绿树亭亭如盖的景象。以上三句写初夏景物,体物极为细微,并反映出作者随遇而安的心情,极力写景物的美好,显得这里也可留恋。但接着就来一个转折:"地卑山近,衣润费炉烟。"正像白居易贬官江州,在《琵琶行》里说的"住近湓江地低湿",溧水也是地低湿,衣服潮润,炉香熏衣,需时良多,"费"字道出衣服之潮,则地卑久雨的景象不言自明。那么在这里还是感到不很自在吧。接下去又转了:这里比较安静,没有嘈杂的市声,连乌鸢也自得其乐。小桥外,溪水清澄,发出溅溅水声。但紧接着又是一转:"凭栏久,黄芦苦竹,疑泛九江船。"白居易既叹"住近湓江地低湿,黄芦苦竹绕宅生",词人在久久凭栏眺望之余,也感到自己处在这"地卑山近"的溧水,与当年白居易被贬江州时环境相似,油然生出沦落天涯的感慨。由"凭栏久"一句,知道从开篇起所写景物都是词人登楼眺望所见。感慨之兴,歇拍微露端倪,至下片才尽情抒发。

下片开头,以社燕自比。社燕在春社时飞来,到秋社时飞去,从海上飘流至此,在人家长椽上作巢寄身。瀚海,大海。《艺文类聚》卷九二引梁吴筠《咏燕》诗:"一燕海上来,一燕高堂息。……答言海路长,风驶飞无力。"唐沈佺期《独不见》诗"海燕双栖玳瑁梁",即此来自海上之燕。词人借海燕自喻,频年飘流宦海,暂在此溧水寄身。既然如此,"且莫思身外,长近尊前",姑且不去考虑身外的事,包括个人的荣辱得失,还是长期亲近酒樽,借酒来浇愁吧。词人似乎要从苦闷中挣脱出去。这里,点化了杜甫"莫思身外无穷事,且尽生前有限杯"(《绝句漫兴》)和杜牧的"身外任尘土,尊前极欢娱"(《张好好诗》)。"憔悴江南倦客,不堪听急管繁弦",又作一转。在宦海中飘流已感疲倦而至憔悴的江南客(作者为钱塘人),虽想撇开身外种种烦恼事,向酒宴中暂寻欢乐,如谢安所谓中年伤于哀乐,正赖丝竹陶写,但宴席上的"急管繁弦",怕更会引起感伤。杜甫《陪王使君》有"不须吹急管,衰老易悲伤"诗句,这里"不堪听"含有"易悲伤"的含意。结处"歌筵畔",承上"急管繁弦"。"先安簟枕,容我醉时眠",则未听丝竹,先拟醉眠。他的醉,不是欢醉而是愁醉。丝竹不入愁人之耳,唯酒可以忘忧。萧统《陶渊明传》:"渊明若先醉,便语客:'我醉欲眠,卿可去。'"词语用此而情味自是不同。"容我"二字,措辞宛转,心事悲凉。一结写出了无可奈何、以醉遣愁的苦闷。

宋陈振孙《直斋书录解题》云:"清真词多用唐人诗语,隐括入律,浑然天成,长调尤善铺叙,富艳精工。"这首词用了杜甫、白居易、刘禹锡、杜牧诸人的诗,结合真景真情,运典入化,大大丰富了词的含意。此外,还有很突出的一点,是风华清丽的景物,与孤寂凄凉的心情相交错,乐与哀相交融,苦闷与宽慰相结合,构成一种转折顿挫的风格。"风老莺雏,雨肥梅子",景物可喜。在可喜背后的苦闷心情,以"地卑""衣润"略点一下。再像"乌鸢自乐""新绿溅溅",写得恬静清新,"自"字极写鸟儿无拘无束,令人生羡之逍遥情态,正衬托出自己陷于宦海,不能自由飞翔的苦闷,而"黄芦苦竹"更清楚地点明自己的处境。在一详一略、一乐一苦的映衬中,含蓄地透露出苦闷的心情。总之,写乐景生动细致,反映苦闷的心情隐约含蓄。陈廷焯《白雨斋词话》评曰:"此中有多少说不出处,或是依人之苦,或有患失之心,但说得虽哀怨,却不激烈,沉郁顿挫中别饶蕴藉。"作者的感情,正是通过这些隐约不露的映衬对照曲曲传出。

(周振甫)

周邦彦

苏幕遮

燎沉香,消溽暑。鸟雀呼晴,侵晓窥檐语。叶上初阳干
宿雨,水面清圆,一一风荷举。　　　故乡遥,何日去?
家住吴门,久作长安旅。五月渔郎相忆否? 小楫轻舟,
梦入芙蓉浦。

　　宋代文人写词,就语言艺术方面说,有雕刻与自然两种不同
的路径。曾经被词论家捧为"词中老杜""两宋之间,一人而已"的
周邦彦,就是以雕刻取胜的。他的词集一名《片玉集》,可是集中
大部分作品,并不能做到"咳唾落九天,随风生珠玉"那样地天然
美好,而是用镂金刻玉的手段以掩盖它真美的不足。但像这首
《苏幕遮》,倒是"清水出芙蓉,天然去雕饰"的,在周词中,可算是
少数的例外。

　　这词以写雨后风荷为中心,由此而引入故乡归梦。以一个家
住吴门、久客京师的作者,面对着象征江南陂塘风色的荷花,很自
然地会勾起乡心,词的结尾用"小楫轻舟,梦入芙蓉浦"(古人也称
荷花为芙蓉)绾合,上下片联成一气,融景入情,不着痕迹。而全
首突出动人之处,全在"叶上初阳干宿雨,水面清圆,一一风荷举"
三句所写荷花的神态。试想,当宿雨初收,晓风吹过水面,在红艳
的初日照耀下,圆润的荷叶,绿净如拭,亭亭玉立的荷花,随风一

315

一颤动起来。这样一个活泼清远的词境，要把它作十分生动的素描，再现于读者面前，却颇非容易。作者只用寥寥几笔，就达到了这种境地，只一个"举"字，便刻画出荷花的动态。王国维《人间词话》赞扬它为"真能得荷之神理者"，是一点也不错的。

提起写荷花，风裳、水佩、冷香、绿云、红衣等字面，往往摇笔即来，而荷花的形象，却在这些词儿的掩蔽下模糊了。这样的词，读者必然会发生雾里看花隔着一层的感觉。这首《苏幕遮》之所以为写荷绝唱，正是在于它能洗尽脂粉，为凌波微步的仙子，作了出色的传神。记得清代大诗人郑珍的《春尽日》诗句："绿荷扶夏出，嫩立如婴儿。春风欲舍去，尽日抱之吹。"可算是文章天成，妙手偶得，跟周词有异曲同工之妙。　　　　　　　　　　（钱仲联）

少年游

并刀如水,吴盐胜雪,纤手破新橙。锦幄初温,兽烟不断,相对坐调笙。　　低声问:向谁行宿? 城上已三更。马滑霜浓,不如休去,直是少人行。

关于这首词有一则本事:"道君(宋徽宗)幸李师师家,偶周邦彦先在焉,知道君至,遂匿于床下。道君自携新橙一颗,云江南初进来,遂与师师谑语。邦彦悉闻之,隐括成《少年游》云。"(张端义《贵耳集》卷下)其事确有与否一向有人怀疑(如清吴衡照《莲子居词话》卷一),王国维辨其必无。无论创作缘起如何,文学作品毕竟不同于生活情事的照搬。就这首词而论,词中人物便只是一对秋夜相会的情人罢了。词属双调,意分三层,主要从女方着笔。

"并刀如水,吴盐胜雪,纤手破新橙"一层。写情人双双共进时新果品,单刀直入,引读者进入情境。"刀"为削果用具,"盐"为进食调料,本是极寻常的生活日用品。而并州产的刀剪特别锋利(杜甫:"焉得并州快剪刀"),吴地产的盐质量特别好(李白:"吴盐如花皎白雪"),"并刀""吴盐"借用诗语,点出其物之精,便不寻常。而"如水""胜雪"的比喻,使人如见刀的闪亮、盐的晶莹。二句造型俱美,而对偶天成,表现出铸辞的精警。紧接一句"纤手破新橙",则前二句便有着落,决不虚设。这一句只有一个纤手破橙的特写画面,没有直接写人或别的情事,但"潜台词"十分丰富:谁是主人,谁是客人,谁招待谁等等,读者已能会心,作者也就不多说了。这对于下片一番慰留情事,已具情节的开端。手是纤纤的玉手,初得之新橙,与如水并刀、胜雪吴盐,组成一幅色泽美妙的图画。"破"字清脆,运用尤佳,与清绝之环境极和谐。三句纯是物象,却能传达一种爱恋与温情,味在品果之外。

"锦幄初温,兽烟不断,相对坐调笙"又一层。先交代闺房环境,用了"锦幄""兽烟"(兽形香炉中透出的烟)等华艳字面,夹在上下比较淡永清新的词句中,显得分外温馨动人。"初温"则室不过暖,"不断"则香时可闻,既不过又无不及,恰写出环境之宜人。接着写对坐听她吹笙。写吹"笙"却并无对乐曲的描述,甚至连吹也没有写到,只写到"调笙"而已。此情此境,却令人大有"未成曲调先有情"之感。"相对"二字又包含多少不可言传的情意。此笙是女方特为愉悦男方而奏,不说自明。此中乐,亦乐在音乐之外。

上片两层创造了一个温暖馨香的环境,酝足了依恋无限之情,为下片写分别难舍作好铺垫。上片写到"锦幄初温"是入夜情事,下片却写到"三更"半夜,过片处有一跳跃,中间省略了许多情事。"低声问"一句直贯篇末。谁问?未明点,读者从问者声口不难会意是那位女子。为何问?也未明说,读者从"向谁行宿"的问话自知是男子的告辞引起。写来空灵含蓄。挽留的意思全用"问"话出之,更有味。只说夜深("城上已三更")、路难("马滑霜浓")、"直是少人行",只说"不如休去",却不直道"休去",表情措语,分寸掌握极好。"言马言他人,而缠绵偎依之情自见,若稍涉牵裾,鄙矣。"(沈谦《填词杂说》)这几句不仅妙在毕肖声口,使读者如见其人;还同时刻画出外边寒风凛冽、夜深霜浓的情境,与室内的环境形成对照。则挽留者的柔情与欲行者的犹豫,都在不言之中。词结束在"问"上,结束在期待的神情上,意味尤长。恰如毛稚黄所说:"后阕绝不作了语,只以'低声问'三字贯彻到底,蕴藉袅娜。无限情景,都自纤手破橙人口中说出,更不别作一语。意思幽微,篇章奇妙,真神品也。"

词中所写的男女之情,意态缠绵,恰到好处,可谓"傅粉则太白,施朱则太赤",不沾半点恶俗气味;又能语工意新,"香奁泛话吐弃殆尽"(陈廷焯《白雨斋词话》卷六),的确堪称"本色佳制"。

(周啸天)

周邦彦

六　丑①

蔷薇谢后作

正单衣试酒，怅客里光阴虚掷。愿春暂留，春归如过翼②，一去无迹。为问花何在？夜来风雨，葬楚宫倾国③。钗钿堕处遗香泽。乱点桃蹊④，轻翻柳陌，多情为谁追惜？但蜂媒蝶使，时叩窗槅⑤。　　东园岑寂，渐蒙笼暗碧。静绕珍丛⑥底，成叹息。长条故惹行客。似牵衣待话，别情无极。残英小，强簪巾帻；终不似、一朵钗头颤袅⑦，向人敧侧⑧。漂流处，莫趁潮汐。恐断红⑨尚有相思字，何由见得。

〔注〕　① 六丑:此词一题"落花"。　② 过翼:飞过的鸟。杜甫《夜二首》诗:"村墟过翼稀。"　③ 楚宫倾国:楚宫美人，喻蔷薇花。　④ 乱点桃蹊:乱点,落花飞散貌；桃蹊,桃树下的路径。　⑤ 窗槅:即窗棂。　⑥ 珍丛:指蔷薇花丛。珍,贵重。　⑦ 颤袅:摇曳。　⑧ 敧侧:偏向一旁。　⑨ 断红:落花。

　　此词据调后题目"蔷薇谢后作"，可知是咏物之词。但词中咏物，往往和咏怀密切相关。沈祥龙《论词随笔》:"咏物之作，在借物以寓性情，凡身世之感，君国之忧，隐然蕴于其内，斯寄托遥深，非沾沾焉咏一物矣。"周邦彦此词，决不是单咏蔷薇，而是寄寓着深刻的身世之感。词中的比兴最普遍、最常用的手法是伤春与伤别。春，是美好事物的象征，而花又是春的象征。"惟草木之零落兮，恐美人之迟暮"（屈原《离骚》），"盛年处房室，中夜起长叹"（曹植《美女篇》），花草的凋零，春光的消逝和华年的不再，怀才的不遇，形象的内涵上自有其本质意义的联系。这已是在我国古典诗歌的艺术传统上成为人所熟知的东西了。只有用这样的比兴手法来观察周邦彦《六丑》这首所谓"咏物"之作，才能深入理解词中人惜花，花恋人，人花相恋，难解难分的思想感情。

这词上片写花谢，还是题前文字，下片写谢后，才是正面文章。但上下片又是互相烘托，互相映衬的。

《六丑》词的基调就是伤春与伤别。"正单衣试酒，怅客里光阴虚掷"，是伤别；"愿春暂留，春归如过翼，一去无迹"，是伤春。这五句起得好。元陆辅之《词旨》说："对句好可得，起句好难得，收拾全借出场。"长调的篇章结构，自柳永、苏轼、秦观而至周邦彦，可谓已集其大成。周词谋篇之妙，前人屡有称述。但就其长调而论，开头以平起者多，突起者少。所谓"其妙在笔未到而气已吞"（刘熙载《艺概》）的，也不过数词。如这首开头起得突兀，又笼罩全篇，读后使人产生一种十分凄切、紧迫的感觉。"愿春暂留"三句紧承慨叹春光将尽，客里光阴虚费而来，从感情上再加强一层。周济评这三句："十三字千回百折，千锤百炼"，的确如此。这三句一波三过折，一句一转：不是愿春久留，而只是愿春暂留，一转；春不但不能暂留，而去如飞鸟之疾，二转；不但去得疾，而且荡焉泯焉，影迹全无，三转。这在感情上一层进一层、一层紧一层地反映出词人对将去之春的痛惜留恋之情，所以说是"千回百折"。为什么又说"千锤百炼"？词人要写的内容很丰富，原要用许多话才能表达,但经过锤炼,删成少量的字句,却"字少而意多",同样能把丰富的诗意表达出来。我们试寻绎一下这三句极意锤炼之处。愿花长好,月长圆,春长在,这是词人过去的少不更事的天真的想法,而实际上是事与愿违,花开必谢,春来必去,要她长在是空想,要她久留也不可能。现在经过长期的、惨痛的经验,自动把愿望降低了,那么即使是"暂留"一下也好吧! 但是,不但愿春暂留片刻而不可得,而且她转瞬即逝,杳如黄鹤。"流水落花春去也,天上人间"(李煜《虞美人》)。这在多愁善感的词人是多么伤心惨目的事啊! 如此曲折委婉的意思用十三个字就表达清楚了,所以说是"千锤百炼"。接着就用"为问春何在"提问,淋漓尽致地描绘蔷薇花凋尽时的惊心动魄的场面。

"春眠不觉晓,处处闻啼鸟。夜来风雨声,花落知多少?"(孟浩然《春晓》)诗人虽然夜闻风雨声而担心花落,但侵晓未醒,醒后始问,毕竟关心不多。"昨夜三更雨,临明一阵寒。海棠花在否?侧卧卷帘看。"(韩偓《懒起》)虽也关心海棠花的存在与否,但慵卧不起,卷帘而看,情绪并不十分紧张。只有温庭筠"夜闻猛雨拚花尽"(《春日偶作》)诗句中所写的情绪,与此处有些类似。试想一夜风狂雨骤,岂有不把蔷薇吹完打尽之理? 词人听风听雨,彻夜无眠,也已经横下了一条心,硬着头皮"拚花尽"了。他虽没有出外行走,但神经却十分敏感,在想象中,无数蔷薇花片,已在桃蹊柳陌上乱点轻翻,可怜玉碎香消,有谁怜惜,只有蜂媒蝶使,一起忙乱了一番,屡叩窗槅,算是在给倾国佳人哭泣送葬罢了。这是何等"意夺神骇,心折骨惊"的场景啊!

但这只写花落,还不过是题前文字。

下片写谢后,才是题目的正面。

前人写落花的虽多,但以写落时为主。"一片花飞减却春,风飘万点正愁人"(杜甫《曲江》),"将飞更作回风舞,已落犹成半面妆"(宋祁《落花》),稍稍涉及花落后情形。词中写花落更多。"兰露重,柳风斜,满庭堆落花"(温庭筠《更漏子》)。"帘外落花飞不得,东风无气力"(陈克《谒金门》)。这些都提供了鲜明生动的艺术形象。但是,《六丑》词不着重写花落之时,而写花落之后,而且塑造了一系列鲜明生动的形象,这在诗词中却是并不多见的。

你看!词人经过了情绪十分紧张的不眠之夜,清早起来,步入东园,他绕着无花的蔷薇,踽踽独行,凭吊谢后的蔷薇,发出轻轻的叹息声。周围是死一般的沉寂,一个"岑寂",一个"静"字,用复笔写出了自然环境的凄冷和词人心头凄冷的交织。现在眼前既是一片空寂,一般人写到这里,可能已成强弩之末。但词人凭他一管生花妙笔,"扫处即生",凭空结撰,竟生出下面如许妙文来。

第一个是长条牵衣待话的形象。当词人静绕蔷薇丛下时,已经脱尽残红的柔条却牵住他的衣服(因蔷薇茎有刺,故云),似有无限离别之情要向他倾诉。这是写花恋人。其次写人惜花。当词人正在心灰意冷时,偶然瞥见枝头上一朵残花,就顺手把它摘下来,插在自己的头巾上,她瘦小憔悴得可怜,但有花终胜无花,这就是"强簪"的一层意思;不过这样一插,却勾起了旧事,当此花盛开时,那时还有玉人同在,鲜艳的花朵插上美人的钗头,是多么逞娇弄色,绰约多姿啊!这就是"强簪"的另一层意思。最后一个形象更是奇情异采,匪夷所思。"春色三分,二分尘土,一分流水"

(苏轼《水龙吟》杨花词)。落花的命运，无非是堕溷飘茵，遭人践踏，还有一部分则是随流水飘去，漂泊无踪，此处断红即残红，"尚有相思字"，似有"红叶题诗"典故的影子。花落水流红，在残红本身也无能为力，但词人却满怀痴情地嘱咐说：你能否挣扎一下不随潮水远去呢？否则你如有相思字儿，我怎能见到呢！人与花已经分离，但还恋恋不舍，余情无限，难解难分如此。此结不但回应了上片的"愿春暂留"和下片的"别情无极"，而且花去人留，两美相别，仿佛死别生离，"此恨绵绵无绝期"，给读者留下十分丰富的想象的空间，真有余音袅袅不绝，绕梁三日之感。王又华《古今词论》引毛先舒云："长调如娇女步春，旁去扶持，独行芳径，一步一态，一态一变。"刘熙载《艺概》亦云："一转一深，一深一妙，此骚人三昧(三昧者，秘诀之谓)，倚声家得之，便自超出常境。"这些论述，用来评价此词下片，不是非常适当的吗！

　　这首词是周邦彦的自度曲。据吴衡照《莲子居词话》："《六丑》词周邦彦所作。上问'六丑'之义，对曰：此犯六调，皆声之美者，然极难歌。高阳氏有子六人，才而丑，故以比之。"(此似据周密《浩然斋雅谈》)不知此词犯那六调？声音之美如何？词谱失传，无从探索。但犯调等于南曲中的集曲，而从此词的平仄韵律来看，似乎也可得些线索。如词是顺句与拗句的互用，但拗句少于顺句。凡周邦彦的自度曲，如《兰陵王》《花犯》等都有这种情况。此词中的拗句有：愿春暂留(仄平仄平)，一去无迹(仄仄平仄)，时叩窗槅(平仄平仄)，长条故惹行客(平平仄仄平仄)，莫趁潮汐(仄仄平仄)等。这些平仄拗掇之处，是否像元曲中的所谓"务头"，是曲中美听之处呢？这却无从确定了。　　**(万云骏)**

兰陵王

柳

柳阴直,烟里丝丝弄碧。隋堤上、曾见几番,拂水飘绵送行色。登临望故国,谁识京华倦客?长亭路,年去岁来,应折柔条过千尺。　　闲寻旧踪迹,又酒趁哀弦,灯照离席。梨花榆火催寒食。愁一箭风快,半篙波暖,回头迢递便数驿,望人在天北。　　凄恻,恨堆积!渐别浦萦回,津堠岑寂,斜阳冉冉春无极。念月榭携手,露桥闻笛。沉思前事,似梦里,泪暗滴。

　　自从清代周济《宋四家词选》说这首词是"客中送客"以来,注家多采其说,认为是一首送别词。胡云翼先生《宋词选》更进而认为是"借送别来表达自己'京华倦客'的抑郁心情"。把它解释为送别词固然不是讲不通,但毕竟不算十分贴切。在我看来,这首词是周邦彦写自己离开京华时的心情。此时他已倦游京华,却还留恋着那里的情人,回想和她来往的旧事,恋恋不舍地乘船离去。宋张端义《贵耳集》说周邦彦和名妓李师师相好,得罪了宋徽宗,被排出都门。李师师陈酒送别时,周邦彦写了这首词。王国维在《清真先生遗事》中已辨明其妄。但是这个传说至少可以说明,在宋代,人们是把它理解为周邦彦离开京华时所作。那段风流故事

当然不可信,但这样的理解恐怕是不差的。

这首词的题目是"柳",内容却不是咏柳,而是伤别。古代有折柳送别的习俗,所以诗词里常用柳来渲染别情。隋无名氏的《送别》:"杨柳青青着地垂,杨花漫漫搅天飞。柳条折尽花飞尽,借问行人归不归。"便是人们熟悉的一个例子。周邦彦这首词也是这样,它一上来就写柳荫、写柳丝、写柳絮、写柳条,先将离愁别绪借着柳树渲染了一番。

"柳阴直,烟里丝丝弄碧。"这个"直"字不妨从两方面体会。时当正午,日悬中天,柳树的阴影不偏不倚直铺在地上,此其一。长堤之上,柳树成行,柳荫沿长堤伸展开来,划出一道直线,此其二。"柳阴直"三字有一种类似绘画中透视的效果。"烟里丝丝弄碧"转而写柳丝。新生的柳枝细长柔嫩,像丝一样。它们仿佛也知道自己碧色可人,就故意飘拂着以显示它们的美。柳丝的碧色透过春天的烟霭看去,更有一种朦胧的美。

以上写的是自己这次离京华时在隋堤上所见的柳色。但这样的柳色已不止见了一次,那是为别人送行时看到的:"隋堤上、曾见几番,拂水飘绵送行色。"隋堤指汴京附近汴河的堤,因为汴河是隋朝开的,所以称隋堤。"行色",行人出发前的景象。谁送行色呢?柳。怎样送行色呢?"拂水飘绵"。这四个字锤炼得十分精工,生动地摹画出柳树依依惜别的情态。那时词人登上高堤眺望故乡,别人的回归触动了自己的乡情。这个厌倦了京城生活的客子的凄惘与忧愁有谁能理解呢:"登临望故国,谁识京华倦客?"隋堤柳只管向行人拂水飘绵表示惜别之情,并没有顾到送行的京华倦客。其实,那欲归不得的倦客,他的心情才更悲凄呢!

接着,词人撇开自己,将思绪又引回到柳树上面:"长亭路,年去岁来,应折柔条过千尺。"古时驿路上十里一长亭,五里一短亭。亭是供人休息的地方,也是送别的地方。词人设想,在长亭路上,年复一年,送别时折断的柳条恐怕要超过千尺了。这几句表面看来是爱惜柳树,而深层的含义却是感叹人间离别的频繁。情深意婉,耐人寻味。

第一叠借隋堤柳烘托了离别的气氛,第二叠便抒写自己的别情。"闲寻旧踪迹"这一句读时容易被忽略。那"寻"字,我看并不是在隋堤上走来走去地寻找。"踪迹",也不是自己到过的地方。"寻"是寻思、追忆、回想的意思。"踪迹"指往事而言。"闲寻旧踪迹",就是追忆往事的意思。为什么说"闲"呢? 当船将开未开之际,词人忙着和人告别,不得闲静。这时船已启程,周围静了下来,自己的心也闲下来了,就很自然地要回忆京华的往事。这就是"闲寻"二字的意味。我们也会有类似的经验,亲友到月台上送别,火车开动之前免不了有一番激动和热闹。等车开动以后,坐在车上静下心来,便去回想亲友的音容乃至别前的一些生活细节。这就是"闲寻旧踪迹"。那么,此时周邦彦想起了什么呢?"又酒趁哀弦,灯照离席。梨花榆火催寒食。"有的注释说这是写眼前的送别,恐不妥。眼前如是"灯照离席",已到夜晚,后面又说"斜阳冉冉",时间如何接得上? 所以我认为这是船开以后寻思旧事。在寒食节前的一个晚上,情人为他送别。在送别的宴席上灯烛闪烁,伴着哀伤的乐曲饮酒。此情此景真是难以忘怀啊! 这里的"又"字告诉我们,从那次的离别宴会以后词人已不止一次地回忆,如今坐在船上又一次回想起那番情景。"梨花榆火催寒食"写

327

明那次饯别的时间。寒食节在清明前一天,旧时风俗,寒食这天禁火,节后另取新火。唐制,清明取榆、柳之火以赐近臣。"催寒食"的"催"字有岁月匆匆之感。岁月匆匆,别期已至了。

"愁一箭风快,半篙波暖,回头迢递便数驿,望人在天北。"周济《宋四家词选》曰:"一愁字代行者设想。"他认定作者是送行的人,所以只好作这样曲折的解释。但细细体会,这四句很有实感,不像设想之辞,应当是作者自己从船上回望岸边的所见所感。"愁一箭风快,半篙波暖,回头迢递便数驿",风顺船疾,行人本应高兴,词里却用一"愁"字,这是因为有人让他留恋着。回头望去,那人已若远在天边,只见一个难辨的身影。"望人在天北"五字,包含着无限的怅惘与凄婉。

第二叠写乍别之际,第三叠写渐远以后。这两叠的时间是接续的,感情却又有波澜。"凄恻,恨堆积!""恨"在这里是遗憾的意思。船行愈远,遗憾愈重,一层一层堆积在心上难以排遣,也不想排遣。"渐别浦萦回,津堠岑寂,斜阳冉冉春无极。"从词开头的"柳阴直"看来,启程在中午,而这时已到傍晚。"渐"字也表明已经过了一段时间,不是刚刚分别时的情形了。这时望中之人早已不见,所见只有沿途风光。大水有小口旁通叫浦,别浦也就是水流分支的地方,那里水波回旋。"津堠"是渡口附近的守望所。因为已是傍晚,所以渡口冷冷清清的,只有守望所孤零零地立在那里。景物与词人的心情正相吻合。再加上斜阳冉冉西下,春色一望无边,空阔的背景越发衬出自身的孤单。他不禁又想起往事:"念月榭携手,露桥闻笛。沉思前事,似梦里,泪暗滴。"月榭之中,露桥之上,度过的那些夜晚,都留下了难忘的印象,宛如梦境似的，一一浮现在眼前。想到这里，不知不觉滴下了泪水。"暗滴"是背着人独自滴泪，自己的心事和感情无法使旁人理解，也不愿让旁人知道，只好暗自悲伤。

统观全词，萦回曲折，似浅实深，有吐不尽的心事流荡其中。无论景语、情语，都很耐人寻味。　　　　　　　　　　　　（袁行霈）

周邦彦

西　河

金　陵

佳丽地,南朝盛事谁记? 山围故国绕清江,髻鬟对起;怒涛寂寞打孤城,风樯遥度天际。　　断崖树,犹倒倚;莫愁艇子曾系。空余旧迹郁苍苍,雾沉半垒。夜深月过女墙来,伤心东望淮水。　　酒旗戏鼓甚处市? 想依稀、王谢邻里。燕子不知何世;入寻常巷陌人家,相对如说兴亡,斜阳里。

　　怀古诗词在中国诗歌史上是一朵奇葩。历来有不少词人宗匠曾经写过这一类杰出的诗篇。他们面对着"人事有代谢,往来成古今"的胜地,不仅目击到自然界的沧桑,更由此而引起人事兴衰的感触,抒发了他们所能认识到的政治见解和哲理观念。在这种穿插着追念古昔和寄慨当前的诗篇中,往往浮想联翩,表现了诗人深邃的思想,给读者以强烈的感染和深刻的启发。

　　周邦彦这首词虽然是隐括刘禹锡《石头城》和《乌衣巷》二诗而成的,但因为他"善融化诗句,如自己出"(张炎《词源》),所以能够做到从通篇景语中见情语,并且能够通过景物描绘的"顿挫"体现怀古之情的"波澜",使人们触景生情,见微知著。上片一开始就突兀横空而出,点明六代故都金陵是一个"佳丽地",这一句是从谢朓《入朝曲》"江南佳丽地,金陵帝王州"中来,既切金陵,又令人浑然不觉。结尾却又言简意赅地描写燕子的呢喃话旧,时间、地点是在"斜阳里"的故都。以繁华始,以萧瑟终,全词情景的基调就这样显示了。至于"佳丽地"如何从繁华转为萧瑟? 那就更妙。经过词人运用了峰回路转、若断若续的手法,金陵的一幅沧桑图景刻画得多么深切,词人感时吊古的怅触又是多么萦回起伏! 陈廷焯评周邦彦有云:"美成词有前后若不相蒙者,正是顿挫之妙。"(《白雨斋词话》卷一)顿挫的特色,在这篇怀古词中,应该说是更为显著了。作者在怀古,着眼点是六朝旧事,因历史兴亡之感总括于"南朝盛事谁记"一句中,真是慨乎言之。下面分别作点染。"山围"四句化用刘禹锡《石头城》"山围故国周遭在,潮打空城寂寞回"诗意。"莫愁艇子曾系"句从古乐府《莫愁乐》"艇子打两桨,催送莫愁来"句中化出。曾经系过莫愁佳丽的游艇,断崖倒树,触目荒凉,这不分明是"空余旧迹"了吗? 接着,词人化用刘禹锡"淮水东边旧时月,夜深还过女墙来"的诗境,伤心东望,淮水苍茫(淮水即秦淮河)。"酒旗戏鼓甚处市? 想依稀、王谢邻里",是以旧时贵族居住区今已沦为平民商业街市来反映人世沧桑。最后,在一片迷茫中,忽然出现了"燕子"飞来的神到之笔。词人化用了刘禹锡"旧时王谢堂前燕,飞入寻常百姓家"(《乌衣巷》)的诗境,借燕子以诉说兴亡,揭示词人心头郁结的无穷感触。

　　周邦彦这首怀古词的特点,从时间范畴说是如上的断续交织,从空间范畴来说,却又是疏密相间。苏轼的《念奴娇·赤壁怀古》上片,就只是泼墨画似的写了"江山如画",下片就只是集中地写了周瑜,一气贯注,如同骏马注坡,纯属粗线条的勾勒。正如朱孝臧所评:"两宋词人正可分为疏、密两派,清真介在疏密之间。"譬如,词的第一部分以疏为主,词人放眼江山,对作为"佳丽地"的"故国"金陵做了一个全面的鸟瞰。第二部分以密为主,在前面基础上做了进一步的勾勒:从前面围绕"故国"的山峰,引出了后面的"断崖树",以至想象中的"莫愁艇子";从前面的"清江",引出后面的"淮水";再从前面的"孤城",引出后面的雾中"半垒"和月下"女墙"。这就好比电影镜头,冉冉扑来的不再是远景、全景,而是中景和近景了。到了第三部分,画面突出的就只是特写镜头:一帧飞入寻常百姓家的燕子呢喃图。小小飞禽的对话,可以说刻画入微,密而又密。"相对",是指燕子与燕子相对,尽管它们的呢喃本无深意,然而在词人听来看来,却为它们的"不知何世"而倍增兴亡之感。"疏"利于"写大景"(王夫之《薑斋诗话》卷二),写出高情远意;"密"利于画龙点睛,写出"小景",写出事物的不同一般的特征。

总的来说,此词艺术技巧是极其精湛的,它不正面触及巨大的历史事变,不着丝毫议论,而只是通过有韵味的情景铺写,形象地抒发作者的沧桑之感,寓悲壮情怀于空旷境界之中,并使壮美和优美相结合,确是怀古词中一篇别具匠心的佳作。但是,这种写法也带来一个显著的缺陷,就是作者究竟为什么要怀古,而与怀古同时的感今,其内容又如何,不免含糊带过,显得词意为词采所掩。含蓄深沉,确是这首词作的优长,但思想脉络却不够醒豁。这可能正是钟嵘所说的"专用比兴,患在意深,意深则词踬"(《诗品·总论》)的缘故吧。

(吴调公)

周邦彦

蝶恋花

月皎惊乌栖不定,更漏将残,辘轳牵金井。唤起两眸清炯炯。泪花落枕红绵冷。　　执手霜风吹鬓影,去意徊徨,别语愁难听。楼上阑干横斗柄,露寒人远鸡相应。

　　上叠起首三句是由离人枕上所闻,写曙色欲破之景,妙在全从听得(月皎为乌栖不定之原因,着重仍在乌啼,不在月色也),为下文"唤起两眸"张本。乌啼、残漏、辘轳,皆惊梦之声也。下两句实写枕上别情,"唤起"一句能将凄婉之情怀,惊怯之意态曲曲绘出。美成写离别之细腻熨帖,每于此等处见之。此句实是写乍闻声而惊醒。乍醒之眼应曰矇眬,而彼反曰"清炯炯"者,正见其细腻熨帖之至也。若夜来甜睡早被惊觉,则惺忪乃是意态之当然;今既写离人,而仍用此描写,则似小失之矣。美成《早梅芳》曰:"正魂惊梦怯,门外已知晓。"可与此句互相发明。此处妙在言近旨远,明写的是黎明枕上,而实已包孕一夜之凄迷情况。只一句,个中人之别恨已呼之欲出。"泪花"一句另是一层,与"唤起"非一事。读者勿疑,试着眼于一"冷"字,便知吾言不诬。红绵为装枕之物,若疏疏热泪亦只能微沾枕函而已,决不至湿及枕内之红绵,且不至于冷也。今既曰"红绵冷",则泪痕之交午,及别语之缠绵,可想知矣。故"唤起"一句为乍醒之况,"泪花"一句为将起之况,

333

程叙分明。两句中又包孕无数之别情在内,作一句读下,殆非善读者。离人至此,虽欲恋此枕衾,已至万无可再恋之时分,于是不得不起而就道矣,在此逗入下片。"执手"三句已起矣,由房闼而庭院矣;"楼上"两句已去矣,由庭除而途路矣。上极其委婉纡徐,下极其飘忽骏快,写"将别"时之留恋,"别"时之匆促,调与意会,情与词兼矣。末二句上写空闺,下写野景,一笔而两面俱彻,闺中人天涯之思有非言说所能尽者,"一声村落鸡",飞卿《更漏子》结句,此易一为多耳。清真善用前人绝构,略加点染,便有味外味,今人辄曰创造如何,因袭如何,半耳食之论也。　　　　(俞平伯)

玉楼春

桃溪不作从容住，秋藕绝来无续处。当时相候赤阑桥，今日独寻黄叶路。　　烟中列岫青无数，雁背夕阳红欲暮。人如风后入江云，情似雨余粘地絮。

　　周邦彦的词，语言典丽精工，章法严密多变。但较之同时的秦观，有时不免显得多故实而少情致。这首《玉楼春》，却能于典丽精工中蕴含深挚浓密的情致，是具有周词特色而无其常见缺点的优秀篇章。

　　词的内容并不新鲜，不过是写离情——与所爱女子隔绝后重寻旧地的寂寞惆怅。首句"桃溪"用典。传东汉时刘晨、阮肇入天台山采药，于桃溪边遇二女子，姿容甚美，遂相慕悦，留居半年，怀乡思归，女遂相送，指示还路。及归家，子孙已历七世。后重访天台，不复见二女。唐人诗文中常用遇仙、会真暗寓艳遇。"桃溪不作从容住"，暗示词人曾有过一段刘阮入天台式的爱情遇合，但却没有从容地长久居留，很快就分别了。这是对当时轻别意中人的情事的追忆，口吻中含有追悔意味，不过用笔较轻。用"桃溪"典，还隐含"前度刘郎今又来"之意，切合旧地重寻的情事。可见词人选择典故的精切。

　　第二句用了一个譬喻，暗示"桃溪"一别，彼此的关系就此断绝,正像秋藕(谐"偶")断后,再也不能重新连接在一起了,语调中充满沉重的惋惜悔恨情绪和欲重续旧情而不得的遗憾。"别时容易见时难",珍贵的东西一旦在无意的轻率中失去,留下的便只有永久的悔恨。人们常用藕断丝连譬喻旧情之难忘,这里反其语而用其意,便显得意新语奇,不落俗套。以上两句,侧重概括叙事,揭出离合之迹,为下面抒写"今日独寻"情景张本。

"当时相候赤阑桥,今日独寻黄叶路。"三四两句,分承"桃溪"相遇与"绝来无续",以"当时相候"与"今日独寻"情景作鲜明对比。赤阑桥与黄叶路,是同地而异称。俞平伯《唐宋词选释》引顾况、温庭筠、韩偓等人诗词,说明赤阑桥常与杨柳、春水相连,指出此词"黄叶路明点秋景,赤阑桥未言杨柳,是春景却不说破"。同样,前两句"桃溪""秋藕"也是一暗一明,分点春、秋。三四正与一二密合相应,以不同的时令物色,渲染欢会的喜悦与隔绝的悲伤。朱漆栏杆的小桥,以它明丽温暖的色调,烘托了往日情人相候时的温馨旖旎和浓情蜜意;而铺满黄叶的小路,则以其萧瑟凄清的色调渲染了今日独寻时的寂寞悲凉。由于是在"独寻黄叶路"的情况下回忆过去,"当时相候赤阑桥"的情景便分外值得珍重流连,而"今日独寻黄叶路"的情景也因美好过去的对照而愈觉孤子难堪。今昔之间,不仅因相互对照而更见悲喜,而且因相互交融渗透而使感情内涵更加丰富复杂。既然"人如风后入江云",则所谓"独寻",实不过旧地重游,在记忆中追寻往日的缱绻温柔,在孤寂中重温久已失落的欢爱而已,但毕竟在寂寞惆怅中还有温馨明丽的记忆,还能有心灵的一时慰藉。这种丰富复杂的感情,正透出情的执着痴顽,为下片结句伏脉。今昔对比,多言物(景)是人非,这一联却特用物非人杳之意,也显得新颖耐味。"赤阑桥"与"黄叶路"这一对诗歌意象,内涵已经远远越出时令、物色的范围,而成为不同的心态和人生阶段的一种象征了。

过片两句,转笔宕开写景:"烟中列岫青无数,雁背夕阳红欲暮。"这是一个晴朗的深秋的傍晚。在烟霭缭绕中,远处排立着无数青翠的山峦;夕阳的余辉,照映在空中飞雁的背上,反射出一抹就要黯淡下去的红色。两句分别化用谢朓诗句"窗中列远岫"与温庭筠诗句"鸦背夕阳多",但比原句更富远神。它的妙处,主要不在景物描写刻画的工丽,也不在景物本身有什么象征含义;而在于情与景之间,存在着一种若有若无、若即若离的联系,使人读来别具难以言传的感受。那无数并列不语的青嶂,与"独寻"者默默相对,更显出了环境的空旷与自身的孤孑;而雁背的一抹残红,固然显示了晚景的绚丽,可它很快就要黯淡下去,消逝在一片暮霭之中了。这阔远中的孤独,绚丽中的黯淡,与"独寻"者的处境、心境之间似乎存在着有神无迹的联系。

"人如风后入江云,情似雨余粘地絮。"结拍两句,收转抒情。随风飘散没入江中的云彩,不但形象地显示了当日的情人倏然而逝、飘然而没、杳然无踪的情景,而且令人想见其轻灵缥缈的身姿风貌。雨过后粘着地面的柳絮,则形象地表现了主人公感情的牢固胶着,还将那欲摆脱而不能的苦恼与纷乱心情也和盘托出。这两个比喻,都不属那种即景取譬、自然天成的类型。而是刻意搜求、力求创新的结果。但由于它们生动贴切地表达了词人的感情,读来便只觉其沉厚有力,而不感到它的雕琢刻画之迹。陈廷焯《白雨斋词话》说此词结句"呆作两譬,别饶姿态,却不病其板,不病其纤",可谓具眼。"情似雨余粘地絮",正是全词的点眼。词中所抒写的,正是这种执著胶固、无法解脱的痴顽之情。

《玉楼春》这个词调,七言八句,句式整齐,本篇又两两相对,通首排偶,贯串对比手法,这本来很容易流于平板,但却不给人这种感觉。这首先是因为,词人在运用对比手法时,每一联都有不同的角度。一二句与三四句虽同样从今昔上对比,但前者着重从因果上,后者着重从景物、心情上对比。五六句则突出色彩上("青"与"红")的对比;七八句又转从对方与自己的角度对比。同时,五六句宕开写景,与前后各句间若断若续,在结构章法上也显出了顿挫变化。再加上贯注全词的那种深挚浓至的感情,更使人读来有一气鼓荡之感。

周词多铺叙,以赋法入词。这首词虽包含一个爱情故事,却不着重铺叙,而是以虚涵概括、极富情致的笔调抒写内心的感受。无论用典、比喻、写景,都突出表现那种深挚缠绵、胶固执著的感情,那种悔恨、追恋、伤感交并的痴顽之情,因此它便以情致的深厚蕴藉深深打动读者。如果说他的有些词类似外表华艳、内心淡漠的冷美人,缺乏使读者感发的强烈艺术力量,那么这首词则以感情的沉厚纯挚成为"不隔"的佳作。 （刘学锴）

临江仙

都城元夕

闻道长安灯夜好,雕轮宝马如云。蓬莱清浅对觚棱。玉皇开碧落,银界失黄昏。　　谁见江南憔悴客,端忧懒步芳尘。小屏风畔冷香凝。酒浓春入梦,窗破月寻人。

　　这首小词历来深得人们喜爱,甚或推为《东堂词》中品格最高的一篇,堪与见赏于苏东坡的《惜分飞》(泪湿阑干花着露)一词相颉颃。

　　毛滂平生沉沦下僚,不得展其骥足。此时客居京城,困顿潦倒,憔悴不堪。汴京元夕本是一年中最热闹的一个夜晚,但在羁滞异乡的词人,却别有一番滋味。然而毛滂毕竟是毛滂,似乎生活的蹉跌不足以泯灭他那开朗的个性,他的词篇充满潇洒的风致。满怀苦情,尽以飘逸秀雅之笔抒写,正表现了东堂词的艺术风格。

　　"闻道长安灯夜好,雕轮宝马如云",开篇以"闻道"二字引出元夕盛况。言"闻道",知作者未曾涉足其间,下文只是虚写。宋人诗词中常以长安代指都城汴京。"长安灯夜好",以泛笔起,下面皆由此句拓展开去。"雕轮""宝马",是豪宦人家所乘。这句带有浓郁的华贵气息,车马如云,更见士女之众,兴致之高。这里虽然是夸张之笔,一旦比之于下面三句,还算是"虚中之实"哩。"蓬莱清浅对舥棱",蓬莱,传说中的海上仙山;舥棱,宫殿的屋脊。"蓬莱清浅"一语盖出自《神仙传》。麻姑云:"向到蓬莱,水又浅于往日会时略半耳。"此是借用以形容汴京宣德楼前灯山泻瀑的景观,见《东京梦华录》卷六"元宵"。接下来,"玉皇开碧落,银界失黄昏",极力渲染花灯之盛。看吧,黄昏时分的街市上,那五彩缤纷的花灯一簇簇、一串串,如山如海。夜晚的皇城,恍若玉皇大帝大敞的天宫,宛如银河飘落,辉煌无似。于是星河与花灯交映,仙界与人间同欢,元夕盛况遂写到了极致。这工致的对句,造语奇绝,想落天外,以瑰丽、辉煌、飘逸的境界收住上片,结得奇妙。因为是设想之辞,不便作过细的正面描绘,故而只用侧笔烘托点染,归结到一个盛字上。

不夜的元夕盛况诚然可观,而作者却仅仅是"闻道"而已。佳景不赏,则其心绪可知。"谁见"二字遥承"闻道",度入下片,极写景况之落拓。"端忧"犹言闲居忧闷。江南倦客,百般忧愁,有谁曾见,有谁相怜呢? 自伤孤苦,恨无相知,悲命途乖蹇,叹人情浇薄,种种滋味尽在行间字里了。这两句正面描述,直道忧思。"懒步芳尘"也多少流露出词人清高孤傲的一面。至下句"小屏风畔冷香凝",看似自得其乐,实际是自嘲之语。冷香,盖指当令的梅花之类,借以自喻不慕荣华、自甘孤寂之心怀。

"酒浓春入梦,窗破月寻人",何等潇洒的笔触,可骨子里又隐含多少道不尽的忧愁!"酒浓"而后方能在梦境中求得片刻的欢娱,烦愁的无计排遣已不待言;只有破窗透进的月光特意来寻,与之默默相伴,情景之凄清更如在目前。以丽语道苦怀,倍增凄恻。这两句极尽清雅秀逸之致,吴梅以为"何减'云破月来'风调"(《词学通论》),并不过分。此词上片为宾、下片为主,以宾衬主,愈见情景之可悲可叹。"冠盖满京华,斯人独憔悴"之句,可以为词人咏。

(周笃文 王玉麟)

黄金缕

妾本钱塘江上住,花落花开,不管流年度。燕子衔将春色去,纱窗几阵黄梅雨。　　斜插犀梳云半吐,檀板轻敲,唱彻黄金缕。望断行云无觅处,梦回明月生南浦。

　　宋代的五七言诗中,很少写到爱情。而司马槱当时却以艳体诗闻名。可是,从他流传下来的诗来看,说到措词婉约、缠绵悱恻,又远不及他这传奇式的小词了。

　　据张耒《柯山集》载,司马制举中第,调关中第一幕官,行次里中,一日昼寐,恍惚间见一美妇人,衣裳甚古,入帘执板歌唱此词的上半阕,歌罢而去。司马因续成此曲。而何薳《春渚纪闻》则谓下半阕为秦观所续,并记有一段神怪故事,说司马后为杭州幕官,其官舍后乃唐(应为南朝齐)名妓苏小小之墓,所梦的美妇人即苏小小。元人杨朝英《阳春白雪》竟据此以全首为苏小小作。其实,无论是司马故弄狡狯,假托本事,还是真有所梦,此词的著作权还是要归于他本人的。

　　上片是梦中女子所歌,故以女子口吻出之。首句"妾本钱塘江上住",写女子自道所居,看似平平,实在颇堪玩味。北宋时杭州已是繁华都会,多酒楼妓馆,朝歌暮弦,摇荡心目。句中已暗示这位女子的身份。紧接"花落"二语,已含深怨。岁岁芳春,花开花落，更惋伤那美好的华年如水般流逝。这本是旧诗词中的常语，可是这里加上"不管"二字，所感尤大。等闲开落，何其无情，全不管人们的伤春心事，那就更加深了身世的悲感了。这位家在钱塘江上住的女郎，也许是司马旧日的情侣，作者托诸梦寐，以寄相思相别之情。前三句写一位风尘女子，感年光易逝，世事无常，想必也厌倦了歌妓生涯，而又苦于无法从中摆脱出来吧。"燕子衔将春色去，纱窗几阵黄梅雨。"写残春风物，补足"流年度"之意。燕子衔着沾满落花的香泥筑巢，仿佛也把美好的春光都衔去了。"衔"字语意双关，有很强的表现力。燕子归来，行人未返，又正是恼人的黄梅时节，不时听到几阵敲窗的雨声，楼中人孤独的情怀可想而知了。黄梅雨，是江南暮春的景物，蒙蒙一片，日夜飘洒，恰与在纱窗下凝思的歌女凄苦的内心世界相称。

下片写词人追忆"梦中"情景，实际上是写对远别的情人刻骨的相思。俞陛云《宋词选释》评为"琢句工妍，传情凄婉"，但又认为是"代女子着想"，则似误解作者本意。"斜插"句，描写歌女的发式：半圆形的犀角梳子，斜插在鬓云边，仿佛明月从乌云中半吐出来。句意与毛熙震《浣溪沙》词"象梳欹鬓月生云"同。女子的装饰，给词人留下很深的印象。她轻轻地敲着檀板按拍，唱一曲幽怨的《黄金缕》。《春渚纪闻》载，梦中女子歌"妾本"五句，司马爱其词，因询曲名，女子答是《黄金缕》。《黄金缕》，即《蝶恋花》调的别名，以冯延巳《蝶恋花》词中有"杨柳风轻，展尽黄金缕"而得名。又，唐代有流行歌曲《金缕衣》，当时名妓杜秋娘曾经唱过它："劝君莫惜金缕衣，劝君须惜少年时。有花堪折直须折，莫待无花空折枝。"花，象征着青春，象征着欢爱。歌曲的主题是劝人及时行乐,不要辜负了大好时光。梦中女子唱《黄金缕》,大概也是这个用意吧。联系起上片"花落"二语,益见其怨恨之深。情人远别,负却华年,花谢春归,怎能不满怀幽怨!

"望断行云无觅处,梦回明月生南浦。"全词至此,作一大顿挫。写词人梦醒后的感怀。"行云",用巫山神女"且为朝云,暮为行雨"的典故,暗示女子的歌妓身份,也写她的行踪飘流不定,难以寻觅。"南浦",语见江淹《别赋》"送君南浦,伤如之何",因用为离别之典。两句写梦回之后,女子的芳踪已杳,只见到明月在南浦上悄悄升起。这里的"梦回",也意味着前尘如梦,那一段恋爱生活再也不可复得了。《云斋广录》载,司马槱后来经过钱塘,因忆梦中之事,写了一首《河传》词,中有句云:"芳草梦惊,人忆高唐惆怅。感离愁,甚情况。……人去雁回,千里风云相望。倚江楼,倍凄怆。"也可以作本词的补充说明吧。 (陈永正)